吞噬星空

典藏版 12

我吃西红柿 著

时代出版传媒股份有限公司
安徽文艺出版社

图书在版编目（CIP）数据

吞噬星空：典藏版. 12 / 我吃西红柿著. — 合肥：安徽文艺出版社，2021.9（2025.6重印）

ISBN 978-7-5396-7245-8

Ⅰ. ①吞… Ⅱ. ①我… Ⅲ. ①幻想小说－中国－当代 Ⅳ. ①I247.5

中国版本图书馆CIP数据核字(2021)第131493号

TUNSHI XINGKONG DIANCANG BAN 12

吞噬星空　典藏版12

我吃西红柿 著

出 版 人：姚　巍
责任编辑：宋潇婧　曾柱柱
装帧设计：周艳芳

出版发行：安徽文艺出版社　www.awpub.com
地　　址：合肥市翡翠路1118号　邮政编码：230071
营 销 部：(0551)63533889
印　　制：湖南天闻新华印务有限公司　　电话：(0731)88387856

开本：710 mm × 1000 mm　1/16　　印张：18　　字数：290千字
版次：2021年9月第1版
印次：2025年6月第8次印刷
定价：32.00元

目录

CONTENTS

第543章

通天桥第七层

现如今罗峰最大的优势是什么？当然是右蹄爪融合了九十七颗血洛晶的金角巨兽、兽神雕像、三幅远古图影、《撕天裂地》秘籍，这四者组合起来的威力是巨大的。

在去血洛世界之前，罗峰最大的优势是魔杀族分身、九宇混沌碑、《时空随笔》这三者相结合。魔杀族分身研究宇宙空间本源法则当然很快，曾经一度造成罗峰对宇宙金之本源法则的感悟速度不及对宇宙空间本源法则的感悟速度。

现在不同了，金角巨兽本是宇宙金之本源法则的宠儿，通过右蹄爪施展撕天一爪这一招时，和宇宙本源的契合度提高了近10倍。

金角巨兽本身就很厉害，起点很高，和宇宙本源的契合度提高近10倍后，和空间本源的契合程度丝毫不弱于魔杀族分身了。

此等契合度，修炼撕天裂地秘法的速度会是何等惊人啊！这秘法毕竟由金角巨兽的先辈们所创，适合金角巨兽修炼。

兽神雕像和三幅远古图影也都很深奥，可是没有详细的修炼过程，而《撕天裂地》秘籍却有详细的修炼过程。

经过印证，金角巨兽单单研究《撕天裂地》秘籍中的撕天一爪，进步速度就快得惊人。特别是得到兽神雕像的这几个月，进步速度令人咋舌。

“我在修炼方面的最大优势是撕天一爪，战斗方面，我真正的优势是精神念师和武者的能力并用。”罗峰很快就梳理清楚了，“魔杀族分身本来就要修炼《幽影秘典》上面的秘法，那么，就配合金角巨兽，主修幽影七绝刀中的‘葬身’。”

葬身和撕天一爪在运用法则方面算是比较接近的，而葬身是魔杀族分身威力最大的一招。

“我和对手近身厮杀，同时操控念力兵器，之前闯通天山时，就是靠这一招才击杀了两个对手。”罗峰暗道。

论近战能力，罗峰可是很强的。他能靠一把战刀抵挡住牛头人，又能硬扛猿人的念力兵器，只是略处下风。然而，他使出衍神兵第五重“空间切割”，直接被牛头人一斧轰散，只有第六重“自成世界”才能压制对方。

“我的近战实力比念力兵器弱一些，不过也差不了太多。最近重点钻研葬身一招，又有撕天一爪推动，进步肯定很快。”罗峰笑了。

他施展衍神兵和对手厮杀，不相上下，关键时刻，又手持血影战刀进行近身厮杀，这就相当于两个对付一个。

他的近战能力到底有多强，还真没人知道，就连真衍王也认为罗峰的刀法依旧停留在当年在混沌城闯通天桥时的层次。那时，罗峰的近战实力比念力兵器弱很多。

时光匆匆，宇宙人类族群最顶尖的宇宙级天才们都为即将到来的资格战而做准备。

罗峰不敢有丝毫松懈，他的金角巨兽、魔杀族分身分别钻研撕天一爪、九宇混沌碑等，一切都相互印证。每当他积累一些疑问，就会一次性去询问真衍王。

“罗峰的进步速度怎么这么快？”

“罗峰，你确定能施展出《时空随笔》这一页描述的秘法？你先施展给我瞧瞧。”真衍王看着罗峰真的施展出来了，不由得瞪大眼睛，“罗峰的进步速度怎么比在血洛世界中还快得多？”

真衍王震惊了。

罗峰却仍旧不敢有丝毫松懈。

半年后。

虚拟宇宙，通天桥位面空间。

在那美丽的岛屿中央，穿着黑色星辰袍的监守者巴芬惊讶地看着突然出现的罗峰：“罗峰，自从上次你闯过通天桥第六层后，这么多年，你都没来这里了。”

“是的。”罗峰笑着点头。

“现在是要闯第七层？”巴芬问道。

“嗯。”罗峰点点头。

“看起来很有信心。”巴芬笑着指向远处，“九宇通天桥上面现在没人，预祝你闯过第七层，如果闯过第七层，你就算是领先伯兰了。”

“我相信，我能成功。”罗峰微微一笑，随即化作一道流光，冲向远处的九宇通天桥，而后沿着九宇通天桥迅速地一层层往上飞。

第七层处于无垠星空中，桥面延伸开去，尽头悬浮着一颗直径达数公里的小型陨石，穿着暗红色战衣的罗峰正站在桥面上，看着前方悬浮的陨石。

“选出你的对手。武者、掌控者、幻术师，选择其一，击败他，即闯过第七层。”嘶哑的声音从陨石中传出。

“掌控者！”罗峰说道。

“啪！”陨石边缘断裂，一块碎石砸落在桥面上，在桥面上滚动的同时，直接化为穿着蓝色战衣、戴着银色面具、脚踏暗云梭、背着暗金色长棍的掌控者。

“宇宙级九阶的年轻人，好久没见到你了。”蓝衣人的面容略显苍老。

“之前没信心，当然不会来这里。”罗峰回道。

“很好！”蓝衣人低喝一声，“那就让我看看你真正的实力，这次竟然这么有信心。”

“轰！”蓝衣人背着的暗金色长棍顿时射出万千金光，一时间无数金色小剑朝四面八方射出，几乎是一瞬间，周围天地发生变化。

而远处脚踏暗云梭的罗峰背上的暗金色长棍同样射出万千金光。

两人做出了同样的动作，周围的天地都发生了变化。

苍茫世界中唯有剑气围绕，这就是剑之世界。

“轰！轰！”蓝衣人创造的剑之世界和罗峰创造的剑之世界直接撞击在一起。

两个世界发生碰撞，无数剑气自发地撞击。

“你的进步很惊人，不过，你对剑之世界的操控比我要差一点。”蓝衣人遥指罗峰，“去！”

蓝衣人身前凝聚出一道淡金色的剑气，直接射向罗峰。

“那可未必。”罗峰却自信得很。

早在两个月前，他已经能创造出稳定的剑之世界了，之所以拖了两个月，是想要完全控制剑之世界，即使在一心二用的情况下，也能维持剑之世界的稳定。

之所以操控水平看着要差一点，是因为他一心二用，只用部分意识在操控衍神兵。

“那我现在就全力操控衍神兵，如果不用近战就能获胜，也没必要近战。”罗峰双眸一亮。

轰隆一声，他的剑之世界变得强大起来，直接压迫另外一方剑之世界。

同时，罗峰遥遥一指，大喝一声：“去！”

一道淡金色剑气直接射向远处的蓝衣人。

“哧！哧！”两道凝聚了剑之世界之力的剑气撞击在一起，直接湮灭。

金色小剑离身体越远，罗峰对剑之世界之力的操控越弱，所以每次都是在身前凝聚剑气，如此一来，威力才是最大的。

“哧！哧！”

两道淡金色剑气再次碰撞、湮灭。

“你输定了。”尝试攻击了两次后，罗峰不再有所保留。

“嗖！”又一道淡金色剑气射向蓝衣人。

“没用的，你回去再修炼修炼吧！你和我实力相近，你再修炼三年，或许能压制住我，再修炼十年，才能击败我。”蓝衣人说完，操控一道淡金色剑气去抵挡朝自己攻击而来的剑气。

“哼！”罗峰冷冷地看着蓝衣人。

“呼！”他操控的淡金色剑气竟然在半空中避让开来，而后继续射向蓝衣人。

“怎么会这样？”蓝衣人脸色一变，“那就同归于尽吧！”

两个掌控者对决，又都可以凝聚剑之世界，战况自然很是激烈。假设其中一人的实力很强，在抵挡住对方攻击的同时，击杀对方，那便算成功。

而罗峰现在的行为很怪异，根本不抵挡对方的攻击，直接一剑袭向对方。

这是同归于尽的做法！

“嗖！”罗峰操控的淡金色剑气瞬间到了蓝衣人身前，剑气的速度可比蓝衣人脚踏暗云梭飞行的速度快多了。

“嗖！”蓝衣人发出的淡金色剑气也到了罗峰面前。

两人同时遭遇危机，可是，处理方式完全不一样。

蓝衣人的面前出现了一面盾牌，他靠着念力操控盾牌去抵挡淡金色剑气。

“给我破！”罗峰一手持着盾牌，一手持着血影战刀，大喝一声。

血影战刀直接引动周围空间进行压迫，甚至带着剑之世界之力，这一刀的威力极大，而且速度快得惊人。

战刀边缘泛着金光，直接劈在那一道淡金色剑气上。

“轰！”

罗峰被反震的力道一撞，不由得倒退数十米，体内气血翻腾。

不过，那淡金色剑气被劈散了。

“哧——”

蓝衣人那边，罗峰操控的那道淡金色剑气快如闪电，盾牌移动的速度根本赶不上淡金色剑气，剑气擦过盾牌两次，第三次就直接击杀了蓝衣人。

蓝衣人的尸身跌落下去。

罗峰看着蓝衣人的尸身，轻声说道："你有剑之世界，我也有，而且我的血影战刀的威力和衍神兵相差不大。"

通天桥第七层，通过！

"伯兰，我领先了。"罗峰露出一丝笑容。

随即，他直接冲天而起，朝通天桥的第八层飞去。

第544章

新人罗峰

通天桥第八层。

罗峰看着尽头悬浮着的陨石，心中暗自思忖：“通天桥虽然每三层为一个关卡，但是难度不一，越往后越难，比如第十九层、第二十层、第二十一层是一个关卡，闯过第二十一层，那就是尊者、宇宙国主级别的存在，而从第二十层突破到第二十一层无比艰难。”

第七层到第八层的难度不及第六层到第七层，可是，绝对比第五层到第六层要难得多。

……

“才达到宇宙级九阶，就敢来闯第八层，你很有胆量。现在虚拟宇宙公司的宇宙级成员中，成功闯过第八层的仅一人。”蓝衣人脚踏暗云梭，面具下的双眸中流露出一丝笑意，“接招吧。”

“轰！”蓝衣人背上的暗金色长棍瞬间射出万千金光。

罗峰与他同时施展出了衍神兵，无数金色小剑朝四面八方射去，顿时勾动了空间、金这两大宇宙本源法则，天地为之变色，仅仅瞬间，双方周围都形成了茫茫的剑气空间。

“第六重——自成世界！”

蓝衣人操控着剑之世界，狠狠地压迫过来，罗峰的剑之世界顿时开始崩溃，而蓝衣人操控的剑之世界迅速扩张。

“不好。”罗峰脸色一变。

他直接化作一道流光，手持血影战刀，欲冲向蓝衣人。

“哧！”罗峰眼前出现一道淡金色剑气，直接贯穿了他的脑袋。

罗峰当场丧命，闯第八层失败！

……

“我竟然就这么败了。”罗峰坐在书桌前，依旧很是震惊，“按照我查找的资料上的描述，这应该算是剑之世界的‘无处不在’境界吧！”

衍神兵第六重非常诡异，这跟第一重“幻剑式”能够幻化出一把幻剑、两把幻剑，直至九把幻剑是一个道理。

剑之世界的境界也有高低之分。罗峰现在仅仅初步掌控，就能够凝聚出一道剑气，而且是近距离的情况下凝聚出一道剑气，这是很不错的，因为距离越远，控制力就越差，是没办法随心所欲凝聚剑气的。不过，通天桥第八层的对手能够轻松做到。

他瞬间就能在罗峰眼前凝聚出一道剑气，直接击杀罗峰。

只有对剑之世界的掌控达到随心所欲的地步，才能令剑气无处不在。

“我败了，我无话可说，对方的剑气能够无处不在，根本防不胜防。”

虽然成功闯过通天桥第七层，但是罗峰没有骄傲，继续潜心修炼。

虚拟宇宙，通天桥位面。

巴芬的眼睛瞪得滚圆，嘀咕道：“宇宙人类有亿万种群，我见过的天才够多了，这个罗峰还真是与众不同。他竟然真的超越了伯兰，伯兰的天赋极高，震惊了无数人，这下有意思了。”

随即，巴芬将罗峰闯过通天桥第七层的消息传了出去，还特意发给了太初区、原始区中的宇宙级成员。

雨相山，原始区。

广阔的修炼场中，陇云跪在地上，一拳又一拳重重地砸在合金地面上。

"轰——"地面震颤。

陇云沉着脸，继续一拳又一拳地砸着合金地面，地面上出现了一个个凹坑。

"我说过，我要回到澜霆宇宙国的，还要成为宇宙中的超级强者。我要一直进步，坚持留在原始秘境中。"陇云咬着牙，双眸中满是血丝，"当初罗峰的实力和我差不多，为何现在我仅仅闯过通天桥第五层，他却闯过了第七层？"

"我不甘心！不甘心！"陇云闭上眼睛，"不行，我要一步一个脚印，不能让罗峰影响我的心态。心乱，则注定失败。我必须冷静，冷静。"

陇云是个很低调的人，从来没有人敢瞧不起他。

他一向喜欢独来独往，天赋不算高，进步速度却丝毫不亚于乌卡。

原始区，庄园。

伯兰正手持一把血剑，若有所思地挥动着。忽然，他眉头一皱，轻轻点击半空，半空中出现了一面屏幕，屏幕上出现一封邮件。

"罗峰成功闯过了通天桥第七层。"伯兰点开邮件，念出了声。

随即，他整个人一动不动了。

"啪！"血剑跌落在地，发出的声音让他回过神来。

"他闯过通天桥第七层了，超过我了。"

伯兰顾不得捡起地面上的血剑，直接走向自己的住处。进入静室后，他盘膝坐着，盯着静室中一张裱在相框里的照片。

相片中，一名老者正在耐心地教导少年练剑。

他默默地坐着，一声不吭。

太初区中有一个非常热闹的地方，那就是对战擂台。

对战擂台是太初区内部公开的擂台，经常有一些天才在上面比试，甚至还会下赌注。当然，大多都是对战的双方下赌注，毕竟虚拟宇宙中的死亡是假的，别人可不敢随便下赌注。

"王子殿下，依我看，你还是放弃吧！"

“乌卡殿下，你今天都输了八场了。”

“再斗，你还是输。”

擂台边，一群观战的宇宙级太初区成员打趣道。

擂台上，乌卡趴在角落，头部渗出了鲜血，急促地喘息着。

“全部给我闭嘴！”乌卡嘶吼一声，猛地站了起来，“我还没死呢！”

随即，他紧紧地盯着远处脸部有着银白色鳞片的青年。

青年冷哼一声，道：“王子殿下，你之前连续输了八场，你还是直接下擂台吧！”

“你放屁！”乌卡咆哮一声。

他脚一蹬，整个人瞬移般冲到青年前方数十米处，手中出现了两柄短斧，其中一柄直接朝青年劈了过去。

“哼！”青年留下数百个幻身。

只听得轰的一声，青年直接抓住乌卡的一只手臂，将他扛起，而后狠狠地将他朝地面砸去。

“滚！”乌卡举起斧头劈向青年。

青年脸色大变，当即闪电般闪躲，可他的胸口还是留下了一道伤口。

“哈哈哈——”乌卡站在那里，左手抓着斧头，右臂已断，却朗声大笑。

他遥指青年，冷冷地道：“莫伊林，你这个白痴，你不是说我根本伤不了你吗？”

青年紧咬着牙，盯着乌卡：“你是个疯子！”

“哈哈，疯子？我们太初三雄中的罗峰才是疯子，我还算不上。”乌卡大笑，随即转头看向擂台下面的一群人，“你们都给我听着，我们八个是新人，可也不是好欺负的。你们不就是比我们多修炼了几千年吗，得意什么？是，你们任何一人我都伤不了。可我仅仅闯过通天桥第五层，而你们都闯过了第六层，瞧不起我们这些新人，算什么强者。”

乌卡说完，从擂台上跳下。

擂台边缘站着一群人，其中有八人聚集在一起，为首者是穿着银灰色长袍的男子。

男子道："乌卡，你不愧是蛮卡星人，够凶悍。不过，你要知道，新人就是新人，这次资格战，你们都得去天地秘境，而在天地秘境中闯过了通天桥第六层的有好几十人。"

"嘀——"

这时，这一群宇宙级天才同时收到了邮件。

"你们也收到邮件了吗？"

"谁发来的？"

"快看看！"

这群颇有资历的宇宙级天才当即点开邮件。

"什么，罗峰闯过了通天桥的第七层?!"

"是这八个新人中的罗峰？"

一些宇宙级天才忍不住惊呼起来。

从第六层突破到第七层实在是太难了，就算是这些修炼了数千年的天才，也只有五个人闯过通天桥第七层，其他都只是闯过通天桥第六层。

"罗峰！"正准备离开的乌卡一听，也点开邮件。

看到邮件的内容，他很是惊喜。

随即，他遥指那一群老成员，朗声大笑："你们这群自大的家伙，看到了吧，罗峰才是真正的天才。我们是新人又怎么样，我们修炼才一百年又如何？我们中就有人闯过了通天桥第七层。"

"哈哈，你们都给我记住'罗峰'这个名字，他是太初三雄之一的罗峰！"乌卡咧嘴大笑。

这群宇宙级天才顿时沉默了。

"罗峰？"身穿银灰色长袍的男子瞥了正缓步离开的乌卡一眼，"他能闯过通天桥第七层，确实得好好探一探。我这次冲击原始秘境，这罗峰对我有一点威胁了。"

……

宇宙佣兵联盟控制的荣耀秘境类似于虚拟宇宙公司的原始秘境、太初秘境等，是被发掘并改造过的宇宙秘境。

荣耀秘境中有一个巨大的荒凉星球，名为狱战场。

一个双眸闪烁着绿色的光芒，精瘦的脸上有着茂密的黄色绒毛，好似一头野狼的人趴在荒石中，遥看远处。

忽然，他眉头一皱，眸中的绿光一闪："罗峰！这一届新人够厉害的，不过，这次原始秘境的名额我要定了！"

第545章

改变

虚拟宇宙，原始区，伯兰的修炼场一片冰天雪地。

积雪很厚，足以淹没膝盖。

伯兰盘膝坐在积雪地面上，赤裸着上半身，闭着眼睛。

“伯兰。”一道冰冷的声音响起。

伯兰当即站起身来，身上的积雪洒落。

他转头朝后面看去。

只见一个高高瘦瘦，全身散发着法则波动的男子出现在冰天雪地中。

男子俯瞰着伯兰，道：“罗峰已经闯过了通天桥第七层，怎么，你受打击了？”

“老师。”伯兰微微躬身，没有多说什么。

原始秘境的成员都有一名不朽级强者当老师，而且，根据不同的需求，可以更换不同的老师。

眼前这位就是一个封侯级的不朽强者。

“愚蠢！”男子瞥了伯兰一眼，“你现在还坚持一开始的想法吗？”

“老师，我已经想通了。”伯兰回道。

“说。”男子道。

“我承认，我过去太自大，太相信自己了。”伯兰沉声说道，“参悟了宇宙混沌碑，对空间法则有所领悟后，我就决定以后修炼偏向空间法则一脉的秘法。”

“这才是最明智的！”男子的脸上露出一丝笑容。

伯兰的决定一般都很明智，年幼时，很多强者都没他聪明。可是，当初在混沌城中，在选择哪一尊混沌碑的问题上，给他提建议的都是一群不朽级强者，甚至还有一些担心天才陨落的宇宙国主。

不朽级强者，乃至宇宙国主，眼光何等高？

因为有悠久的寿命，所以他们见证过不少天才的修炼历程，他们的建议是经得起时间考验的。

或许，伯兰坚持这样参悟下去，万年、十万年、百万年后，也能成为不朽级强者中的超级强者，可是，同时代的罗峰恐怕早就将他远远甩在后面了。

“在感悟空间法则方面，你是我见过的天才中天赋最高的。”男子缓缓地道，“和传说中的那些天才相比，你在这方面的天赋也算一等一的。你现在的决定很明智，你应该为有罗峰这个强劲的对手而感到庆幸，他激起了你的斗志。”

伯兰沉默不语，眼眸中却泛起一丝特殊的光芒。

“你既然做出了选择，那么就按照我的教导计划来吧。”男子说道。

参悟宇宙混沌碑，能够兼修空间法则和时间法则。可是，亿万年来，又有几人能同时参悟时间法则和空间法则，且进步速度相当呢？

参悟宇宙混沌碑，有三种方法：

第一种是以时间法则为主，空间法则为辅。

第二种是以空间法则为主，时间法则为辅。

第三种是时间法则和空间法则结合修炼。

第三种很难成功，却是最强的。

之前伯兰选择的就是走第三条路，现在却选择走以空间法则为主、时间法则为辅的修炼之路。

修炼之路选对了，进步速度真的很惊人。

“罗峰！”

“罗峰，赶紧过来。”

“疯子，到乌卡这边来。”

正在翻阅《时空随笔》第三册、认真参悟的罗峰，接连收到了乌卡和戎钧的邮件。

这两人很担心会打扰罗峰修炼，所以只是发了邮件。虚拟助手巴巴塔会根据罗峰的实际情况，择机告诉罗峰收到了邮件。

“他们两个这么急着找我？”罗峰无奈地笑了。

随即他直接蹿出阳台，飞到半空中，而后俯冲飞向不远处乌卡居住的庄园。

客厅内。

乌卡、戎钧都坐在那里，面前的桌上摆着美酒。

“疯子来了。”戎钧站起来。

“罗峰，罗峰。”乌卡第一个冲出去，迎向罗峰。

“干吗？”罗峰吓得躲到一边，笑着看向乌卡，“这么热情？”

“疯子，你实在是太厉害了。”乌卡一把抓住罗峰的手，直接把他拉到客厅。

罗峰看到客厅桌上摆着玉竹酒壶储存的美酒，特别是看到玉竹酒壶上两个复杂的字“雷雨”，不由得惊呼道：“乌卡，你这个小气鬼竟然舍得买雷雨酒！”

在现实世界中，雷雨酒也是很珍贵的，恐怕连真衍王都舍不得随便喝。就算是在虚拟宇宙中，一壶雷雨酒的售价也高达32混元单位。

罗峰、戎钧、乌卡三人中，乌卡毫无疑问是最富有的。

在蛮荒宇宙国，乌卡的父亲算是实力顶尖的几个大人物之一。即使如此，他也不敢乱花钱。

“一壶酒算什么。”乌卡笑道。

而后，他轻轻地打开玉竹酒壶的黑沉木木塞，给罗峰倒酒。酒液半透明，一颗颗晶莹的露珠在其中悬浮似的，而且酒液内的露珠间或闪烁着电光。

虽然这雷雨酒没有现实中的改变体质基因等奇效，但是从身体、灵魂感受角度来说，是一模一样的。在虚拟宇宙中，喝雷雨酒算是一种极度奢侈的行为。

“不就一壶酒吗？兄弟，你闯过了通天桥第七层，今儿实在是太开心了。”乌卡忍不住说道。

“呃，你们都知道了？”罗峰一怔。

“疯子，你很不够义气。”旁边正在品尝雷雨酒的戎钧说了一句。

“的确不够义气，这种事竟然都不说，幸好巴芬给我们发了邮件。”乌卡没好气地说道。

罗峰瞪大眼睛：“巴芬竟然……”

“哈哈，这邮件发得好及时啊！”乌卡连忙说道，“你是不知道，前段日子虚拟宇宙公司发来了一封邮件，邮件中写了一些有关资格战的信息，过去还算平和的太初区内部的戾气一下子重了很多。大家都在竞争，就怕被转到天地秘境。那些资历老的强者瞧不起我们新人，我心里很不爽，所以经常跟他们斗。”

“经常斗？”罗峰一怔。

乌卡仅仅闯过通天桥第五层，而达到宇宙级的30名天才中，5人闯过了通天桥第七层，还有25人闯过了通天桥第六层。

“怎么，不能斗吗？我们蛮卡星人就没有低头服输过，即便暂时输了，也能回头再战。”乌卡冷哼一声，“那群白痴，一个个自以为是，最后还不是被我给伤了。不过，这还不算痛快，最痛快的是，他们收到你闯过通天桥第七层的邮件时，很多人都瞪大眼睛，有些人甚至惊呼不可能。哈哈！当时我在那边取笑他们，他们硬是没法回嘴。那叫一个痛快啊！我就买了雷雨酒，来犒劳犒劳你这个大功臣！你现在可是我们这一届新人中的第一人。”

“暂时的第一人。”旁边的戎钧看了看罗峰，笑道。

“嗯，暂时的第一人。”乌卡连连点头。

罗峰笑了。

之所以和乌卡、戎钧关系好，是因为他们都有一个特点，那就是永不服输。

暂时落后，他们根本不会泄气，而是不断努力。

“乌卡、戎钧，我准备继续接修炼任务。”罗峰说道，“不过，我对修炼任务了解甚少，你们有什么建议吗？”

“修炼任务的难度越高，积分奖励越惊人。”乌卡说道。

“我有一些建议，我已经将这100年内的10个任务都完成了。”戎钧缓缓说道，“这些还是我的老师跟我说的……”

三人当即议论起来。

……

罗峰计划抓紧时间去做修炼任务，通过现实世界中的一系列实战，还有一些修炼任务执行地点的特殊环境来磨砺自己、提高自己。完成血洛世界这一任务，得过一次大好处，他现在可不仅仅将任务当作普通的事，每一个任务的背后或许就有一些隐藏的大好处，就看自己能不能弄到手了。当然，前提是量力而行。

……

三人一番沟通，罗峰对选择修炼任务有了更清晰的计划。

“这酒真好，简直比突破到宇宙级、生命跃迁的感觉还要美妙。”罗峰闭上眼睛，感受着身体基因的变化。

当然，这些都是虚拟宇宙模拟出来的，如果是真正的雷雨酒，根本不是乌卡能买得起的。要知道，就连真衍王、瞳难王此等强者，也数年才偶尔奢侈一回。

“酒喝得很爽，我也该去上课了，今天是封王的不朽级强者讲解，很适合我。”罗峰当即起身。

“嗯，不送啦。”

“你去吧！”

戎钧、乌卡都躺在沙发上，回味着雷雨酒的滋味，根本不愿起身。

修炼时的确该刻苦，偶尔享受的时候，也该好好地享受。

“这两个家伙。”罗峰笑着摇摇头，随即直接化作一道流光，冲天而起。

此刻，太初区另外一座庄园内。

“今天这门课程是讲述空间、金这两大宇宙本源法则结合之法的，罗峰肯定会去。莫伊林、阿什，你们也去上上课，趁机找个由头和罗峰一战，摸摸罗峰的底。摸清楚他的一些绝招，有所准备，到时候资格战才更轻松。”穿着银灰色长袍的男子说道。

第546章

挑衅

太初区，讲学楼，二号厅。

这个厅长80公里，宽60公里，比地球上一座普通城市都要大得多，却只是不朽级强者们讲课的场所。

二号厅的最后面有一千多个座位，时不时有一些太初区成员化作一道道流光，穿过数十公里，来到这些座位前面。

“嗖！”罗峰也来了，选择了左前方的一个座位。

“快看，那是罗峰。”

“他就是最新一届天才战中的新人罗峰？长得挺帅气的。”

“嗯！就是他！进入虚拟宇宙公司没多久，就闯过了通天桥第七层，实力很强。我们虽然闯过了第八层，但我们都是域主级强者了。”

角落中有两名女子，一名有着漂亮的光翼，而另外一名眼眸美丽动人，她们丝毫不害羞，反而紧紧地盯着罗峰，时而低声议论。

其他座位上的一些成员也在议论。

“那就是罗峰？”

“对，就是他。”

“小家伙挺厉害的。我们当年达到宇宙级时，最高也就闯过通天桥第七层，那还是加入虚拟宇宙公司三千多年后的事情了。”

“按照他的进步速度，这次资格战没有希望进入原始秘境，可是下一次资格战或许就有希望了。只要给他几千年的时间，冲进原始秘境绝对没问题。”

角落中的两个界主级强者小声议论。

罗峰入座后，片刻，二号厅中近百名来听课的人都议论起来了，罗峰成了话题人物。

能够在极短时间内，在第一次资格战前就闯过通天桥第七层的，堪称绝世天才中的超级强者。

罗峰默默地坐在那里，耳朵微动。

他能清晰地听到一些议论声。

“我怎么觉得自己成动物园的动物了。”罗峰心中无奈。

“你好，罗峰。”一道粗犷的声音响起。

罗峰转头看去，是一个长相丑陋，额头有着六个凸起，面部长着黑毛的壮汉。

壮汉坐在离罗峰很近的位置上，转过头来，笑道：“我叫索龙，域主级强者。今天我听到不少人都在谈论你……不过，你的确很厉害。”

“谢了。”罗峰道。

他心中却哭笑不得。

按照人口分布，太初区成员中有1000个界主级强者、100个域主级强者、30个宇宙级强者。罗峰等人一来，才令整个太初区的成员增加到1138人。

不过，一次资格战后，太初区的人数还会回到1130人。从比例就能看出，界主级强者是最多的，所以二号厅中绝大多数都是界主级强者，少部分是域主级强者，宇宙级强者少得可怜，包括罗峰在内，一共只有4人。

然而，这让罗峰很是震惊。因为平常碰到这种课程，来听课的宇宙级强者就两人。

“今天来听课的倒是多了两个宇宙级成员。”罗峰暗道。

“太初秘境成员冲进原始秘境的概率很低。”索龙沉声说道，“我和朋友聊过，我们都认为，再过个几百年，你很有希望冲进原始秘境。我们太初秘境很久才有一人冲进原始秘境，每次这种事情都让人无比激动。一步领先，步步领先，你若能早点进入原始秘境，进步更快。”

罗峰转头看了索龙一眼，道：“你努力一点，也有希望进入原始秘境的。”

“哈哈！你就别取笑我了，下一次资格战我能继续留在太初秘境就不错了。”索龙摇摇头，眼中有一丝无奈，“下一次资格战，我若是被淘汰了，只能去天地秘境，我在外面的职位权限也会调低，真让人头疼。”

域主级的核心成员被外放出去，会坐上握有重权的位置，按照罗峰的说法就是出去当封疆大吏了。不过，原始秘境、太初秘境、天地秘境、末世秘境的成员出去的待遇是完全不一样的。

就拿原始秘境的成员来说，出去后，单单其护卫队就是由不朽级强者统领的军队，到时候，被安排的官职和其身份、地位是匹配的。

假设本来是原始秘境成员，突然被淘汰到太初秘境，那么官职会很快调动，连原先不朽级强者统领的护卫队也会被调走，换成由界主级强者统领的护卫队。

“这个家伙还真倒霉，出去当封疆大吏，估计开始挺厉害，可眼看参加资格战很可能被淘汰到天地秘境，官职肯定会变动，地位急剧下降。”罗峰心中暗笑。

然后，他和索龙随意聊了聊，知道了当封疆大吏经常遇到的一些事情。

片刻后——

不朽级强者到来，开始讲课，顿时下面鸦雀无声。那些想要议论的，都是彼此传音，绝对不敢打扰老师讲课。

二号厅内只有四个宇宙级成员，其中就有两人长相很怪异，一个脸部长满银色鳞片，而另外一个有着古铜色皮肤，额头长着一根黑色独角。

“阿什，你看，罗峰听课还挺认真的。”银鳞男子传音。

“嗯。”黑色独角男子看向左前方角落里的罗峰，“莫伊林，尼南让我们找个由头跟罗峰一战，摸摸罗峰的底，你说我们该怎么去挑战他呢？我们直接跑过去找麻烦，如果罗峰根本不理我们，直接离开虚拟宇宙，那怎么办？”

“放心，我有办法。”莫伊林眼睛微眯，“我们先这样……”

“这个办法很一般。”阿什听完后，眉头一皱。

“那还能怎么办，没有什么办法是百分百能成功的。”莫伊林道。

“好，等这门课程结束，我们就过去。”阿什点点头。

封王的不朽级强者讲解了许久，在一群绝世天才的注视下，直接离开了。

罗峰闭着眼睛，将之前老师讲解的诸多玄妙内容回味了一番，这才睁开眼睛，一睁眼就看到前方站着两个男子，一个脸部满是银色鳞片，另外一个身材壮硕，额头有着黑色独角。

这两人的共同点是，修为都达到了宇宙级。

此时，他们都看着罗峰。

“你们是？”罗峰坐在那里，疑惑地看着两人。

“你好，罗峰，我是莫伊林。”莫伊林笑道。

“罗峰，我是阿什。”阿什微微一笑，“我们和你一样都是宇宙级成员，只是加入虚拟宇宙公司要早一些。”

“两位有什么事吗？”罗峰眉头微皱。

对于宇宙级老成员，罗峰并没有多少好感，今天跟乌卡聊的时候，乌卡也讲了一些事，虽然没专门提到底是哪些人，但是宇宙级老成员一共才30人，和乌卡有矛盾的就占了大半。

“我们知道你闯过了通天桥第七层，很佩服。”莫伊林眼睛放光，“我很喜欢战斗，所以想和你去对战擂台好好比试一番。”

“我也很想和你一战。”阿什也看着罗峰。

罗峰皱眉。

比试？如果是为了切磋，在修炼场上可以模拟出一个个厉害的高手。而他们专门前来挑战，一般是想要比个高下，或者是想要弄清对方的底细。

俗话说，知己知彼，才能百战不殆。

“恐怕他们从来没跟我交过手，不知道我的战斗风格和一些底牌。虽然当年天才战时有战斗视频，但是那时候的我实力还很弱，现在比当初强了不知道多少倍。看当年的视频根本不能了解我的真正实力，所以就来挑战我了。”罗峰瞬间明白了。

“抱歉，没兴趣。”罗峰起身，直接离开。

莫伊林和阿什彼此相视一眼，只能按照另外一个计划行事了。

“罗峰，你的实力可是这一批新人中最强的，没想到，竟然这么胆小。”莫伊林嘲讽道。

“就是！连我们两人的挑战都不敢接受，看来你们这批新人都没希望了。”阿什也道。

“那乌卡是傻乎乎的，实力弱，好歹敢跟我们斗。罗峰，你的实力很强，却不敢跟我们比试，这次资格战你们新人干脆都退出算了。”

厅中，之前听课的一群界主级强者、域主级强者都转头看来，他们大多看好罗峰，因为罗峰的实力的确惊人。不过，主要是级别不同的原因，和罗峰暂时没有利益纠葛，自然很淡定。

“那两人简直就是在挑衅罗峰，太没水准了。”

“确实，如果我是罗峰，我也懒得理会。”

“两个小丑。”

界主级强者和域主级强者们议论纷纷，一些界主级强者的说话声还挺大。

莫伊林和阿什听了，脸色很是难看。

罗峰却猛地停住脚步。

这群界主级强者、域主级强者都很惊讶。

难道罗峰准备迎战？

罗峰这么容易被激怒？

罗峰转头看向莫伊林和阿什。

“嗯？”莫伊林和阿什都发现罗峰眼神不善。

“乌卡找你们比试？”罗峰看着两人。

“你说的是蛮卡星的那位王子殿下？”莫伊林嗤笑道。

旁边的阿什接话道：“那就是个白痴，竟敢跟我们斗，被我们一群人揍得很惨。”

“恭喜你们。”罗峰冷冷地道。

莫伊林、阿什一怔。

恭喜？

“之前我不想迎战，是不想在你们身上浪费时间。”罗峰看着两人，“不过，现在我改变主意了，你们让我很不爽，我决定好好教训教训你们。”

第547章

擂台战

莫伊林和阿什听到罗峰这番话，心中涌出一股怒气，他们的确是按照尼南交代的方法过来挑衅罗峰的，可是再怎么样，他们也是宇宙人类亿万种群中的绝顶天才，否则岂会进入太初秘境？

天才都是骄傲的。罗峰加入虚拟宇宙公司没多久，竟然说跟他们比试是浪费时间，他们如何能咽下这口气？

“走吧，去对战擂台。”罗峰转身就朝外走，似乎想尽快解决战斗。

“哼！”莫伊林看着罗峰的背影，忍不住冷哼一声。

“太张狂了。”阿什瞳孔一缩。

两人相视一眼，随即跟着罗峰出了二号厅。

那些界主级强者和域主级强者都听到了他们的对话，顿时眼睛一亮。

“有意思。”

“新成员跟老成员斗起来了。”

“一般来说，都是老成员以压倒性优势获胜，可这次很难说啊！”

“单论罗峰和那两人，应该是罗峰比较强。不过，如果罗峰跟宇宙级老成员中最强的克罗夫等五人相比，毫无疑问是克罗夫等人比较强。”

“走，去看看。”

“说不定宇宙级老成员中的五个天才也会出手。”

一群界主级强者和域主级强者都笑着朝外走。

这批新人中最顶尖的天才罗峰去对战擂台和宇宙级老成员比试，这可是非常有趣的事。

太初区成员就那么多，那些界主级强者当然知道特别出名的几个人物。

太初区占地极广，也建了好些擂台，那些擂台平常就是一些太初区成员切磋乃至赌战的地方。

此时，十余人站在其中一座擂台的边缘，擂台上，两个域主级强者正在交手，一个是足有八米高的黑毛猿人，另外一个则是冷峻的光头青年，光头上有着一些复杂、诡异的花纹。

一时间，擂台上出现了上万个幻身。

黑毛猿人咆哮着，挥舞着近十米长的巨斧。两人交手间，周围空间震荡，冲击波四射，擂台周围一片狼藉。

“这次，我输了。”清冷的声音响起。

“哈哈！”黑毛猿人俯瞰光头青年，“近一百年，我们交手十次，你已经输了七次。”

光头青年却闭着眼，反思之前的一战。

旁边观战的十余人或是议论起来，或是准备离开，或是彼此邀战。

“咦，你们看！”

“那边怎么回事？”

“怎么这么多人？”

这十余人，包括擂台上的黑毛猿人和光头青年，都看到远处走来六七十人。

罗峰走在最前面，后面是莫伊林、阿什，再后面就是一大群界主级强者和少数域主级强者，这熙熙攘攘的一群人，的确引人瞩目。

……

罗峰边走边看，一眼就看到其中一座擂台边缘站着十余人，那十余人中并无宇宙级强者。

“选哪一座擂台？”罗峰问道。

“你是新人，你选吧！”罗峰身后的莫伊林说道。

“好！”罗峰当即化作一道流光，直接飞到数十公里外的一座擂台上。

莫伊林和阿什立即化作两道流光，飞向那座擂台。

与此同时，准备观战的界主级强者和域主级强者或是一闪身，或是直接飞起，一个个落到那座擂台的周围。

“去看看！”

“这么多人观战，估计不是一般的战斗。”

那十余个域主级强者都飞了过去，就连黑毛猿人和光头青年都无心比试，也去观战了。

……

罗峰等三人先后落在擂台上。

罗峰朝远处擂台周围看了一眼，那里大多是界主级强者，极少数是域主级强者，而宇宙级强者竟然只有两人，一个是宇宙级老成员，一个是将莫。

将莫朝罗峰笑笑，同时传音：“罗峰，那群老成员一直瞧不起我们新人，你可得给我们出口气，狠狠教训他们一顿。”

“当然，我会狠狠教训他们。”罗峰传音回道。

就在这时……

三人从天而降，落在擂台边缘，准备观战，其中一个是穿着银灰色战袍的青年，一个是有着黑色皮肤、厚嘴唇，看似淳朴的男子，还有一人则是碧色眼眸、尖耳朵，妩媚妖娆的少女。

“他们三个都是宇宙级强者，中间那个就是老成员中的五大高手之一——尼南。”罗峰的脑海中迅速浮现诸多信息。

自从真衍王提醒他，30名宇宙级老成员中有5个高手后，他就搜集了5个高手的信息，5个高手分别是尼南、愚风、克罗夫、格、萨金·火龙。最早闯过通天桥第七层的是克罗夫，早在两千多年前就闯过了，最晚的一个则是格，是在三百多年前闯过的。

“莫伊林，教训那个小子。”黑皮肤男子在下面吼道。

“阿什，可别输给那个小家伙哦！”妖娆少女也大喊道。

尼南则站在下面，默默地观看。

“放心吧。”

“你们看我怎么教训他。”

莫伊林和阿什都死死地盯着罗峰，将罗峰当成了真正的大敌。

当然，他们也不是完全没有胜率，因为他们很早就闯过了通天桥第六层，距离闯过第七层不远了。而且，他们的实力很强，不单单表现在法则的感悟方面，个人的战斗意识也很强，心态不错，战斗经验丰富。

这一切才是最终决定胜负的关键因素。

“罗峰，你太年轻，锐气太盛，我们会让你明白，不能轻视任何对手。”莫伊林冷冷地说道，“我们现在就在这里进行擂台对战，你随便选择我们中的一人当对手吧。”

“我说过，不想浪费时间。”罗峰看着两人，“你们两个一起上吧！”

“一起上？”莫伊林、阿什一愣。

下方观战的诸多绝世天才一阵哗然。

能进入太初秘境的，实力都不会相差太大，30名宇宙级老成员中，有5人闯过了通天桥第七层，其他25人都闯过了通天桥第六层，此外天地秘境的也有数十人闯过了通天桥第六层。

这说明什么？这说明太初秘境中的成员实力相当。其他25人在闯过通天桥第六层的天才中排名靠前。

一挑二？这小子未免太狂妄了。

“莫伊林、阿什，你们好好教训他。”

“教训这个小子！”

下面聚集的人逐渐增加，刚飞来的两名宇宙级老成员怒道。

“这下有意思了。”

“没错！这场擂台对决更有趣了。”

擂台上。

莫伊林、阿什相视一眼，都微微点头。

也好，一对一对付罗峰，本来就没多大把握。而现在，罗峰既然主动要求一对二，他们就顺他的意，联手对付他，获胜的希望更大。

“这可是你自找的。”莫伊林面部的银色鳞片形成褶皱，很是狰狞。

“出招吧！”阿什低吼道。

远处的罗峰飞了起来，悬浮在半空中，俯瞰着莫伊林和阿什。

自己的实力有多强，罗峰当然清楚，正是因为清楚，所以根本就没有将眼前这两人放在眼里。他之所以答应决战，是想给好兄弟乌卡出口气。

“巴巴塔，录下战斗视频，回头给乌卡看。”

“你可真机灵。”巴巴塔忍不住笑了。

在和巴巴塔意念交流的同时，罗峰脸上露出一丝笑容，随即操纵背上的暗金色长棍。

“轰！”无数金色小剑朝四面八方射出。

罗峰身后仿佛出现了一轮金色太阳，近六千把金色小剑同时射出，几乎瞬间就勾动了空间、金这两大法则之力，瞬间擂台周围上百公里范围天地变色。

擂台、草地等全部消失了，只剩下茫茫世界，无数剑气纵横。

衍神兵第六重乃自成世界，又称“剑之世界”。

“天哪！”

“这下麻烦大了！”

莫伊林和阿什瞬间脸色大变，很是震惊。

“罗峰竟然能够施展出衍神兵第六重。”

观战的界主级强者、域主级强者都大吃一惊。

如果说大家之前是抱着看热闹的想法，那么此刻有些难以置信了。

因为衍神兵很难修炼，是九大神兵之一，属于修炼金、空间这两大本源法则的最强神兵，而且是以修炼金之本源法则为主，修炼空间法则为辅的。九宇通天桥是为了检测空间法则感悟程度而设置的，而通天桥第七层就是考验相对应的金之本源法则感悟程度。

罗峰能够施展出衍神兵第六重，这意味着他不仅对空间本源法则感悟深，对金之本源法则感悟更深。

而且，闯通天桥有很多方法，假设去挑战的人是掌控者，可以选择掌控者、幻术师、武者中的任何一人当对手。

对战武者最容易，因为完全可以尽量保持距离，直接操控念力兵器去对付武者。武者只能艰难地一次次瞬间加速，想办法靠近对手。

对战幻术师比较容易，因为能成为精神念师掌控者的人，大多很重视灵魂防御，所以赢起来比较容易。

对战掌控者最难，因为一旦选择了掌控者，对方将会和挑战者拥有一模一样的念力兵器，连攻击手段都一模一样。

以己之长，攻敌之短。若选择掌控者，那就太麻烦了。

“他绝对是选择了掌控者为守关者。”

“肯定是。”

“否则他要闯过通天桥第七层，还不至于要施展出‘剑之世界’。”

擂台上，莫伊林和阿什看着周围茫茫的剑之世界，无数剑气萦绕，无形世界之力的压迫感很强，他们都快绝望了。

“怎么会这么强？”

“而且，他使用的还是金、空间一脉的最强神兵。”

两人的心都乱了。

第548章

暴怒

远处，罗峰身前的剑之世界之力不断汇聚，无数剑气凝结，最终化为半透明的淡金色剑尖，这一截淡金色剑尖隐隐闪烁着光芒。

这是剑之世界之力凝聚出来的最强剑气。

其威力之大，简直不可思议！

“去！”罗峰低喝一声。

“即便是输，也不能输得那么窝囊。阿什，跟他拼了！”

莫伊林咬牙，面部的银色鳞片更显狰狞，手中出现了一把0.5米宽、3米长的巨型银白色斩刀，刀身有着复杂的金色秘纹，隐隐闪烁着银白色的流光。

阿什双眸泛红，双手抓着一把弧形半月刀。

“杀！”

“杀！”

在罗峰凝结剑气的同时，两人同时行动了。

莫伊林猛地一踩擂台地面，擂台隐隐震动，龟裂开来。随着空气的呼啸声，还有肉眼可见的高压冲击波，他高举着银白色斩刀，直接劈向罗峰。

“嗖——”阿什双手持着弧形半月刀，移动起来形如鬼魅。

只见周围瞬间出现了数千个幻身，而且数千个幻身隐隐形成了阵势，无数冷冽的刀光令擂台都亮堂起来。

远处，罗峰悬浮在半空中。

“哧！”一道剑气呈半透明的淡金色剑尖形状，瞬间便破空而去。

“先杀莫伊林。”罗峰看着远处的莫伊林，脚踏暗云梭，疾速飞退开去。

“啊！”莫伊林的银白色斩刀一动，周围的寒气仿佛凝结了空间，刀锋直接劈在淡金色剑气上。

他心里很清楚，剑气速度之快，他根本逃不掉，只能硬碰硬。

“轰——”淡金色剑气蕴含了可怕的冲击力。

莫伊林猛地后退，连续踩了擂台十余步，每一步都将擂台踩出一个深坑。

“噗！”他猛地喷出一口血。

“金，至阳至刚，果真很强。”莫伊林站在原地，死死地盯着罗峰。

他握刀的右臂骨头已经断成九节，幸亏拼着右臂断裂的代价将主要冲击力卸掉了，否则他会伤得更重。

远处，半空。

化作一道流光的罗峰，再度在身前凝结出一道无比锋利的淡金色剑气，剑气撕裂长空。

“莫伊林，去死吧！”罗峰怒视莫伊林。

“浑蛋！”化作鬼魅幻影、不断追杀罗峰的阿什咆哮着。

罗峰脚踏暗云梭，看了他一眼，不屑地道：“慢慢追吧！”

阿什若是施展幻身，估计能施展出上万个幻身，毕竟在剑之世界的压迫下都能施展数千个幻身。可惜，正因受到剑之世界的压迫，他根本追不上罗峰。

这是身为武者的悲哀!

除非他能像罗峰的魔杀族分身那般瞬间爆发极快的速度。可惜，完全悟透前36种玄妙，而且对暴雨图有所感悟的罗峰，身法并不比他的差，这就导致他怎么都追不上罗峰。

“嗖！”淡金色剑气疾速袭向莫伊林。

莫伊林感觉到周围无尽的剑之世界的压迫，一举一动都受到束缚，实力只能发挥出七八成。

莫伊林左手抓着巨型银白色斩刀，再一次闪电般劈了过去。

可是，想要劈中罗峰操控的剑之世界的剑气是非常难的。若是莫伊林状态良好，在拼命的情况下，还是能劈中的。可现在，他左手挥刀的威力不如擅长挥刀的右手的，加上身体伤势……

“嗖！”淡金色剑气一闪而逝，直接穿过莫伊林的眉心。

“啊！”莫伊林瞪大眼睛，随即身体缓缓倒下。

轰隆一声，整个人砸在擂台的岩石地面上。

莫伊林，败了！

……

“罗峰，干得好，再杀了另外一个家伙！”擂台下方忽然响起大喊声。

正是蛮卡星王子乌卡发出来的。

乌卡激动地大喊着，站在他身侧的正是戎钧。

除了他们两个，千水、艾辰、兰斯洛、奥帕特拉都到了。

太初区宇宙级新成员全部到齐，是将莫通知了他们。

……

罗峰脚踏暗云梭，在擂台上方飞行，听到喊声，当即朝下面看了一眼，看到乌卡、千水、戎钧、艾辰、兰斯洛等人，不由得笑着应道：“没问题，小菜一碟！”

“浑蛋！”在后面一次次疾速追击，却怎么都追不上的阿什愤怒地咆哮，“罗峰，有本事你就别跑！”

论对空间法则的感悟，他和罗峰很接近。阿什对空间法则感悟的量比罗峰多，而罗峰对空间法则感悟的质更高。

所以，罗峰能够施展剑之世界压迫阿什，阿什怎么可能追得上罗峰？

“笑话，难道你还想让掌控者和你进行近身战？”罗峰飞行的同时，遥看阿什，随即手一指，“去！”

无尽的剑之世界之力在罗峰身前汇聚，形成一截淡金色的剑尖。

剑气锋利。

“嗖！”剑气破空，直接袭向阿什。

阿什疯狂地挥舞着双手中的半月刀，整个人化作幻影。

“嗖——”淡金色剑气一次次掠过。

罗峰根本不想和阿什硬碰硬，纯粹仗着淡金色剑气的速度，一次次从不同方向射向阿什，蹂躏阿什。

淡金色剑气的速度是何等地快？

每一次阿什都感觉自己像是在刀锋上跳舞，危险极了。

“噗！”剑气从侧面直接射入阿什的耳朵。

阿什瞪大眼睛，整个人因为惯性晃动着飞了数公里，随即滚落在地。

阿什，败了！

……

“哈哈，赢了，赢了！”乌卡朗声大笑。

“罗峰，干得漂亮。”兰斯洛竖起了大拇指。

“做得好！”戎钧显得很兴奋。

千水、将莫、艾辰、奥帕特拉都激动不已。

在太初区，他们这八人是资历最浅、实力最弱的新成员。特别是资格战临近，将莫、千水等人预感到即将被淘汰到天地区，心里都压抑得很。

这一战，让他们出了一口恶气。

罗峰一跃而下，落到乌卡和戎钧的身侧。

“那两个家伙来挑衅我，我就顺手解决了他们。乌卡，之前对付你的人中有他们吧？”罗峰笑道。

“有！”乌卡咬牙切齿地道，“我早就想狠狠教训他们一顿了，只是实力不允许。哈哈，罗峰，多亏了你，给我出了一口气。痛快！”

他们欢欣鼓舞时，另一边的宇宙级老成员们脸色很不好看。

“浑蛋！”

“他们竟然输了。”

此次观战的还有太初区的近百个界主级强者和一些域主级强者。

宇宙级老成员输给了新成员，而且是在二对一的情况下，这令他们觉得很丢脸。

“罗峰的实力的确很强。”身穿银灰色战袍的青年默默地盯着远处的罗峰，“他竟然能够施展出剑之世界，看来，我要击败他，得拿出最后的底牌了。可是，这一招是我准备用来对付克罗夫的。”

“尼南，我听说，莫伊林和阿什这两个家伙被一个新人给干掉了？”一道浑厚的声音响起。

尼南转头。

只见一个六米多高，上半身穿着黑色战甲，下半身穿着黑色战裙，脚踏黑色战靴，裸露出来的双臂和脖颈都是赤红色的男子出现在眼前。

男子面部赤红，算得上俊朗，额头有着两根弯曲的火红尖角，眉心镶嵌了一块菱形晶石，身体尾骨部位还长着一条龙尾。

“这个疯狂的家伙怎么来了？”尼南脑海中浮现一个念头，当即回道，“是的。火龙，莫伊林和阿什的确是被一个新人干掉的，那个新人就是刚刚闯过通天桥第七层的罗峰。他非常嚣张，根本没将我们这些老成员放在眼里，接受莫伊林和阿什的挑战后，直接宣称要一对二。可是，没想到，他竟然赢了。”

“你看，那八个新人多张狂啊！”尼南看向新人的方向。

那边的罗峰等八人开心得很。

乌卡还朝这边的老成员挑衅：“你们老成员还是再多修炼几千年吧，两个打一个都输了，太丢人了，我都替你们感到害臊啊！哈哈哈！”

“乌卡，你嚣张什么！”

顿时，这边的宇宙级老成员都怒了。

“浑蛋！”龙尾男子怒喝一声。

他猛地化作一道火红流光，仿佛一块陨石砸落在擂台上，令擂台都震动起来。

下一瞬，他直接伸出蒲扇般的大手，遥指擂台下方的罗峰：“你给我上来，我要好好教训你。不就是能施展出剑之世界吗，竟敢这么张狂！”

声音轰隆，回荡开来。

正和戎钧、乌卡等人谈笑的罗峰，闻言一怔，抬头看去，不由得脸色一变：“是他?!”

萨金·火龙属于宇宙人类巅峰种群之一炎婆罗族，又是太初秘境五大宇宙级强者之一，修炼的是珍贵程度堪比《时空随笔》的绝顶秘籍《黑洞衍变》。

在一千五百年前，他便已经闯过了通天桥第七层。

第549章

黑洞衍变

因为早早调查过30名宇宙级老成员，对这五大高手的情况罗峰自然比较了解。

宇宙级五大高手分别是尼南、克罗夫、愚风、格、萨金·火龙，最强的毫无疑问是武者克罗夫，最让人惊惧的是药剂师愚风，这两人是五人中最可怕的。

即便是罗峰，也自认此刻的自己远远不是这两人的对手。

克罗夫勇猛彪悍，愚风走的是药剂师流派，很是罕见。一旦有成就，药剂师就会变得无比可怕，连克罗夫都栽在过愚风的手里。

尼南、萨金·火龙、格这三人的实力比较接近。格虽然是最晚闯过通天桥第七层的，但是他的战斗能力非常可怕。

“萨金·火龙？”罗峰抬头看着擂台上的龙尾男子，眉头微皱，“难道现在我真的要和他交手？”

本来他闯过通天桥第七层后，打算去接修炼任务，在接下来的近六年时间中，好好磨砺自己。

解决莫伊林、阿什，只是顺手而已。他从来没将那两人当成对手，可是萨金·火龙就不一样了。

擂台上。

萨金·火龙的龙尾甩动，抽打着擂台地面，朝下方怒吼道：“罗峰，上来啊！难道你不敢上来？”

“快上去！”

“罗峰，你有本事就上去啊！”

“莫伊林和阿什的实力比你弱，你只敢欺负弱的人。遇到萨金，你就吓得不敢上擂台了？”

擂台下方的宇宙级老成员们大喊起来。

下方观战的大多是界主级强者。

在现实世界中，他们都在宇宙中的许多神秘区域闯荡，在生死之间进行磨炼。

在一次次生死磨炼中，他们的精神极度紧张，偶尔看到宇宙级后辈们切磋觉得很有趣。更何况，今天竟然是后辈中的超级天才和宇宙级老成员决战。

“萨金真的要和罗峰决战？”

“有意思！如果真的斗起来，你们说谁会赢？”

三个穿着黑色战衣的界主级强者议论着。

“萨金·火龙修炼的是终极秘典之一的《黑洞衍变》。虽然他的积分只能兑换前几册，但是他绝对能发挥出所有的实力，赢罗峰是没问题的。”

“嗯，我也看好萨金。”

“哈哈！大家的想法都一样啊！我看好萨金，上次见过他和克罗夫比试，不愧是战斗种群炎婆罗族的，施展的拳法威力极大。罗峰除非能够将剑之世界施展到剑气无处不在的地步，否则赢不了他。”

……

太初秘境的界主级强者们都达到了界主级九阶巅峰。一般来说，能进入末世秘境的界主级强者，都是得到本源法则认可的。而太初秘境的界主级强者都是宇宙中强横的存在，比黑龙山星域的将天辰强了不知道多少倍。

这群达到界主级巅峰的顶级强者眼光是何等毒辣。

他们自然能看出罗峰和萨金·火龙的优劣势所在。

旁边的界主级强者和域主级强者都期待地看着这边，而远处那群老成员正在挑衅。

擂台上的萨金·火龙怒视下方的罗峰。

“上不上？”乌卡看着罗峰。

“罗峰，你若是没把握，那就算了。依我看，那个萨金·火龙就等着好好教训你呢，不能让他如意。”旁边的将莫低声说道，“而且，萨金·火龙闯过通天桥第七层已经有一千多年了，实力很强。你暂时低头，不算丢脸。”

“上不上？”戎钧沉声问道。

奥帕特拉、千水、艾辰、兰斯洛都看着罗峰。

这八人同属于新人阵营，自然是荣辱与共。

“本来想等到资格战才亮出底牌的，看来这次得施展绝招了。”罗峰看看台上的萨金·火龙，又看看乌卡、千水、戎钧等人，当即做出了决定。

就算是为了大家，这一战他必须赢！

他直接化作一道流光，落到远处的擂台上。

“好！”

“罗峰，有胆色。”

“漂亮！”

“好好打，我看好你。”

那群界主级强者、域主级强者都大声起哄，唯恐天下不乱。

在他们心里，罗峰是和萨金·火龙同等地位的人，因为他们看得出来，罗峰的进步速度很快，将来是有很大希望冲进原始秘境的。

擂台上。

罗峰和萨金·火龙相隔数公里，遥遥相对，彼此却都能看清对方，甚至能看清对方脸上的毛孔。

“有点胆量！”萨金·火龙的声音铿锵有力。

“别废话，动手吧！”罗峰说道。

萨金·火龙一听，顿时咧嘴笑了：“小子，你够嚣张的。不过，我会让你清醒的！”

罗峰脚下陡然出现暗云梭，同时背上的暗金色长棍射出万千金光，一把把金色小剑四射开去，金色小剑上的秘纹蹿出万千金色丝线，金色丝线勾动天地，顿时方圆数百公里范围天地剧变。

一片茫茫，无数剑气萦绕。

这就是剑之世界！

“哈哈！有点意思！”萨金·火龙站在擂台上，仰头大笑起来。

萨金·火龙身体周围迸发出赤红色的火焰，火焰环绕在他身体周围，直接将剑气阻挡开来。

萨金·火龙整个人仿佛火焰神灵。

“好强的火焰领域，无比内敛，却能抵挡我的剑之世界的压迫。”

罗峰心中一动，脚踏暗云梭，悬浮于半空，同时身前迅速凝结出一道淡金色的剑气。

“去！”罗峰遥指前方。

“嗖！”淡金色剑气直接破空而去。

“咔！咔！”

萨金·火龙穿着黑色战甲，此刻，他的双手上出现了黑色的拳套，那拳套由金属制成，手指关节部位宛如利刃。

“轰！”萨金·火龙面对快如闪电的淡金色剑气，直接轰出一记闪电般的重拳。

拳如箭！

他裸露的双臂、脖颈的肌肉微微颤动，显然，瞬间将无尽力量都灌输进了这一拳。

简简单单的一拳，却爆发出了最强的力量。如果去不朽祭坛测试，他起码能够达到90倍的爆发度。

“砰！”淡金色剑气溃散。

萨金·火龙往后退了一大步，厚重的战靴踩在擂台上，令无数碎石飞溅。

看到这一幕，罗峰脸色一变：“他就这么抵挡住了？”

“他竟然能让我后退一大步。”萨金·火龙遥看罗峰，狰狞一笑，“衍神兵不愧是九大神兵之一。”

萨金·火龙一迈步，整个人蹿到罗峰身前。

罗峰同时暴退。

“好快的速度！在剑之世界的压迫下，他的速度竟然都这么快。”

罗峰脚踏暗云梭，瞬间爆发出了极快的速度。

下一瞬，罗峰周围出现了上万个幻身，只见无数幻身不断闪烁。

《万线流》第四层——万线流！

在悟透第36种玄妙，又通过《时空随笔》第三册参悟暴雨图半年后，罗峰已经能够施展出万线流身法。特别是在剑之世界中，有剑之世界的辅助，更加轻松。平常施展出上万幻身，那纯粹是比拼速度。万线流秘法却能够有效地让上万个幻身结合起来，令罗峰犹如鬼魅，使对手难以防范。

“万线流？我讨厌这种只能用来逃的秘法。”萨金·火龙眼眸欲喷火似的。

“哈哈！掌控者当然不会和武者进行近身战斗。”周围上万个罗峰朗声大笑。

忽然，一道淡金色剑气凝聚而成，而后直接射了过去。

淡金色剑气仿佛调皮的孩子，一次次从萨金·火龙周围绕过，却根本不跟萨金·火龙硬碰硬。

“浑蛋！”萨金·火龙怒吼一声。

他戴着拳套的双手微微伸展开来，随即再度握拳。

“轰——”七个幻身陡然出现。

七个萨金·火龙都在施展着拳法，而且从左到右，萨金·火龙拳套上的暗红色光层越来越厚，第七个幻身拳套上的暗红色光层足有30厘米厚，令一双拳头仿佛巨大的铁锤。

“轰隆隆！”萨金·火龙猛地砸出一拳。

天地震荡，大半个剑之世界直接崩溃，只有罗峰周围的区域依旧维持原状。

罗峰脸色一变："这就是九炼拳？"

《黑洞衍变》媲美《时空随笔》，应该算是同等地位的两部秘籍，只要修炼到较高境界，就能达到宇宙国主层次。听说修炼《黑洞衍变》到极致，不管是一拳、一刀、一剑，还是一个意念，都能产生黑洞。

黑洞是非常可怕的天体，并非真正的洞，而是恒星坍缩，不断浓缩后，形成的超高密度的天体。

白矮星的密度很大，中子星的密度更大。可是，中子星和黑洞一比，密度简直不是一个档次的。

黑洞是无比微小的，但是其质量极大，无比可怕的密度和质量赋予了黑洞强到极致的引力。

引力能够撕裂空间。准确地说，黑洞处于原始宇宙空间和空间乱流之间，因为它的密度、质量、引力都超高，因而连空间乱流都无法引动它，所以它犹如一块磐石，根植在同一个地点，一动不动，吞噬一切光线、宇宙飞船、行星、恒星，使之化为其自身。

即便是不朽级强者，如果陷入黑洞深处，最后也会陨落。

九炼拳就是《黑洞衍变》这部终极秘典中的一门秘法，名气很大。

第550章

对赌

此刻，太初区所在的雨相山上方的高空中，有两道人影正漫步虚空。

雨相山是虚拟宇宙公司核心天才的聚集地，雷霆岛则是虚拟宇宙公司的不朽级强者和超级强者的聚集地。

也就是说，雨相山和雷霆岛所在的空间实际上就是虚拟宇宙公司真正的大本营，比现实世界大本营中聚集的高手还要多。而正常情况下，罗峰他们是没办法飞得太高的。

他们根本无法飞出雨相山，前往雷霆岛，也无法飞得离雨相山太远，就仿佛有无形的禁制笼罩了整个雨相山。

同样的道理，雷霆岛作为无数不朽级强者乃至更强大存在的聚集地，同样有着无形的禁制。那些不朽级强者根本无法飞离雷霆岛太远，所以，能够飞离雨相山、雷霆岛，在这个空间的其他地方飞行的，绝对是虚拟宇宙公司的高层、超级存在。

这虚空漫步的两人，一人身高近八米，穿着银色战铠，裸露出的双臂、脖颈、面孔都是暗红色，眉心镶嵌着一颗菱形晶石，尾骨处有一条粗壮的龙尾，双眸深处仿佛有恒星在燃烧。

罗峰感应出，这名超级强者是炎婆罗族人。

另外一人身高仅仅两米，精瘦，穿着造型奇异的黑色战袍，战袍上有着无数银线秘纹。他的眉心有着第三只眼——竖眼，那竖眼中仿佛有一把金刀，目光冷厉。

“哈哈！炎婆罗，看下面，那擂台上的两个小家伙中有一个是你的后代。”

那三眼男子俯瞰下方，透过周围数万公里空间，清楚地看到擂台上正准备动手的两人。

炎婆罗？宇宙中古老的炎婆罗族中，只有一人有资格被称为炎婆罗，那就是浩瀚宇宙中诞生的第一位炎婆罗族人。他和族中的一个女子生下孩子，经过数年，便有了炎婆罗一族。

他正是炎婆罗族亿万年来唯一的族长，也是炎晶宇宙国的国主。

“他叫萨金，是火龙部的一位小天才。”炎婆罗俯瞰下方，笑道。

“炎婆罗，你说下面两个小家伙谁会获胜？”三眼男子问道。

“当然是萨金！”炎婆罗看了旁边的三眼男子一眼，“怎么？莽牙，你不同意我的说法？”

三眼男子微微一笑，道：“我赌他的对手获胜。如果我赢了，你就将那把匕首给我，怎么样？”

“做梦！”炎婆罗瞪了他一眼。

“不要你的匕首了。我若赌赢了，你将那颗金角界石给我怎么样？”三眼男子说道。

炎婆罗看了看，脸上露出一丝笑容：“你要一颗金角界石也可以，如果我赢了，你将那块紫蓝雷璃给我。”

“行！”三眼男子应道。

“哈哈！你就准备将那紫蓝雷璃给我吧！”炎婆罗笑道。

“你也准备好金角界石吧！一头金角巨兽一辈子才凝聚出一颗金角界石，我那徒儿兵器的主材料有着落了。”三眼男子也笑道。

两人笑着，同时俯瞰下方。

紫蓝雷璃和金角界石都是宇宙中诞生的神秘宝物。

金角界石唯有星空巨兽十二大巅峰巨兽之一的金角巨兽才能孕育，而且一生只能孕育一颗金角界石，而宇宙中的金角巨兽极其稀少，可见金角界石多么珍贵。

宇宙中，唯有虫族疆域中可怕的雷神殿秘境才出产紫蓝雷璃，这雷神殿秘境在数年前生存着某个奇异种群，并且建立了雷神殿，然而，即使是那个种群，也未曾探索遍整个秘境。后来，那个种群被机械族强者灭族了。

雷神殿秘境成了宇宙中名气颇大的一个宇宙秘境，吸引浩瀚宇宙中的亿万种群的强者去探索，人类中的不朽级强者们当然也去探索了。紫蓝雷璃就是其中比较重要的材料。

“啧啧，万线流身法。”三眼男子笑着点点头。

“哈哈！他施展出了九炼拳，赢定了。”炎婆罗笑道。

雨相山，太初区。

对战擂台上，罗峰和萨金·火龙的对决已经到了关键时刻。

“轰——”萨金·火龙一拳将周围的剑之世界轰碎了。

他紧紧地盯着罗峰，恶狠狠地道：“小子，你输定了！”

萨金·火龙的速度猛地爆发，身影诡异莫测。

罗峰感觉有两个萨金·火龙冲过来，又感觉只有一个萨金·火龙朝自己而来。

“他的九炼拳已经令空间扭曲，肉眼观察到的人影已经失真。”

罗峰脸色一变，脚踏暗云梭，施展着万线流身法，立即避让开来，同时操控着剑之世界，令残余一半的剑之世界再度延伸开去，凭借剑之世界的世界之力锁定对手。

“没用的！”萨金·火龙咆哮着，瞬间冲到了罗峰面前。

那裹着30厘米厚的暗红色光层的巨大拳头宛如两个暗红色的大锤，拳头外围火焰环绕。

“轰！”这一拳快如闪电，仅仅留下一道火光，便击在了罗峰的身上。

“噗！”罗峰的身体化为虚影，直接消散。

“好快！”

数公里外，脚踏暗云梭的罗峰死死地盯着萨金·火龙，身前再度凝聚出一道淡金色剑气。

“去！”淡金色剑气破空而去。

罗峰并没有操控淡金色剑气硬碰硬，而是用淡金色剑气从各个诡异的角落去攻击，影响萨金·火龙的速度。

“啊！”萨金·火龙被缠得烦了，怒吼一声。

只见他体表的火焰猛地收回，同时全身皮肤形成一层淡淡的暗红色光层，仿佛穿了一件暗红色的光甲，同时他的右拳化为虚影。

“砰！”他的右拳快到极致，直接砸在淡金色剑气上。

“速度比刚才快那么多！”远处的罗峰脸色一变。

“本来我准备用这招对付克罗夫的，今天就让你尝尝厉害吧！”

萨金·火龙的速度猛地加快，冲向罗峰。

“嗖！嗖！”罗峰的身影快如闪电，躲避起来显得狼狈。

……

“《黑洞衍变》中的炎晶九炼身？这个萨金·火龙竟然练成第一炼了。”擂台下面那身穿银灰色战袍的尼南脸一沉，“这次我要赢他是很难的。”

炎晶九炼身是《黑洞衍变》秘典中的另外一种秘法，威力比九炼拳更大。一旦练成炎晶九炼身，全身仿佛披着一层战甲，不仅有防御效果，还能令修炼者的速度、攻击力等飙升，是一种厉害的秘法。但是，仅仅入门都非常难。那萨金·火龙是炎婆罗族的，天生就很适合修炼这种秘法，天赋极高，又有名师教导，苦苦研究数千年才终于入门。

……

“罗峰这下麻烦了。”戎钧脸色一变。

“那个大块头的速度太快了。”乌卡瞪大眼睛。

一群新人，还有宇宙级的老成员，包括那些界主级强者、域主级强者都很震惊。先不谈能量层次，单单境界方面，萨金·火龙在宇宙级的天才中都算是中上了。

“罗峰要输了。”

“嗯，他输得不冤。”

罗峰简直是被蹂躏，施展出炎晶九炼身的萨金·火龙堪称怪物。

萨金·火龙的拳速完全能够赶上剑气速度，奔跑速度能赶上罗峰脚踏暗云梭飞行的速度，仅仅三个照面，第三次，萨金·火龙就一拳砸在罗峰手中的六棱盾牌上。

“轰隆隆！”盾牌被砸飞，罗峰整个人狠狠地砸落在擂台上，擂台出现了一道深沟。

“竟然没死，此人使用盾牌的能力丝毫不亚于厉害的武者。”萨金·火龙咧嘴一笑，“不过，没用的！”

厉害的武者？盾牌和战刀是魔杀族分身常年修炼《幽影》秘典的正常配备，战刀用得好，盾牌的防御力也极强。

“轰！”萨金·火龙俯冲而来。

趴在地上的罗峰猛地一抬头，紧紧地盯着萨金·火龙，低吼一声：“去死吧！”

“嗡——”

剑之世界猛地朝四面八方延伸，一道淡金色剑气在罗峰前方凝聚，萨金·火龙却蛮横地冲来，眼眸中有着一丝不屑，随即脸上露出惊骇之色。

“轰！”一股可怕的意识威压直接降临，轰击萨金·火龙的意识。

罗峰的其中一张底牌——意识威压。

金角巨兽现在已经达到域主级九阶，域主级九阶的金角巨兽单单论意识强度，足以媲美正常人类武者界主级三阶的意识威压。

当初罗峰去血洛世界，域主级巅峰的意识威压可以令恒星级强者的灵魂瞬间崩溃。只需一个眼神，就可令其直接丧命。

而现在，萨金·火龙虽然血统好、天赋好、机遇多，但其意识强度最多媲美域主级一两阶强者，整整隔了一个大级别。即使死不了，意识也会瞬间轰鸣，失去反抗能力。

这一招非常厉害。在血洛世界中闯荡，罗峰经常用这招。可是，闯通天桥第七层，却根本没用过这一张底牌，因为通天桥考验的是对本源法则的感悟，用意识威压就有作弊嫌疑，而且罗峰也担心虚拟宇宙系统会直接增强守关者的意识，所以闯通天桥时从未用过。

不过，一对一的话，还是能用的。

萨金·火龙瞬间蒙了，双眼无神。

“噗！”淡金色剑气直接射入他的眼珠，贯穿他的头颅。

一瞬间，萨金·火龙的另外一只眼睛一亮，似乎恢复意识了。可惜，晚了……

“轰——”萨金·火龙轰然倒地，砸在擂台上。

“收！”罗峰站起身来，无数暗金色小剑朝他飞来，全部飞入其身后的暗金色长棍中。

此战，罗峰胜！

第551章

降临

雨相山高空，云雾缭绕。

站在虚空中，俯瞰下方的两人表情各异。

“哈哈！炎婆罗，多谢你给的金角界石，我那徒弟的兵器有着落了。”三眼男子笑了起来，同时瞥了炎婆罗一眼，看看炎婆罗的脸色。

“刚才那小家伙竟然赢了！”炎婆罗俯瞰下方，眉头紧锁，“好强的意识威压。”

“别转移话题！”三眼男子笑道，“难不成你想要赖？”

“放心，金角界石肯定会给你。”炎婆罗没好气地道。

他有些心疼，这可不是宇宙中常见的金属，比如赤混铜母，虽然是极其昂贵的金属，但是以陨墨星主人呼延博的能力，照样能够用大量的赤混铜母建造出一艘宇宙飞船。

而一头金角巨兽一生才能孕育一颗金角界石。假使某金角巨兽夭折，就没有金角界石了。

全宇宙的金角界石加起来，都造不出一艘宇宙飞船。它和赤混铜母的区别很大，就好像钻石和泥土。

“我就想不通了，那个小家伙的意识威压怎么就这么强呢？”炎婆罗说道。

“天生脑域阔度极高，或者有一些特殊的际遇，令灵魂得以蜕变了呗！”三眼男子微微一笑，“反正，宇宙之神秘，你和我不知道的事多着呢。一些灵魂发生蜕变，意识强度大涨，在宇宙历史上虽然稀少，但还是有一些的。”

炎婆罗摇摇头，瞪了三眼男子一眼：“让你赚了一笔。”

“哈哈！别怪我，要怪就怪你族内的那个小天才，意志一般，如果意志足够坚定，完全能够保持清醒。”三眼男子笑道。

炎婆罗闻言一怔，随即点点头：“嗯，他的意志确实一般。”

若意识是无数的兵卒，意志就是将军，罗峰当初闯幻境海时，一座座岛屿闯过去，遭受到了意识威压。

第九座岛屿的难度最大，很多界主级巅峰强者都闯不过。第九座岛屿的意识威压比界主级巅峰强者的都要强，介于界主级巅峰强者和不朽级强者的意识威压之间。

而罗峰当初闯幻境海，意识也就达到域主级巅峰而已，相差了超过一个大级别。

然而罗峰硬扛住了，依旧保持清醒，直接闯过了第九座岛屿。当闯第十座岛屿时，因为那是不朽级强者层次的意识威压，直接轰散了罗峰的意识，他才会失败。

界主级到不朽级是灵魂的蜕变，宇宙级、域主级、界主级这三个层次的意识威压增加幅度还不算可怕。

界主级到不朽级，意识威压有根本性的提高，所以闯第十座岛屿，罗峰的意识直接被轰散了。

罗峰的意志极其坚定，意识无比凝聚，任其他意识威压如何压迫，依旧能保持清醒，除非超过极限，意识直接消散。

而那些意志很不坚定的，仅仅听到别人一声大喝就能被吓蒙，也就是脑袋一片空白的状态。

萨金·火龙在罗峰的意识威压的轰击下，瞬间蒙了。如果他能像罗峰那般意志坚定，最多感到眩晕，却绝对能保持清醒。

太初区。

擂台下方一片寂静。此时，已经聚集了近三百人，太初区差不多四分之一的成员都到了。

“怎么可能？”

“败了？”

“萨金·火龙施展出了九炼拳，又施展出了炎晶九炼身，竟然还输了。”

“最后一瞬间到底是怎么回事？难道罗峰施展出了某种精神攻击？”界主级强者们震惊。

绝大多数人都认为萨金·火龙会赢，最后的结果却出人意料，以他们现阶段的实力，根本无法看出最后那一瞬间到底发生了什么。

“输了？”

“我们输了？”

“就连萨金都输了……”

宇宙级老成员们都蒙了，失魂落魄地看着擂台上的黑发青年。

他们也是太初秘境中的天才，其中有通过天才战选拔出来的，也有通过强者战选拔出来的，还有虚拟宇宙公司在1008个宇宙国招募并培养，最终选进来的。

他们也都是天才，还都是修炼很久的天才，今天，他们和一群加入虚拟宇宙公司没多久，连第一次资格战都没参加的新成员争锋却输了。

“尼南，”之前被击败的莫伊林和阿什站在尼南身侧，“这是怎么回事？”

“怎么会输呢？”尼南却紧紧地盯着擂台上的罗峰，“萨金那家伙实力很强，那种状态下，连我都没有丝毫把握赢他，只能使出绝招，去和他拼一拼。可是，最后那一瞬间，处于巅峰状态下的萨金竟然被击败了。到底发生了什么？”

尼南心中焦急。

此次资格战，罗峰会是他最大的阻碍。

“萨金在最后一瞬间失败，我也可能是同样的结局。”尼南眉头紧锁，苦苦思索，“最后时刻，到底发生了什么？”

另一边。

罗峰背着暗金色长棍，直接朝擂台下方走去。

“哈哈！罗峰，干得漂亮！”乌卡笑着大喊。

“厉害。”戎钧朗声笑道。

“罗峰，听到你最后那一声怒吼，真是痛快啊！”兰斯洛也笑着喊道。

将莫、千水兄妹也兴奋地大喊着。

文静的艾辰则是满脸笑容。

奥帕特拉这个傻乎乎的家伙也呵呵笑着。

罗峰走到擂台边，正欲一跃而下。

“罗峰！”后面传来一声怒吼。

罗峰转头。

远处一道人影从天而降，落在擂台上。

正是萨金·火龙。

萨金·火龙满脸不悦，之前被击败，意识回归现实的瞬间，他就立即又进入虚拟宇宙，从庄院飞了过来。

“最后是怎么回事？”萨金·火龙盯着罗峰。

他不明白，同样是宇宙级九阶强者，意识威压怎么相差那么大。

“别问我是怎么回事，只能说，你的意志太弱。”罗峰遥看萨金·火龙，“好好磨炼意志吧！”

若是意志坚定，即使意识受到压制，只要不是差距太悬殊，还是能保持清醒的。

“你……”萨金·火龙指着罗峰，却没说出话来。

“希望下次碰到你，你的意志能够强一点，否则，进入原始秘境的名额就没你的份了。”

罗峰说完，直接一跃而下。

他对乌卡、戎钧等人笑着说道：“走，我们回去。”

“乌卡，你别跟我抢。这次我请客！”将莫连忙喊道。

这批新人中，乌卡、将莫、千水都算有钱人，至于罗峰、戎钧等人，那就差远了。

“无论是谁请客，我都没意见。”罗峰笑道。

“有得吃就好。”戎钧微微一笑。

“狠狠宰他一笔。”乌卡叫道。

一群新人笑着，而后直接走开了。

……

擂台下方，一些界主级强者，还有域主级强者，也都彼此议论着，而后三五成群地离开了。显然，这一战令这些前辈印象深刻，他们都记住了罗峰的大名。

唯有那群宇宙级老成员迟迟没有散去。

“萨金·火龙，你怎么会输？”

“怎么回事？”

不少和萨金·火龙相熟的人走了过去。

“萨金？”尼南也走了过去。

萨金·火龙低哼一声，扫了周围的人一眼，随即看向尼南：“尼南，你小心一点，不然，此次资格战你也会栽在他的手里。”

说完，萨金·火龙直接朝外走去。

“这家伙！”尼南盯着萨金·火龙高大的背影，眼眸中掠过一丝郁闷，“竟然什么都不肯说。”

萨金·火龙一飞冲天，心中冷笑：“尼南，我才没那么蠢，将罗峰的绝招告诉你们，这不是让你们有应付的准备吗？你们输了，我才更有希望冲进原始秘境。这一战我输了也好，至少参加资格战时能有所准备。”

“看来，我得经常去闯荡幻境海，磨砺意志，我的意志薄弱，根本抵抗不住意识威压。”萨金·火龙当即做出了决定。

这一战很快就传开了，太初秘境宇宙级的无冕之王克罗夫，还有令人恐惧的药剂师愚风都得知了这个消息，甚至还有一些宇宙级老成员想要邀战罗峰，可是，罗峰根本不应战，因为他开始进行修炼任务了。

按照计划，闯过通天桥第七层后，就可以进行修炼任务。

太初秘境，龙塔星。

这是一个古老、庞大的星球，一艘佯装隐形的机械族宇宙飞船进入这个星球的大气层，随后消失。一道人影一闪，便横跨数百公里，到了下方无边无际的森林中。

罗峰上半身穿着暗红色的内衣，那是摩云藤幻化而成的内衣，外面则套着一层迷彩战铠，手臂上还套着两个迷彩护臂，下身则穿着迷彩长裤，长裤是合金丝编织而成的，柔韧度高，防御力极强。他的护臂上还镶嵌着一面用坚韧材料制作的屏幕，屏幕上浮现出大量字幕，正是探测周围获得的讯息资料。

他的身上有暗金色长棍。

“在血洛世界真不舒服，很多武器都不能用，科技类的更不能用。还是待在这个龙塔星比较好，什么都能用。”罗峰环顾四周，“不过，这个龙塔星应该处处都潜藏着危险。”

宇宙战士罗峰降临龙塔星，开始执行修炼任务。

第552章

彪悍的罗峰

龙塔星乃太初秘境孕育出来的一颗古老星球。

如果是在正常的星域，像龙塔星这样庞大的星球根本不可能存在，可在宇宙秘境无比浓郁的宇宙本源能量的孕育下，原始宇宙衍变在宇宙秘境的范围内走上了另外一条岔道，孕育出了许多奇特的天体和生命。

“引力，10812个地球引力？

“空气中，氮气占98%？”

全副武装的罗峰走在茫茫大森林中，左护臂的屏幕上浮现出详细的资料。

他一扫周围，耳朵微微一动。

“有声音！”

他的战靴轻轻地踩在枯叶上，接着整个人便消失了。

数百公里外，罗峰半蹲在一棵三十余米高、主干呈绿色和黄色、粗壮的歪脖子古树的枝杈上，正遥遥看着数十公里外的庞然大物。

以罗峰的视力，虽然相隔数十公里，但是能清楚地看到那个被称为龙的生物，就连它身上的鳞片都能看得清清楚楚。

它高约1200米，身体长度约1600米，有一条100米左右的尾巴，好似披着一层由紫色岩石雕刻而成的鳞甲，头颅非常大，特别是那血盆大口，显得无比狰狞。四蹄粗壮有力，其奔跑能力毋庸置疑。

它便是周围上万公里范围内的领主，暴龙中的岩龙，具有极强的攻击性。

天空中，一群长着翅膀的翼龙呼啸而过。

“嗖！”

那条岩龙闪电般地往前冲，在远处的荒原大地上留下一道幻影。

在奔跑的同时，它突然张开大嘴，一道血光猛地一闪，直接卷住一条翼龙，顿时令整个翼龙群都大吼着四散开来。

而那被卷住的翼龙不停地挣扎着，却被血色舌头卷着，直接拖进了岩龙的血盆大口中，很快就被吞噬了。

“嗷呜——”而后，岩龙仰头，嘶吼一声。

远处的森林里，罗峰蹲在枝杈上，低头看了看护臂上的屏幕。

屏幕上浮现出清晰的信息：岩龙（成年体），达到宇宙级九阶巅峰，属于任务目标之一。

下一瞬，屏幕上出现了复杂的图录，图录上有着很多种龙，毫无疑问，目标一律是达到宇宙级九阶巅峰的龙。

龙塔星的任务名为“猎龙者任务”，主要是将图录上的目标击杀，同时得到目标身上的某个材料，带回去当作信物。全部目标猎杀完毕后，即可领取1万积分。

这个任务看似简单，实则很难。如果是一个个击杀，的确很容易，可此任务危险的点在于，龙塔星可不单单只有弱小的龙。对罗峰此等强者而言，宇宙级九阶的龙的确算是弱小的，可龙塔星中还有很多域主级乃至界主级巅峰的龙。就算是机械族宇宙飞船的歼星炮，也要蓄势许久才能放出一炮。而龙塔星内有无数条龙，一旦惹到界主级巅峰的龙，遭到这些龙的围攻，即便乘坐宇宙飞船，也逃不掉。

“岩龙？”罗峰微微点头，“第一个！”

“嗖！”他消失了。

数十公里外的荒原上，岩龙嘶吼着，环顾周围，傲气得很。

它有资格骄傲，因为在龙的生长过程中，超过九成的龙在幼体时期就会被吃掉，或是被击杀，极少数历经千辛万苦，才能成年。

龙塔星上，成年体的龙实力最弱的都达到了宇宙级。任何一条成年体的龙，都能掌控一方领地。当然，领地也有大小之分。

“去！”罗峰瞬间出现在半空中，身后金光四射，瞬间组合成一把三米多长的暗金色长剑。

“衍神兵第五重——空间切割！”

“嗷——”

岩龙微微转头，便看到一个小不点悬浮在半空中，正紧紧地盯着它。

它刚发出不满的怒吼声，一道金光便直接射了过来，它想要扭头躲避开来，却感觉到无形的空间压力束缚着自己。

躲避的动作慢了一点。

“哧！”金光直接射进其庞大的头颅中。

随即金光又从其头颅中飞出，迅速飞到罗峰的身后。

岩龙的眼睛瞪得滚圆，恐惧地盯着那个小不点，完全不知道那个小不点是什么可怕的生物，随即，它的意识湮灭。

“轰隆隆——”岩龙庞大的身体砸在荒野大地上，令地面猛地一震。

罗峰降落在岩龙的尸身上，战靴踩在那紫色的岩石鳞甲上，环顾岩龙，感觉它像一座大山。

“现在就收集它胸前的逆鳞。”

罗峰一闪身，出现在岩龙尸身前方，用念力直接将一片鳞片剥下，收入空间戒指中。

他瞬间飞到远处的杂草中，透过杂草，遥看四周：“继续寻找下一个目标。”

龙塔星上，只要是界主级以下的强者，几乎都不是罗峰的对手。先不说罗峰身上的迷彩战铠和军裤都是用的很便宜的合金材料，当然，也是E9级的合金材料了，他最大的倚仗是能够形成贴身战衣的摩云藤，现如今的摩云藤已经达到域主级九阶（在血洛世界待80年足够了），单单靠摩云藤就能横扫界主级以下的强者了。

对罗峰而言，最大的问题是，如何用积分让摩云藤进化到界主级，他舍不得耗费金钱，现在他的钱也根本不够。

“只能等，等我将修炼任务一次性做完，闯进原始秘境后，再让地球人本尊提升到域主级，那样我就能得到老师最大的一份遗产了。”

……

龙塔星的任务（危险级）耗时39天完成，奖励1万积分。

……

虚空索崖的任务（危险级）耗时21天完成，奖励1.5万积分。

……

罗峰开始疯狂执行任务。

……

按照虚拟宇宙公司的规定，只有宇宙级天才才能去接修炼任务，域主级天才是接受外派任务，界主级天才则要进行生死磨炼，而宇宙级天才每100年最多接10个任务。

为了防止天才们不停地接任务，每人接的任务的总额度是有限制的。

一名宇宙级天才可以接绝境级任务，而原始秘境成员最多可以接3个绝境级任务，太初秘境成员最多能接2个任务，天地秘境和末世秘境的成员最多只能接1个任务。主要是为了安全考虑。实力不够强，就接绝境级任务，不是找死吗？其次是因为资源分配。绝境级任务很危险，积分奖励也非常夸张。

至于危险级任务，原始秘境成员最多能接15个，太初秘境成员最多能接10个，天地秘境成员最多能接6个，末世秘境成员最多能接3个。

按照奖励积分规定，罗峰根本没将安全级、普通级、困难级的任务放在眼里，因为奖励的积分太少了。

绝境级任务的奖励积分最低10万积分，有的甚至奖励100万积分。

危险级任务的奖励积分一般是1万—2万积分，最多10万积分。

困难级任务，奖励1000—2000积分。

普通级任务，奖励100—200积分。

安全级任务，就别提了，奖励的积分实在是太少了。

六个月后。

“兄弟，你太厉害了。这才多久，你竟然完成了4个危险级任务！”乌卡崇拜地看着罗峰。

旁边的戎钧赞赏地看着罗峰。

罗峰坐在那里，端着酒杯，笑着说道：“不用惊讶，你不是让我说吗，我是不会欺骗兄弟的，可我一说，你看看，你这副表情有点夸张。”

“不夸张！不夸张！加上血洛世界的任务，你已经完成5个危险级任务了。”乌卡缓缓地道，“据我所知，危险级任务分布在很多秘境中，分布在太初秘境内的一共只有5个。短短时间内，你就完成了4个，如果去其他星区，单单赶路的时间就很长，根本来不及，你完成的都是太初秘境内的危险级任务？”

“聪明。”罗峰笑着点点头。

“你真行！”乌卡连连摇头，“为了节省时间，连危险级任务都不认真选。”

“反正危险级任务中积分奖励高的才3个。”罗峰淡淡一笑，“太初秘境的成员最多能接10个危险级任务，我还有额度。”

“咦？”他忽然低头看了肩膀上拳头大小的巴巴塔一眼，连忙起身。

“乌卡、戎钧，我的老师找我，我就先走了。”

“老师？”

“去吧！”

两人都没有阻拦。

罗峰当即化作一道流光，离开了乌卡的庄园，朝自己的庄园飞去。

修炼场。

真衍王看着罗峰，一副见了鬼的表情。

他虽然是存在了亿万年的超级强者，但是门下的弟子就那么多，真正令他满意的也就三五个，罗峰就是其中之一。

“你的天赋的确很高，进步速度也是越来越惊人，确实有自信的理由。”真衍王摸着脸上的绒毛，皱着眉头看着罗峰，“你连续完成了5个危险级任务也就罢了，那可是绝境级任务啊！”

“什么叫绝境级任务？”

“执行绝境级任务的，死亡率高达90%，敢进去绝境的哪一个不是信心十足，可死亡率还是很高。而你，连第一次资格战都没参加，就直接去绝境完成任务，我是该说你狂妄自大，还是信心十足？”真衍王无奈地道。

“老师，我已做了决定，而且信心十足。”罗峰说道。

第553章

绝境级任务

罗峰在老师面前很谦逊，答案却满含不可撼动的决心。

真衍王看着眼前恭恭敬敬的罗峰，摇了摇头，不由得笑了起来：“虽然你的决定有些鲁莽，但是在我面前，你都能做到丝毫不动摇，这点很不错！想要成为强者，一定要经常自省，发现错误就得立即改正，而如果认为自己的决定是正确的，就应该坚持下去。既然你决心已下，我就不再多说了，记住，一定要活着回来见我。”真衍王叮嘱道。

亿万年悠久的寿命，他看着一个个弟子死去，心中很不好受，自然不想罗峰出什么事。

“老师，我一定会活着回来。”罗峰恭敬行礼。

“去吧！”真衍王挥挥手。

罗峰躬身，随即走出了修炼场。

真衍王看着罗峰离去，脸上有着复杂的神色，随即身影直接消散了。

罗峰走出修炼场，庄园内的仆人、护卫见到他，连忙行礼。

“殿下。”

“殿下。”

一群人恭敬得很。

罗峰却眉头微皱，暗自思忖：“老师说得没错，敢去执行绝境级任务的，都是有着十足信心的，可死亡率依旧高达90%。我有魔杀族分身和金角巨兽，生存能力比其他人强十倍，却也不能掉以轻心。”

之前半年执行了4个危险级任务，其中有两次遇到了危险，他都是瞬间切换魔杀族分身，靠着达到域主级九阶的魔杀族分身的身法和速度才迅速逃脱。

执行危险级任务时，都遇到了麻烦，绝境级任务更危险，自然不能有丝毫大意。

罗峰进入书房，坐在书桌前，打开笔记本电脑，直接点开页面。

“绝境级！”

他没有丝毫犹豫，直接点击。

“嘀——”刺耳的声音从屏幕中发出。

“罗峰，我要郑重地提醒你，这是绝境级任务。我们虚拟宇宙公司自建立以来，太初秘境、原始秘境的许多成员接了绝境级任务，都丢了性命，我建议你还是经历几次资格战后，再试着接绝境级任务。”一道电子音回荡在书房内。

“如果放弃，请选择取消，如果仍然想要接绝境级任务，请选择确定。一旦确定，便无法取消，必须执行绝境级任务。”

罗峰咧嘴一笑，直接点击确定。

“嘀！”屏幕上的页面自动刷新，出现了一个崭新的页面，唯有接绝境级任务的人才能看到这个页面。

页面的最上面有一行字：绝境级任务，死亡率为90%，从绝境中活下来，需要很强的实力，也需要运气，你最多能选择两次绝境级任务，请慎重选择。

下列为绝境级任务列表：

1.炼狱深渊（虚拟宇宙公司原始秘境）。

2.云宫（巨斧斗武场原始秘境）。

……

8.魔山（虚拟宇宙公司太初秘境）。

……

12.死星（宇宙佣兵联盟荣耀秘境）。

……

18.血魔大陆（宇宙第一银行滴血秘境）。

罗峰看着任务列表，眉头微皱："危险级任务一共有186个，绝境级任务才18个，还真是少得可怜。"

这18个绝境级任务中，有4个是在虚拟宇宙公司的秘境中进行，其他14个则在巨斧斗武场、宇宙佣兵联盟、宇宙星河银行、宇宙第一银行的秘境中进行。单单看这些名字，罗峰就能感觉到危机。既然被称为绝境，一定是很危险的地方。

"嗯！我先一个个认真地看看，看这些绝境到底是在什么地方。"罗峰开始翻看起来。

每个绝境都有详细的介绍，也有详细的任务要求，奖励的积分高低不等，最低的是死星绝境级任务，不过，这个任务一共有3个小任务，每个小任务都能奖励10万积分，加起来倒也不算少了。

奖励积分最高的是炼狱深渊这个绝境级任务，仅仅1个小任务，积分却高达100万。

……

罗峰一边阅读一边思索，整整半个小时。

他倒吸一口凉气，盯着眼前的屏幕，低声说道："还真是够狠的。老师之前说得没错，想要从绝境中活下来，实力当然是根本，不过还需要那么一点运气。即便是我，若是运气糟糕，陷入危险，分身全部暴露，都不一定能活着出来。"

这18个绝境级任务都很难。

"我的运气只要不是太糟，还是有一定把握的。到底选哪一个呢？"

罗峰丝毫不害怕。

这世上本来就没有百分百安全的事，就算是地球上的普通人，走在路上，都可能被空中掉下的花盆砸中。他虽然是很厉害的高手，但若是运气糟糕，碰到遭遇了一些痛苦事情的超级强者，超级强者肆意发泄，便能直接杀了他这个小家伙。说不定虫族、机械族的超级强者也会进攻，透过宇宙穿梭，直接来到秘境中，杀死一批小家伙。

总之，就没有绝对安全的事，有一定的把握，就能去闯。

“嗯，魔山任务是太初秘境中唯一的绝境级任务，看其信息，算是比较适合我的。既然距离很近，那就它了。”罗峰眼睛一亮，轻轻点击，选择接受。

“嘀！”电子音再次响起。

“请确认接受魔山任务。

“接受成功！

“请填写出发时间，虚拟宇宙公司会安排人送你去魔山。”

罗峰深吸一口气，当即填写信息。

……

魔山是太初秘境中的一个神秘之地，悬浮在虚空中，周围有九颗古老的星球，这九颗古老的星球上生活着很多土著，无数土著强者会离开自己的星球，闯入魔山，因为只有从魔山活着出来，才会被虚拟宇宙公司招纳，成为虚拟宇宙公司的一员。

是的，魔山和血洛世界不一样，魔山和周围的九颗古老星球都受到虚拟宇宙公司的控制。当然，论神奇程度，魔山最高。

魔山的修炼任务有二：

其一，在魔山中生存3个月，获得奖励10万积分。

其二，在魔山中生存3年，获得奖励30万积分。

这两个任务看起来非常简单。可是罗峰仔细阅读魔山任务的一些须知后才发现，原来，仅仅生存都是一件非常难的事。

……

两天后。

一艘宇宙飞船降落到罗峰领地中的星辰陆地上。

“罗峰殿下。”宇宙飞船中走出三个身穿黑色制服的男子，恭敬地行礼。

“嗯，出发吧。”全副武装的罗峰说道。

“是！”三个身穿制服的男子都恭敬地应道，跟随罗峰一道进入舱门。

随后，舱门关闭，宇宙飞船开始缓缓上升。

“恭送殿下！”奥多和一群护卫都躬身行礼。

“嗖！”宇宙飞船片刻后便消失在虚空尽头。

……

“宇宙穿梭完毕，现在开始进行暗宇宙穿行。罗峰殿下，从这里到魔山大约需要6个小时。”三人中袖子上有着银色丝线的男子笑道。

“嗯。”罗峰点头。

“对了，你是专门送人去魔山的？”罗峰问道。

男子微微一笑，道：“是的，太初秘境内的所有宇宙级成员前往魔山，都是我去送的。”

“死亡率怎么样？”罗峰又问道。

“不知道。虽然我负责送，但是幸存者返回的时候，是虚拟宇宙公司在魔山驻地的人员专门送回，我不知道死了多少，不过，听我的同僚说，死亡率挺高。”

“哦。”罗峰微微点头。

“我还可以告诉罗峰殿下，包括罗峰殿下，近期一共有三人前往魔山。”男子说道。

“三人？”罗峰眉毛一挑。

“其中一位是原始秘境的成员，另外一位是末世秘境的成员，第三位就是罗峰殿下了，他们已经进入魔山了。”男子继续说道，“负责迎接的，正是我的同僚。”

罗峰再次点头。

原始秘境的宇宙级成员有五人，三个老成员，外加伯兰和隆云。

此次资格战，这五个人都有可能和罗峰交手，所以之前他查看了这五人的详细资料。

“不知道是伯兰，还是隆云，抑或是那三个老成员之一？”

随即，罗峰回了休息舱。

约6个小时后，宇宙飞船再度进行宇宙穿梭，回到原宇宙。

“看！前面就是魔山！”控制室内，男子遥指前方。

通过外景虚拟，罗峰能清楚地看到远处的虚空中有一座弥漫着淡绿色雾气和白色雾气的黑色大山。虚空中，这座大山显得无比巍峨。

这座巍峨高山的周围隐隐有一颗颗古老的星球。从罗峰这个角度看去，只能看到五颗古老的星球。

“魔山高1.8亿公里，底部最宽处约3.2亿公里。”男子指着高山介绍道，“魔山是我们虚拟宇宙公司的人给它取的名字，那九颗古老星球的土著们称魔山为‘圣地’‘禁地’‘传承禁地’等，经常有大量的土著涌入魔山，其实我们虚拟宇宙公司进入魔山的人的数量不足土著的万分之一。”

第554章

魔山

魔山巍峨，悬浮于虚空中。

这魔山实在是太过庞大，山脚处的随便一个平台、一块峡谷凹地，就能媲美地球的陆地面积，山脚处有一座座美轮美奂的宫殿，有些宫殿高达万里，能够居住在那等宫殿中，都是不朽的存在。

“禁止大声喧哗！”

“禁止打斗厮杀！”

“禁止飞出峡谷！”

“违反者，一律杀无赦！”

洪亮的声音回荡在一块峡谷凹地中。

峡谷凹地内有数人，或是盘膝而坐，或是倚靠着山石，或是三五成群，彼此聊天，长相却都和地球人相似，都是两只手、两只脚、两只眼睛、一个鼻子、一个嘴巴，连身高都和地球人相似。

唯一的区别是，所有人的额头都长着两根弯角，或是黑色弯角，或是银白色弯角。

一眼看去，广阔的峡谷凹地内有数千人。

“师父，我们得等到什么时候啊？魔山一直封锁着，虚拟宇宙公司根本不让我们进去。”一个穿着战甲，赤裸着双臂，额头长着黑色弯角的青年低声说道。

他的旁边还有六名男女，都围着中间那名穿着紫色战甲的老者。

八人中，紫色战甲老者是界主级强者，其麾下有七大弟子，其中有两个域主级强者和五个宇宙级强者。

“凑满1万人才能进！”紫色战甲老者淡淡地道。

“师父，”额头长着银白色弯角的少女忍不住说道，“从诸多星球赶来的强者有时候多，有时候少，根本没有规律。现在这里才聚集了6000多人，要凑齐1万人，谁知道要等到什么时候啊！”

“你想违背虚拟宇宙公司的规定？”紫色战甲老者转头瞥了自己的徒弟一眼。

少女咬咬嘴唇，没敢再说话。

“慢慢等吧。”紫色战甲老者感叹一声，“只要谁能够在魔山中活着待一个月，那么就可以被虚拟宇宙公司招入，到时候就能去宇宙中闯荡。和浩瀚宇宙一比，我们九星海实在是太小了。”

七大弟子听了，眼睛一亮。

九星海（九颗古老星球的统称）历史上是有很多人进入虚拟宇宙公司的，有些人去宇宙中闯荡后，回到家乡，创立了一些宗派，留下一些高科技视频等，让九星海的强者们知道宇宙的浩瀚和神奇。

“记住，如果感觉太危险，撑不过一个月，就立即想办法找到出口离开。”紫色战甲老者说道，“安全第一！这次不行的话，可以回去继续修炼，待实力提升之后再来。”

“明白。”七大弟子都点点头。

忽然，远处传来一阵压抑的喧哗声，师徒八人连忙站起来。

“师父，你看那边，虚拟宇宙公司的银衣执事出来了。”

师徒八人，包括峡谷凹地中的其他数千人都震惊地看着远处宫殿中飞出的一大群银衣人，这些银衣人可都是虚拟宇宙公司的银衣执事，拥有极高的权力。

土著中的界主级强者完全不敢得罪他们。

“这么多银衣执事？”

“是啊！这里得有近百人吧！”

“这么多银衣执事出来干什么？”

九星海的数千个宇宙级到界主级的土著强者都惊愕万分，却不敢大声喧哗。因为违背虚拟宇宙公司的规定，只有一个下场，那就是死。

“快看，飞船。”

“哇，好漂亮的飞船。”

土著们都眼睛一亮。

一艘宇宙飞船迅速逼近，很快就停在峡谷上空，随即舱门打开了。

一个黑发青年走出舱门，而那近百名银衣执事飞了过去，全部齐刷刷地恭敬站立。

最前面三个穿着白袍的男女，都微微躬身：“罗峰殿下！”

“罗峰殿下！”近百名银衣执事显得十分恭敬。

半空中的罗峰微微点头，随即，在三名白袍人的陪同和一群银衣执事的跟随下，朝宫殿飞去。

“老天！”

“天哪，连白袍护法都亲自来迎接了！”

“白袍护法可都是得到宇宙本源法则认可的界主级巅峰存在，地位仅次于神啊！”

“我能看出，那个黑发青年仅仅是宇宙级强者。”

数千名土著不敢大声喧哗，只能低声议论。

过去高高在上的银衣执事，在那个黑发青年面前却不敢有丝毫不敬。

忽然，其中一名银衣执事脱离大部队，直接俯冲，飞向峡谷。

顿时，数千人议论的声音陡然降低。

“全部给我听着。”银衣执事看向数千名土著强者，“我们虚拟宇宙公司总部的一位殿下马上要进入魔山，进行试炼，所以很快会解除魔山封锁。你们也可以进入魔山，随后领取身份令牌，准备进入魔山吧。”

“是！”数千名土著恭敬地应道。

银衣执事快速飞离，下面的土著很是喜悦。

“总部的一位殿下来了！我们的运气真好，没必要凑足1万人了。”紫色战甲老者朗声笑道。

七名弟子也很是欣喜。

那个少女问道：“师父，殿下到底是什么人，好像地位很高？”

“总部的殿下是虚拟宇宙公司从宇宙中选出来的最了不起的天才，比你们可要强万倍乃至百万倍。”紫色战甲老者缓缓地道，“能让三位白袍护法前去迎接，这位天才的地位足以媲美神。”

“媲美神？”七名弟子瞪大眼睛。

罗峰飞向宫殿，俯瞰峡谷下方的那群土著。

“罗峰殿下，这些都是其他九颗星球中的高手，按照我们制定的规矩，进入魔山起码得是宇宙级强者，所以这些土著中，宇宙级强者占大多数，域主级强者占少数，还有一些界主级强者。”白袍青年笑着解释，同时仔细观察眼前的罗峰。

罗峰的名字在管理层中颇为响亮。

他虽然是管理层中的底层人物，连第一次资格战都没参加，可已经闯过了通天桥第七层，因而得到了虚拟宇宙公司不少高层的重视。

如此人物，岂能怠慢？

他们迎接罗峰是用迎接原始秘境成员的规格，由三名白袍护法和一支中队的银衣执事去迎接。本来迎接太初秘境的成员，只需一名白袍护法和九名银衣执事即可。

……

罗峰在白袍护法的陪同下进入宫殿的第二层，那数千名土著则进入第一层。

“这是你们的身份令牌，每人领取一块身份令牌，快点。”银衣执事一边发令牌，一边说着，“想要加入虚拟宇宙公司，只有两个办法，一是在魔山中活着待一个月，二是击败其他人，夺得一千块黑色令牌或者一块红色令牌，黑色令牌就是身份令牌，红色令牌则是虚拟宇宙公司那些来试炼的殿下携带的身份令牌。只要你们能击败一位殿下，就能夺得一块红色令牌，不但可以加入虚拟宇宙公司，还可以得到足以令不朽级强者们都重视的宝物。”

听到这番话，那数千名土著都眼睛一亮，却不怎么惊讶。因为这个规矩流传很久了，他们早就都知道。

宫殿第二层。

“这是你的身份令牌。”白袍青年递给罗峰一块红色令牌，“你可得记住，一旦你出现在那些土著周围500米范围内，令牌彼此感应，他们就会知道你身怀红色令牌，疯狂地围攻你。”

“我都知道。”罗峰点点头。

他早就看过详细资料了。

只要击败了他，那些土著就可以直接翻身，当然会拼命。

“在魔山，能击败你的，除了那些土著，还有魔山内的幻兽。”白袍青年解释道，“当然，他们能攻击你，你也能攻击他们。只要你能收集1万块黑色令牌，就能获得额外的奖励，这可是任务外的额外奖励。”

“额外奖励？”罗峰眼睛一亮，“这点我倒是不知道。”

白袍青年笑道：“额外奖励可比你的任务积分要好。”

“哦？”罗峰心中一动。

“不过，我没有权限告诉你额外奖励到底是什么，等你得到1万块黑色令牌，就能得到额外奖励。你放心，虚拟宇宙公司出手，那是非常大方的。”白袍青年笑道，“1万块黑色令牌即可兑换1次，如果有2万块黑色令牌，就可以兑换2次，上不封顶。”

罗峰笑着摇摇头。

哪有这么容易啊？

进入魔山的土著就那么多，那些土著中，可是有界主级巅峰强者，这个魔山任务可是一点都不简单。

虽然那些土著的威胁很大，但是只要自己不想收集1万块黑色令牌，尽量躲着他们，自己也不会有什么危险。

“魔山从正面进入，是魔音山，从后面的洞穴进入，则是寒冰山。”白袍青年笑道，“罗峰殿下应该知道这两个地方的区别，请罗峰殿下做出选择，进入魔山的哪一个区域。”

魔山一体两面，分为魔音山和寒冰山。宇宙衍变令魔山形成了两处特殊的环境，这才是魔山最可怕的地方。

第555章

魄瑜侯

罗峰微微一笑。

顾名思义，寒冰山以极度寒冷出名，温度低到不可思议的地步。所谓的绝对零度也仅仅是地球科技体系中的一种认知，在浩瀚宇宙中，比绝对零度还要低的温度照样存在，太初秘境罗峰居住的星辰大陆所环绕的那颗巨大冰星的温度就比绝对零度要低。

寒冰山也是如此，都是超低温，甚至能够伤害宇宙级强者的身体。寒冰山内的温度并非全部一样，有的地方的低温能伤害宇宙级强者，有的地方的低温甚至能够伤害域主级强者乃至界主级强者。如果有人在寒冰山内乱闯，进入某个可怕的寒冷地带，瞬间可能被冻住。

寒冰山主要是针对身体，魔音山则是针对灵魂。魔音山广阔、幽深，寒风呼啸，时而伴随着各种各样的声音，那些声音堪称天然幻术，一不小心就会中招。不同区域产生的声音的魅惑力不同，一些可怕的区域产生的声音很是诡异，瞬间就能令很多宇宙级强者乃至域主级强者直接失去自主意识。

“我选魔音山。”罗峰说道。

“魔音山？”白袍青年大吃一惊，“罗峰殿下，别怪我多事。这座古老的魔山一体两面，那寒冰山虽然危险，但只是针对身体，肉身和灵魂相比，当然灵魂才是根本。在寒冰山中招，尚且有挣扎的机会，可若在魔音山中招，会直接失去自主意识，连反抗的机会都没有。”

“没事。”罗峰微微一笑。

论意志，罗峰超越几乎所有界主级巅峰存在，甚至可以媲美不朽级强者。血洛世界80年来的煞气磨炼，早就让罗峰的意志变得无比强大。

“既然这样，那我就安排人送罗峰殿下去魔音山。”白袍青年微微躬身，“罗峰殿下，请务必记得，出来时，带着身份令牌，一旦身份令牌遗失，也算任务失败。”

“我知道。”罗峰点点头。

“请稍等。”

白袍青年随即转头，在广阔的大殿内移动，身影如电，瞬间就到了远处。

仅仅片刻，一艘约百米长的椭圆形宇宙飞船疾速飞来，直接停在罗峰的面前，舱门开启，走出来三名白袍人，包括之前的那个白袍青年。

“罗峰殿下，请！”

“嗯。”罗峰迈步，跨入宇宙飞船之中。

魔音山极为巍峨，宇宙飞船仿佛一只苍蝇在围绕着魔音山飞行。

控制室内。

罗峰一眼看去，看到魔音山的山体上有一个个洞口，洞口弥漫着寒气。

“罗峰殿下，魔音山占了魔山山体约一半，魔音山如此巍峨，这通往魔音山深处的洞口数以亿万计。”白袍青年说道。

远处的魔音山上确实有许多宽度为数公里到数百公里不等的洞口。

“罗峰殿下，你可随意选择一个洞口进入。”

“嗯！我再飞行片刻。”罗峰吩咐道。

“是。”

片刻后，宇宙飞船远离了之前的峡谷，罗峰这才选择了一个洞口进入。

魔音山山脚下，一座座宫殿连绵起伏，或大或小。

在临近魔音山的寒冰山山脚的平台上，一座数万公里高，通体呈碧绿色，仿佛伞面的宫殿屹立在那里，宫殿外面站着一群穿着绿色战衣的执事，这群执事一律长相俊美，长着碧绿色的蛇尾，蛇尾上有着密集的鳞片。

“嗖！”宇宙飞船瞬间停在宫殿前，舱门开启。

白袍青年飞到宫殿门口，恭敬地站在宫殿外。

“乙昌，进来吧！”一道温和的声音响起。

白袍青年似乎受到惊吓，瞳孔微微一缩，可表面依旧维持恭敬的神态，步入宫殿内。

宫殿庞大，构造复杂，白袍青年在宫殿内飞行许久，终于来到了一座弥漫着寒气的阴冷大殿，大殿有数里宽，其中没有任何仆人，只有一人高高端坐在王座上。

“拜见魄瑜侯！”白袍青年躬身行礼。

他不敢抬头去看王座上的人。

“罗峰进去了？”温和的声音再次传来。

“是的，罗峰殿下刚刚进去。”白袍青年回道，“他进的是魔音山。”

“嗯。”温和的声音继续响起，“等罗峰出来，让他来见我。”

“是。”白袍青年躬身应道。

“乙昌，你退下吧！”

“是。”白袍青年根本不敢多话，迅速退出大殿，随后离开了这座森冷的宫殿。

当白袍青年走出宫殿，这才暗松一口气：“魄瑜侯喜怒无常，若是惹怒了她，她随时可能杀了我，幸好今天没事。”

有利益的地方就有争斗，虚拟宇宙公司这种宇宙超级巨头，内部当然存在争斗，只是一切都在高层的管理之下。可是，魄瑜侯这等超级存在随意杀死一个界主级强者，根本不算什么。

罗峰、伯兰等人受到尊重，是因为他们是超级天才。而像乙昌这种一步步混到界主级的强者，必须小心翼翼。由于地位低下，他随时可能因为某个强者心情不好，直接丧命。

大殿内。

一道高大的身影缓缓从王座上飞下，落到大殿下方。

它有着十余米长的碧玉色蛇尾，上半身则是人身，一头碧玉色长发引人注目，还有绝世容颜。一双魅惑的眸子遥看大殿外，好似看到了亿万光年外的某个地方。

“哈哈哈……”它突然发出了笑声。

“机会来了！”

它低声说了一句，随即身体迅速发生变化，那碧玉色的蛇尾蜕变成了两条腿，同时身上的衣衫自然延伸。

一个八米多高的绝世美妇人出现了。

“先收点利息吧！杀他只是第一步！”

话落，她一闪身，便消失不见了。

……

仅仅数分钟后，一艘宇宙飞船迅速冲入围绕魔音山的九颗古老星球的其中一颗通体暗红色的星球中。

星球内，一座占地面积极大的古老城池，是这颗星球上排名前三的古老门派千星宗的所在地。

千星宗的老祖宗们或是从闭关之所出来，或是从周围的一些静修之地赶来，短短几分钟，全部赶到了千星宗的神殿内。

何谓神殿?

有神，才能建立神殿。千星宗现如今便有一位不朽的存在“千星老人”坐镇。

“太上宗主这么着急召唤我们，所为何事？”

“不知道。”

“都快点，太上宗主从来没有这么焦急地召唤过我们。”

界主级强者和域主级强者都迅速赶到了千星宗的圣地，也就是神殿。

神殿中的王座上坐着一个容貌绝美的妇人，下方则恭敬地站着一名额头有着两根黑色长角的老者，正是千星宗的太上宗主千星老人。

“太上宗主。”

“太上宗主。”

匆忙赶来的界主级强者、域主级强者都恭敬行礼。

“禀主人，”老者恭敬地跪伏在地，“千星宗周围的界主级强者和域主级强者全部到齐，一共有6个界主级强者和53个域主级强者。”

“主人？”那些或是长着黑色长角，或是长着银白色长角的界主级强者和域主级强者都愣住了。

美妇人看向神殿大门，顿时一股无形的力量在推动神殿大门。

“轰隆隆——”大门自动关闭。

这令在场的界主级和域主级强者更紧张了。

他们忍不住抬头看了一眼王座上的人，却根本看不清那人的脸，只感觉一股无形的威压弥漫开来，自然心生畏惧。

“你们这些人中，闯过魔音山的站左边，没闯过魔音山的站右边。”那道温和的声音又一次响起。

仿佛受到控制似的，这些人自然而然地朝两边移动，三十二人站在左边，二十七人站在右边。

“你们六个留下！”

六道碧绿色的光芒从天而降，直接落在左边其中六人的身边，这六人中有三个是界主级强者，还有三个是域主级九阶强者。

“其他人可以出去了。”

大门自动开启。

其他人宛如木偶一般，一个个走了出去，随即大门再度关闭。

神殿大门外——

“怎么回事？”

“刚刚是怎么回事？”

“太上宗主不是召集我们吗，我们怎么出来了？”

这些界主级强者、域主级强者彼此相视，根本记不清之前在大殿内到底发生了什么。

“你们全部给我回去！马上！不要有任何疑问！”一道苍老的声音在他们的脑海中响起。

“是，太上宗主。”

这群人立即领命，赶忙离开了。

第556章

各自准备

大殿中。

美妇人高坐在王座上，审视着下方站着的六人。

“为主人效劳，是我们千星宗的荣幸，主人若有所命，敬请吩咐，我们千星宗的弟子一定完成。”下方的千星老人恭敬地道。

那三个界主级强者和三个域主级强者心中很是紧张。

他们看得出来，之前宗内其他强者离开时，双眼无神，仿佛傀儡。能够不动声色地控制界主级强者，又能让太上宗主甘心当仆人，眼前这位一定是虚拟宇宙公司中的超级存在。

“千星，你退下。”美妇人吩咐道。

“是。”千星老人沿着旁边的侧门迅速离去。

大殿内只剩下美妇人和那六人。

“你们六个看清楚了。”美妇人左手遥指半空，顿时左手射出一道光芒，仿佛投影一般直接在半空中形成屏幕。

屏幕中出现了一个黑发青年，正是罗峰。

罗峰穿着迷彩铠甲、军裤和战靴，视频里还有其身高等详细信息。

“我需要你们去杀一个人，就是屏幕上的这家伙。”美妇人说道。

顿时，下方一阵骚乱。

“他本身的实力是宇宙级九阶。”美妇人温柔的声音再次响起。

“仅仅宇宙级九阶！”

下方的六人顿时松了一口气。

他们可都是超级强者，其中有三个域主级九阶强者，杀一个宇宙级九阶强者简直轻而易举。

“不过，你们不能小瞧他。”美妇人指着屏幕，“他穿着的是合金铠甲，看起来很普通，硬度是E9级。这铠甲仅仅防御其少数部位，根本不可能像原力战衣那样将全身都完美防御。可是，他那铠甲里面有一层由摩云藤幻化而成的贴身战衣。”

“摩云藤？”下方的六人一脸疑惑。

顿时半空中的屏幕浮现出一些信息。

“摩云藤是一种奇特的辅助类植物生命，能融入皮肤，千变万化，可当战衣，可当长鞭，还能不断进化，而他的摩云藤是域主级九阶的……”美妇人顿了顿，继续说道，“摩云藤的力量很强，擅变化，生命力极强，它的实力一般比同层次的人类要强很多，所以，你们中的三个域主级九阶强者恐怕会轻易被摩云藤给杀死。”美妇人说道。

那三个域主级强者闻言一惊。

在他们的家乡，从来没有辅助类植物生命的说法，一个宇宙级九阶强者凭借辅助类植物生命，竟然能轻易击杀域主级九阶强者，这未免太诡异了。

“至于三个界主级强者，最弱的是界主级五阶强者，最强的是界主级九阶强者，只要遇到他，可以以绝对的实力轻易杀死他。”美妇人缓缓地说道，“至于三个域主级九阶强者，你们遇到他，反而会被他杀死。”

三个域主级强者都认真地听着，根本不敢插嘴。

“这是激光枪！”

美妇人一挥手，身前出现三件机械武器。这三把激光枪的枪管口径都达到1米左右，通体约有3米长，颜色为银白色，表面光滑，没有丝毫雕刻，显然是具有机械族风格的兵器。

“E9级激光枪，蓄能只需要0.1秒，绝对是极品。这激光枪一击，可以击穿

E9级材料的武器，自然可以击杀一般的界主级九阶强者。”

美妇人的话音刚落，下方的六人脸色都变了。

他们紧紧地盯着激光枪。

这些人对浩瀚宇宙并非一无所知，他们也知道，在宇宙中是靠实力说话的，界主级强者都拥有极高的特权。

可是，想要成为界主级强者，是何等困难！这六人哪一个不是历经万难?

然而，实力弱者仅仅拿着高科技武器，蓄能0.1秒，就能击杀界主级九阶强者。

在诸多宇宙国中，这种高科技武器绝对属于限制级武器，而且价格极其昂贵。很多界主级强者的全部身家加起来，都远远不及E9级激光枪价格的一个零头。这三把E9级激光枪很贵，就算是普通的不朽级强者，都不一定舍得买。

“这三把E9级激光枪就暂时给你们三人使用。”

美妇人一挥手，三把E9级激光枪直接飞向那三个域主级强者，悬浮在他们眼前。

三个域主级强者瞪大眼睛，看着眼前银白色的高科技武器。

这看似并不起眼的玩意儿，一枪却能击杀普通的界主级九阶强者。

“你们的实力较弱，而且都是武者，就算遇到那个黑发小子，他也不会在意你们。”美妇人缓缓说道，“在他看来，他可以在极短的时间内灭了你们。”

“嗯。”三个域主级强者点点头。

“正因为瞧不起你们，不重视你们，所以你们才有绝杀的机会。以你们三人的实力，就算是遭到摩云藤的攻击，短短0.1秒，还是能够坚持下来的，只要E9级激光枪蓄能完毕，即可一枪直接击杀他。”

“明白。”

“是！”

“我们一定杀了他！”

三个域主级强者激动地回道。

旁边的三个界主级强者看着三把激光枪，目光灼热。

美妇人冷冷地道："你们三个是界主级强者，单靠自己的实力就已经够了，记住目标人物的模样和穿着。"

"是。"六人恭敬地应道。

"他和你们不同，他拥有的财富丝毫不亚于你们的太上长老，所以他也会有各种装备，或是改变容貌，或是购买极品武器等等。总之，你们记住，一旦遇到宇宙级九阶强者，不管长相如何，只管动手，最后发现摩云藤，就能确认那就是目标。"

"若是遇到域主级强者和界主级强者，你们就别动手了，你们这次的目标只有他。三个域主级强者也给我记清楚了，遇到界主级强者，就立马逃，如果界主级强者追杀你们，你们便用激光枪射击；遇到域主级强者，就直接避开；遇到宇宙级强者，就给我拼命攻击。发现摩云藤，再动用激光枪，因为你们的激光枪最多射击9次，能量就消耗完了。"

"是！"六人再次恭敬应命。

他们算是明白了，虽然此次有三个界主级强者和三个域主级强者，可眼前这位强大存在显然将希望寄托在三个域主级强者身上。

"那个黑发青年真倒霉，竟然被一位强大存在记恨，强大存在布了一个这么狠的杀局。"

"不知道他到底是什么身份，这位强大存在竟然不敢亲自去对付他，而是派我们去杀他。"

"管他呢，反正在魔音山杀人是虚拟宇宙公司允许的。"

六人脑中思绪纷飞。

"如果成功杀了他，我和千星宗对你们都有重赏！我希望，你们别让我失望，你们应该知道，让我失望的后果会是什么。"

美妇人那纤纤手指轻轻地抚摸着王座的扶手，下一瞬，那扶手猛地碎裂开来。

六人顿时大惊。

“我等誓死完成任务！”六人恭敬地道。

“嗯。”美妇人微微点头。

魔音山。

幽深、广阔的洞窟山壁隐隐呈现黑色，那些岩石表层有着寒冰层，不管是墙壁，还是地面，都有着寒冰层，无形的寒气令走在洞窟中的罗峰微微皱眉，那些寒气透过摩云战衣，隐隐刺痛着身体。

“这就是魔音山，魔音山都这么冷，那寒冰山肯定更冷。”

罗峰轻轻吸了一口气，顿时感觉无数寒气灌入腹内，一时间，五脏六腑好似冻得麻痹了。

“真够冷的。”

突然，他停了下来。

这洞窟高十余公里，宽达八十公里，如此大的洞窟，简直可以在里面建造一座城池。

“这么多通道？”

罗峰遥看前方，发现前方一个个洞口或大或小，足足延伸出了数百条通道。

一阵阵风从通道中呼啸而过，仿佛鬼哭狼嚎的声音，时而高亢，时而低沉。声音直接灌入罗峰的识海中，魅惑着他的灵魂。

“这点魅惑力，也敢到我面前来，哼！”

识海中，罗峰那锋利如刀的意志瞬间凝聚，化为刀锋。刀锋凌厉，任何魔音胆敢靠近，一律会被斩破。

在血洛世界的八十年，他经历无尽煞气的磨砺，在极限状态下，意志达到了无比可怕的境地。

雷神认为罗峰太走极端，罗峰的确走了极端，而且一直在走极端。

心明净如镜，锋利如刀，没有丝毫妥协。

“魔音山不同区域的魔音魅惑能力不等，有的强，有的弱，一旦中招，会成为行尸走肉，连挣扎的机会都没有，我也不能大意。除此之外，魔音山还有那些土著和深处的一些幻兽的威胁，嗯，就按照之前的计划行事。”

罗峰站在冰层上，迅速脱掉身上的迷彩战铠、军裤、战靴，同时从空间戒指中取出专门为这次绝境级任务准备好的战甲，战甲通体呈银色，完全按照九星海常见的战甲样式铸就，材料是F级金属。

用F级金属建造一艘宇宙飞船，比如陨墨星号，罗峰实在是玩不起。可是，单单弄出一套战甲所需要的F级金属，对现如今的罗峰而言，的确是没有一点难度。

“这是绝境级任务，而非之前的危险级任务，那迷彩铠甲明显不够啊！”

罗峰当即穿上这套银色战甲，戴上护臂，同时将护臂的屏幕收入空间戒指，联系摩云藤，让摩云战衣在自己的额头上生出一对黑色长角。

顿时，他的额头缓缓延伸出两个暗红色的长角，随后长角的颜色缓缓变成黑色。

穿着式样简单的银色战甲，背着一把黑色战刀，罗峰整个人散发着可怕的气息。

“很好。虽然土著强者自相残杀，但是还不算夸张。我这殿下的身份一旦暴露，那土著可就真疯狂了。这红色的身份令牌也很棘手，堪比烫手山芋。”罗峰心念一动，将身份令牌收入空间戒指中，“回头我得弄一块黑色身份令牌放在身上，伪装就要伪装得像一点。”

罗峰心里很清楚，浑水才能摸鱼，将自己伪装成土著强者中的一员，危险度才会急剧下降。

“嗖！”他随便选择了一条通道，直接钻入其中，开始深入魔音山。

第557章

探测

当罗峰进入魔音山的时候，数千名土著强者排着队，领着身份令牌，或是去魔音山，或是去寒冰山，而且一个个必须从固定的上万条洞窟通道中进入。

“嗖！”一艘飞碟外形的淡紫色宇宙飞船飞到了魔音山的峡谷中。

舱门开启，六道人影直接飞出，并且收起了那艘宇宙飞船。

这六人正是魄瑜侯安排的千星宗的六个高手。千星宗的太上宗主毕竟是不朽级存在，算是虚拟宇宙公司的核心成员，也在浩瀚宇宙中闯荡过，所以千星宗的一些域主级强者和界主级强者都有宇宙飞船。

普通的宇宙飞船是很便宜的，当然，域主级强者们没有足够大的空间戒指存放宇宙飞船，界主级强者却可以将宇宙飞船存放在体内世界。

“巴彦，快看，那么多人还在排队呢，一个个领取身份令牌，就算一个只需一秒，数千人也需要一两个小时。”

“别大意，我们得抓紧时间，不能错过这次机会。一旦错过，就要等凑齐一万人才能进去了。”

这六人立即朝远处的宫殿飞去。

魄瑜侯前往千星宗仅仅耗费数分钟，下达命令也耗费数分钟，他们乘坐宇宙飞船来这里要耗费十余分钟。

此刻，数千名土著强者中，只有少数人领到了身份令牌。至于发放身份令牌，对象是土著强者，虚拟宇宙公司人员的效率可不会很高。

一个小时后。

“走！去魔音山！”

“按照神的命令，我们六人分开行动，这样更容易碰到目标人物。”

“嗯，就此分开。”

六人进入同一条洞穴通道，抵达一个岔路口，立即分开，分别沿着六条路前行。

其实，闯魔音山的人以宇宙级强者为主，域主级强者极少，界主级强者更少，所以六人中实力最弱的都是域主级九阶强者。

魔音山中真正危险的是魔音和幻兽，其他土著强者反而对他们威胁很小，除非极其倒霉，在广阔的魔音山中碰到数量极少的界主级强者。

一个长着黑色长角的青年武者正小心翼翼地在一条条洞窟通道中穿行，无数洞窟通道彼此交错。

“嗷！”

“呜！”

每次听到魔音，罗峰都会立即减速甚至停下，不敢加速乱闯，唯恐闯进魔音魅惑力极强的区域。虽然他对自己有信心，但是也不敢胡来。

“罗峰，你所在的通道前方18.2公里处有一个域主级三阶武者。”巴巴塔的声音在罗峰的意识中响起。

“嗯？”罗峰眉头微皱。

在魔音山，除了倚仗三大身体和摩云藤外，罗峰就只能靠巴巴塔帮忙了。巴巴塔拥有极高端的探测仪器，不过探测范围仅为周围20公里。探测范围虽然很小，但是效果极佳。

这个探测仪器是当年陨墨星主人呼延博购买的昂贵仪器，罗峰如今也拿不出足够的现金去购买如此高端的仪器。

当然，它只适用于探测宇宙秘境等一些特殊的区域，比如魔音山。

“正在迅速靠近，12.8公里……9.9公里……”巴巴塔不断发出警示。

“我看到他了。”罗峰看着前方。

通道并非完全笔直，所以距离约10公里时，罗峰才看到那个鬼鬼祟祟的武者，甚至能清楚地看到其皮肤上的黑毛。

武者眼神冷厉，正小心翼翼地前行，当看到罗峰时，略微一顿，紧接着便飞速朝罗峰冲来。

“宇宙级九阶强者！哈哈……”武者狞笑着，两次闪身，便冲到罗峰身前。

他手持一柄暗红色的斧头，斧刃上面有着复杂的秘纹。

罗峰微微摇头。

“锵！”他瞬间拔刀。

一记挥劈！

罗峰身上的摩云藤同时爆发出域主级九阶摩云藤的部分力道，仅仅是部分力道，就比正常的域主级九阶人类武者还要强。

只见空气猛地震荡，而后直接被压缩，血影战刀以不可思议的速度直接劈在武者的战斧上。

“轰！”

武者惊恐地瞪大眼睛，他手中的战斧被劈得朝自己袭来。

“噗！”武者被战斧击中，猛地喷出一口血。

“轰隆隆——”地面猛地震荡，岩石表层的寒冰层直接爆裂开来，裂缝朝四周延伸开去。

寒冰层的那些裂缝足足延伸了十余公里。

“其实我是不想杀你的。”罗峰迅速从武者身上搜到储藏在空间腰带内的两块黑色令牌，这是他得到的第十九块黑色令牌，“你刚好堵住了我的路，而且还要杀我，我只能杀了你。”

罗峰将黑色令牌收起。

得到1万块黑色令牌，是有额外奖励的，可是，奖励越多，难度也就越大。

他只要在魔音山中生存三年，便算同时完成第一任务和第二任务，到时候就可以得到40万奖励积分，而得到1万块黑色令牌的奖励比40万积分还要好，难度可想而知。

“每批进来1万人，而且他们互相厮杀，有些不知道死在什么危险的区域，有些可能早就逃出去了，令牌大多落到界主级强者手上，想收集齐1万块黑色令牌，以我现在的实力，的确是不可能完成的任务。”罗峰脑子很清醒。

他低头看了看地上武者的尸身，微微摇头。

“我的任务是在魔音山中生存三年，我可不想徒增杀戮，不过，谁若是想对付我，我只能杀了他。”

罗峰继续前行。

魔音山极其庞大，它占了魔山约一半范围，魔山底部的宽度达到了3.2亿公里，高度则是1.8亿公里，还有宛如迷宫般的无数条洞穴通道，彼此交错。

罗峰谨慎前行，一天也就前行10万公里，就算耗费三年时间，估计也只走过魔音山的部分区域。

一天，两天，三天……

转眼，九天过去了。

通过巴巴塔的探测，罗峰提前发现了一个界主级强者，当即掉头悄悄溜走了。这也是他唯一一次近距离靠近界主级强者。其他时候，也遇到了一些域主级强者，还有许多宇宙级强者，因为大家互不信任，他不想掉头逃跑，只能杀了那些攻击自己的人。

这些天，他得到了112块黑色令牌。

“我的运气还真不错，九天了，竟然没遇到魔音山中可怕的幻兽。”罗峰在一条盘旋的通道内行走。

巴巴塔则时刻保持探测状态。

“罗峰，根据最近两天你遭遇的魔音判断，你现在应该是进入了一个比较危险的区域，魔音的魅惑力明显增强，据我猜测，周围是一个极危险的地带。”

“巴巴塔，根据虚拟宇宙公司给我的资料，这个魔音区域的危险程度根本无法预测，看似安全，却可能会突然出现一处极危险的地方，不用预测。”

罗峰用意念交流，同时小心翼翼地观察远处。

他不能完全依靠探测仪器，因为一些通道的可视距离远超20公里，而仪器的探测范围仅仅20公里，很可能仪器没发现对方，对方都看到自己了。

“罗峰，你左侧的3.6公里处有三个域主级强者。”

“3.6公里？”罗峰吓了一跳。

他当即看向左方，不远处就是岩石山壁了，顿时暗松一口气。

“也就是另外一条通道内。”巴巴塔又道。

“在另外一条通道，你也通知我？”罗峰摇头。

“据我判断，他们的对话对你比较重要。”巴巴塔回道。

“哦？”罗峰心中一动。

他的手一翻，掌心出现了一面小型屏幕。

“将你探测到的情景，以视频形式发给我。”罗峰道。

“已经发送完毕。”

“嘀！”罗峰掌心的小型屏幕上顿时浮现出了画面。

画面中，冰冷的岩石冰层上，坐着一名老者、一个中年人和一个青年。这三人正激动地看着面前八本厚厚的书。

“那是鸾鸣宗的镇宗秘典，死去的一定是鸾鸣宗的高层。”

“师父，竟然有人杀了鸾鸣宗的高层，却连这秘典都不带走。好蠢！哈哈！”

“你错了，不是人类武者杀了他，而是幻兽。你看，这尸身的战甲上有着凹陷的痕迹，显然是巨大的爪子拍击才形成的。”

“师父，我们在这里得到了鸾鸣宗的镇宗秘典，算不算是以另外一种形式得到传承？”

“别拿这个秘典和传承相比！鸾鸣宗秘典是很珍贵，可是，这传承禁地被虚拟宇宙公司的人称为‘魔山’，还派很多超级存在进入魔山。而且，我听说虚拟宇宙公司偶尔还会派一些不朽神灵进入魔山，就是为了得到传承禁地的传承。”

“啊？怎么会？”

“不朽神灵也来接受传承？”

旁边的两大弟子闻言一惊。

看着屏幕的罗峰也是一惊。

“这你们就不知道了吧，这是我们九星海的秘闻。为什么叫作传承禁地？因为这座古老的神山是为了传承而存在的，它历史悠久，可以追溯到九星海有历史记录时期，亦可以追溯到虚拟宇宙公司没有控制魔山时，总之，这传承禁地拥有虚拟宇宙公司也眼红的传承。”

“虚拟宇宙公司是何等强大，竟然会眼红这个?!”

“不太可能吧！”

两大弟子都不敢相信。

老者低哼一声，道：“虚拟宇宙公司是宇宙中的超级巨头，的确很强大，不过，虚拟宇宙公司的人经常安排超级存在和不朽神灵进入魔山，试图获得传承，这也是事实。这是我们九星海最古老的传承，若是谁得到，那可真的是一飞冲天了。”

……

罗峰认真地听着视频中师徒三人的对话。

很快，视频结束了。

第558章

发现奥秘

“魔山中竟然有着让虚拟宇宙公司都眼红的传承？”罗峰暗自思量起来。

魔山的历史无比悠久，在虚拟宇宙公司掌控太初秘境前就已经存在了。这样一座自然形成的魔山，若是蕴含传承，这传承绝对非同一般。虚拟宇宙公司让不朽神灵去闯荡魔山是很正常的。

“可是，真的有传承吗？”罗峰眉头紧皱。

“很有可能。九星海的土著强者们称魔山为传承禁地已经亿万年了，肯定不会无缘无故这么称呼，其中肯定存在缘由。”罗峰想着，眼睛越来越亮，“而且，那老者说经常有不朽神灵闯进来，估计也有事实依据。”

“可是，不朽神灵进来干什么呢？能吸引不朽神灵的，恐怕不是普通的宝物。那名老者说，虚拟宇宙公司经常安排超级存在和不朽神灵进入魔山，恐怕是将我和其他殿下当成了超级存在，他们并不知道，我们只是在执行任务。”罗峰想着，淡淡一笑。

忽然，他整个人都愣住了。

“不对！”他的眼睛瞪得滚圆。

“错！错！错！”他的脑海中灵光闪现，瞬间猜到一些奥秘，“当局者迷，旁观者清，这句话果真没错。我们这些执行修炼任务的根本没想明白，可土著强者们恐怕猜到了事实真相。”

“修炼任务纯粹是冒险的话，虚拟宇宙公司完全可以制造出一些环境，专门让天才们进行冒险，没必要将他们送到遥远秘境中进行冒险。”罗峰越想越觉得不对劲，“看来，虚拟宇宙公司让我们执行修炼任务是一方面，更重要的是，给我们在魔音山磨炼的机会，以让我们的实力突飞猛进。”

“从血洛世界任务可以看出虚拟宇宙公司培养人才的思维。血洛世界的血洛晶属于禁物，可是，虚拟宇宙公司依旧让我们进入其中，并且执行修炼任务。为什么？那就是让我们有机会融合血洛晶，实力和悟性等方面都得到提升。”罗峰眼睛一亮，“对，就是这样！”

“修炼任务不单单是磨炼，恐怕还有一些特殊机遇等着我们这些天才。”罗峰眼睛微眯。

他的脑海中浮现出之前经历的几次危险级任务。

第一次是血洛世界任务，自己得了大机缘，占了大便宜。可是，很显然，这个机缘也是虚拟宇宙公司给的。

第二次是龙塔星任务，当初他闯荡龙塔星，猎杀一条条龙时，发现龙塔星很古怪，因为龙塔星上诞生的龙实在太多，而且强横无匹。一颗古老的星球上诞生这么多强大的龙，实在有些不可思议。龙塔星的圣地就是一座巍峨的宝塔，又称“龙塔”，然而龙塔周围强大的龙太多，自己当时仅仅只想完成任务，并没有鲁莽地闯进去。

第三次是虚空索崖任务，虚空索崖是悬浮在虚空中的山崖，山崖旁边的深渊间有着一条条粗壮的锁链，虚空索崖实在是太诡异了，罗峰当时无比警惕，仅仅潜入深渊数千公里深处，搜集好任务指定的物品后，就立即离开了。

……

第六次是绝境级任务，这绝境级任务更简单，分为两个小任务，一是在魔山生存3个月（奖励10万积分），二是在魔山生存3年（奖励30万积分）。

“可是，这些地方没有一个是简单的，单单考验和磨炼人，以虚拟宇宙公司几乎无所不能的能耐，可以人工制造出一些危险的环境，没必要费尽心思将人送去一个个奇险之地。而且，血洛晶是禁物。”罗峰眉头微皱，“估计这些地方都存在一些秘密，而且这些秘密对我们还大有好处。”

虚拟宇宙公司的目的是什么，当然是锻炼、培养天才，而这些奇险之地蕴含的机遇，其实才是修炼任务隐藏的真正奖励。

“没错，应该是这样，否则没必要让我们去一个个危险之地。让我们去血洛世界，估计是希望有人能成为血武者乃至黑武者，让我们去龙塔星、虚空索崖等地，估计也有一些期盼。让绝世天才们进入魔音山，恐怕也是希望我们能够得到此地的传承吧。”罗峰点头。

他越想越觉得就是这样，这才是培养天才的正确思路，磨砺的同时给予一些机遇。

“不管是成为黑武者，还是得到禁地传承，估计都很难，否则拥有魔音山亿万年的九星海早就有一些得到传承的传说了，虚拟宇宙公司也不至于要派一些不朽神灵进入魔音山。”罗峰暗道。

这座古老的魔音山十有八九有着传承，而且得到传承非常难。虚拟宇宙公司仅仅给予天才们一个得到传承的机会。

“对，绝对没错。血洛世界外驻扎着天蚀宫，天蚀宫主那等伟大的存在驻扎在那里，一个个苦修的不朽神灵待在虚空索崖上，魔音山山脚还驻扎着大量的界主级强者和不朽级强者，单单看那些巍峨的宫殿就知道不朽神灵是何等之多！”罗峰暗自思忖，“假如只是个试炼地，没有大秘密，安排这么多不朽神灵干什么？”

罗峰站在岩石冰层上思索着，越想越肯定，脸上露出兴奋之色。

“罗峰，你的前方19.6公里处有一头高约39米，长相类似地球上的熊，通体呈银白色的怪兽，它正朝你靠近。”巴巴塔的声音在罗峰的识海中响起。

“嗯？”罗峰当即朝前方看去。

他看到一头憨态可掬的银白色大熊，这头大熊的双眸是银白色的，身体仿佛是由银白色冰块雕刻而成，正慢悠悠地走着。

“幻兽！魔音山中，和魔音并列的威胁幻兽。”

幻兽是魔音山中自然形成的一种奇特生命，它们由魔音山的冰冷能量汇聚而成，具有简单的意识，不及地球上的小猫和小狗聪明，可以说，非常蠢笨。

可是，正因为它们无比蠢笨，故而只知道一件事——凡是发现非幻兽生命，就去攻击。

面对它们简单到极致的意识，任何计谋都无效。

“根据它自然逸散的能量强度判定，它的实力媲美宇宙级三阶强者。”巴巴塔的声音又一次在罗峰的识海中响起。

“嗷——”那头银白色大熊看到罗峰，顿时发出了咆哮声，而后飞奔着朝罗峰而来。

“嗖！嗖！嗖！”它的速度极快，很快就冲到罗峰身前。

“这么可爱的幻兽！”

罗峰拔出血影战刀，一闪身就掠过大熊，同时战刀直接划过大熊的头。

“哧！”大熊的头被削掉一截。

坚硬的冰块飞出，撞击在旁边的岩石山壁上，发出清脆的撞击声。可是，它丝毫不停，继续咆哮着，并且不断地攻击罗峰。

刀光一次次闪过。

罗峰一次次攻击大熊，最终使得大熊的身体崩溃，变成无数块碎冰，散落在地上。

“好奇特的生命，整个身体完全由坚硬的冰块构成，我就算将它打得四分五裂，它那简单的意识依旧没有溃散。”罗峰惊奇地看着地面上的碎冰块。

只见这些碎冰块正在缓缓靠拢，两个冰块碰触，而后便迅速融合。

“资料上提到幻兽不会死，原来是这个道理。”罗峰摇摇头，迅速离开了。

他可没耐心去跟一头不会死的幻兽不断厮杀。

这次是他的运气好，遇到的幻兽实力比较弱。要知道，魔音山中最强的幻兽可媲美界主级巅峰强者，而且一些幻兽经常成群出现。

一条晶莹剔透的岩石冰层通道中，穿着黑色战甲，头上长着黑色弯角的精瘦男子正缓缓前行，双眸宛若隐隐燃烧着火焰，同时无形的世界之力在周围1000公里范围内弥漫着。

“嗯？”他眼睛一亮。

“嗖！”他瞬间化作一道流光，以他界主级六阶的实力，几乎瞬间便沿着曲折的通道冲到1000公里外。

1000公里外，一名域主级八阶老者和一个宇宙级九阶青年正小心翼翼地前行，彼此还低声交谈。

“爷爷，我们只要再坚持两天，就一个月了。”

“嗯，到时候我们就能加入虚拟宇宙公司了。”

“什么人?!”

爷孙俩看到一道流光袭来，脸色大变，当即就要逃跑。

“轰！”炽热的火焰猛地弥漫开来，令周围数公里范围内的一切燃烧起来。

爷爷直接消失了。

“嗯？”精瘦男子那双燃烧着火焰的眸子扫视青年的尸身，“竟然没有摩云藤残骸。”

随即他单手一招，将一个空间护臂和一枚空间戒指都拿到手中，仔细探察了一番。

“也没有红色身份令牌！哼！这个宇宙级九阶强者不是神要找的目标人物。”精瘦男子摇摇头，“目标人物没找到，黑色令牌倒是凑齐了1000多块了。继续找！”

精瘦男子继续探察起来，以世界之力搜索周围上千公里范围。

第559章

冰层通道

冰层通道中，寒风呼啸。

罗峰顶着寒风，忍着冰冷，一步步前行。

“嗷！”

“嘶！”

一些风声混合，形成了奇异的声音，有些声音很高亢，直接渗透罗峰的识海。那种魅惑力随着奇异的风声时而变强，时而变弱。

罗峰目光冷厉，缓缓前行，丝毫不为所动。

“轰！”那坚定的意志受到无形音波的冲击。

罗峰的身体微微一颤，不由得脸色一变。

“还真是可怕！在我没有丝毫警惕的情况下，魅惑之音的威力竟然猛地提升了数百倍。”罗峰心中震惊。

那些风声混合，在之前某一瞬间刚好具有极强的叠加效果，令罗峰坚定的意志都受到了影响。

“真正的威胁一般是在看似安全的环境下突然来临。不愧是魔音！”罗峰瞳孔微微一缩。

他继续前行数千公里后，便来到了晶莹剔透的冰之世界。无数冰层覆盖在岩石层之上，形成一个个广阔的洞窟，那些岩壁上自然形成了各种冰层条纹，很是美丽。

“足足有816个洞窟，到底先进入哪一个洞窟呢？”

罗峰目光一扫，忽然落在远处一个呈八边形的洞窟。

他隐隐感觉到那个八边形洞窟有些特别。

“就是它了。”他完全凭直觉做出选择，迅速蹿进八边形洞窟。

……

这817个洞窟的交汇处，偶尔会出现一个土著强者，而后进入某个未知的洞窟。

半小时后。

精瘦男子从一个洞窟中走了出来，看着其他洞窟，不由得皱眉：“怎么这么多洞窟？”

“嗯？”他的目光落在八边形洞窟上，“这个洞窟感觉不一般，进去瞧瞧吧！”

“嗖！”仅仅一步，他便已经跨入了幽深的洞窟内。

洞窟宽约12公里，高度不一，冰层或是犹如长矛倒挂，悬在洞窟上方，或是在岩壁上呈各种奇怪的雕刻形状。

精瘦男子一边走，一边辐散世界之力，世界之力覆盖上千公里范围。

“域主级八阶强者?!”

精瘦男子眉头微皱，身体一动，穿过上千公里，追杀而去。

看到远处人影朝自己冲来，吓得飞速逃跑的大胡子中年人回头一看，顿时脸色一变，连忙喊道：“火焰界主，我是聚星门的……”

“轰！”火焰喷发，瞬间将周围数里范围化为火海。

大胡子中年人瞬间消失了。

“你知道我是巫祁，就更不该活着！”精瘦男子冷哼一声，“不管这次能不能杀死目标人物，只要得到足够多的黑色令牌，也算是不虚此行。我最后会故意不拿出黑色令牌，当作闯魔音山失败，回到宗内。我乃堂堂界主，可不想去虚拟宇宙公司，被别人呼来喝去。”

九星海强者分为两种：

第一种，成为强者，加入虚拟宇宙公司，去浩瀚宇宙中闯荡。大多数强者都不甘心留在九星海。

第二种，留在九星海，不想加入虚拟宇宙公司成为底层，受不了被人呼来喝去。

火焰界主巫祁便是第二种。

“这人黑色令牌还挺多的，竟然有726块。”巫祁摇摇头，“本来没想得到很多黑色令牌，转眼的工夫，都得到2000多块黑色令牌了。”

他继续悠闲地前行，实际上却很警惕。对他而言，魔音山中最危险的反而是魔音，传说连很多界主级巅峰强者都抵挡不住魔音，瞬间迷失，成为行尸走肉。

半小时后——

“嗯？宇宙级九阶强者？”巫祁眼睛一亮。

他时刻保持世界之力覆盖周围上千公里范围，探察到了新的对象。

“希望那是目标人物吧。”已经失败上百次的巫祁心中暗道。

“嗖！”他瞬间冲了过去。

大约1000公里外，罗峰正在幽深的通道中不断前行。

“哗！”一道世界之力扫过。

罗峰丝毫没有察觉，依旧前行。

“罗峰，刚刚有世界之力扫过你。”时刻保持探测状态的巴巴塔的声音猛地在罗峰识海中响起。

“什么？”罗峰吓了一跳，“赶紧走！”

他当即施展出了身法，瞬间化为幻影，朝远处逃去。虽然在逃跑，可他并不是很紧张，因为这些天在魔音山中的确远距离发现过界主级强者，当时都是早早就逃之夭夭了。而界主级强者一般根本不屑于追杀宇宙级强者，所以他一直没有遇到什么危险。

“估计和过去一样，距离拉远一点，就没事了。”罗峰暗道。

“罗峰，他离你不足20公里！”巴巴塔尖叫道，“到了，他已经追上来了！”

罗峰转头一看，看到远处那个精瘦男子。

巫祁正紧紧地盯着罗峰，眼中的杀意很是明显。

“堂堂界主级强者，有必要追杀一个宇宙级强者？”罗峰恨恨地道。

“唰！”他和体内世界的魔杀族分身瞬间切换。

对于危险情况，他早有各种应对方案。刚刚闯魔音山时，其体内世界中的魔杀族分身变得和地球人本尊一模一样，一样有着黑色长角，一样体表有着银色战甲，连生命气息都和地球人本尊一模一样，显然是施展了天赋秘法复制。

因为就算是同一个灵魂，不同身体，生命形态不一致，气息还是有些区别的，所以得施展天赋秘法复制。

“嗖！”魔杀族分身立即施展出了幽影秘法，速度完全爆发出来。

生死一刻，顾不得其他了。

巫祁此时很悠闲，对他来说，杀错比放过要好。

“咦？对方发现我了，竟然在逃，可惜，速度太慢。”巫祁饶有兴味地追击。

他随意发挥出的速度都比罗峰地球人本尊的极限速度要快得多，很快，两人的距离就缩小到20公里，一眼就能看到对方。

“他之前好像发生了什么变化。”巫祁心中一动。

罗峰瞬间切换身体，几乎没有时间间隔，加上模样、穿着、生命气息都一模一样，巫祁虽然隐隐察觉出罗峰似乎发生了什么变化，但是根本没意识到，罗峰瞬间切换了身体。

魔杀族分身的速度彻底爆发！

论最快速度，魔杀族分身无法和界主级六阶的巫祁相比，可是，论瞬间爆发的速度，魔杀族分身绝对远远超过巫祁。

一瞬间，魔杀族分身就蹿到数千公里外，消失在巫祁的世界之力探察范围内。

“什么？这么快？”巫祁脸色一变，“宇宙级九阶强者的速度怎么可能这么快！至少九星海内绝对没有这样的人物。能达到这么惊人的速度，肯定用了特殊的手段，此人估计就是神要追杀的目标人物。”

巫祁杀了不少宇宙级九阶强者，却从来没遇到过这么诡异的。首先，对方提前发现了他，其次，对方跑得太快。巫祁觉得自己很可能遇到目标人物了。

“追！”巫祁化为一道流光，沿着广阔的岩石通道，迅速追去。

同时，世界之力扩散开来，一直扩散到周围1万公里范围。

他再度探察到远处逃逸的魔杀族分身。然而，这幽深通道并非直的，而是曲折的，所以他根本无法一直加速。

巫祁和魔杀族分身都是瞬间加速、减速、转弯，在这种环境下，对空间本源法则感悟极深，而且是宇宙空间本源宠儿的魔杀族分身展现出了最大的优势，也就是瞬间爆发速度。

“嗖！嗖！嗖！”魔杀族分身三次闪身，就消失在巫祁上万公里范围的世界之力探索范围内。

“幸亏通道曲折，否则恐怕只能使用金角巨兽了。”魔杀族分身一边逃，一边在心中暗道。

通过巴巴塔的探测判断，对手应该是界主级六阶强者。当初在血洛世界中，魔杀族分身凭借域主级九阶的实力，击杀了司雍。司雍是界主级五阶强者，可是血洛世界的战斗秘法很一般，那些念力兵器也很普通，因为血洛世界和虚拟宇宙公司算是敌对状态。

可是，九星海不同。九星海其实相当于被统治的一方，那九颗古老星球上有很多宗派，还有不朽的存在，他们都有宇宙飞船，论秘法和兵器，九星海要比血洛世界强不少。

“魔杀族分身杀司雍时无比艰险，而现在，这个家伙是界主级六阶强者，估计也有不朽存在教导，其秘法、对法则的感悟等方面都比司雍强，加上本身的能量比司雍强一倍，除非用金角巨兽，若是硬拼的话，根本没有战胜的希望。”魔杀族分身一次次闪身，一次次远远逃开。

魔杀族分身凭着这种极限速度，几乎一分钟，就冲出了幽深的通道。

魔杀族分身猛地减速，瞪大眼睛看着前方，前方是无比广阔的冰山石林，一头头幻兽随处可见，有的高达数十米，乃至数百米、上千米，小的则只有半米长。

一眼看去，足足有数千头幻兽，其中有几头幻兽的气息极其强大，比后面追杀自己的界主级强者还要可怕。

数千头幻兽几乎大半同时掉头看来。

魔杀族分身瞪大眼睛，不敢前进，又不敢后退，心中怒骂：“我真是倒了大霉，早就感觉这八边形洞窟的幽深通道不一般，竟然一次性出现了数千头幻兽。”

第560章

前狼后虎

广阔的冰山石林景色优美，有着各种黑石冰层形成的独特景色。在这片广阔的冰山石林中生活着一群智力低下，却又可怕到极致的幻兽，有大有小。按照实力强弱，自然划分了各自的地盘。

这纯粹是一种潜意识。

数千头幻兽中，最弱的能够媲美宇宙级强者，最强的媲美界主级巅峰强者。罗峰目测，达到界主级的幻兽有十二头。

而界主级九阶巅峰的幻兽有三头，气势磅礴，其中一头身长约两公里，仿佛一头巨型蜥蜴，它身上由寒冰形成的鳞甲很是清晰。还有一头幻兽高大、壮硕，约有800米高，仿佛机械傀儡。最后一头是有着六对寒冰翅膀的飞禽类模样的幻兽。

这三头界主级巅峰幻兽分别霸占冰山石林的三个区域，它们周围聚集着大群的幻兽。

“前有群狼，后有恶虎，我该怎么办？”罗峰猛地减速，心里又惊又怒。

“嗷呜——”

那数千头幻兽大半都转头看着罗峰，靠近洞窟的数百头幻兽都咆哮起来，或是飞行，或是飞奔，或是一次次闪身，犹如万马奔腾般冲向罗峰。

“杀了一切非幻兽的存在！”这就是幻兽的意识。

它们的意识十分简单，可也让无数闯魔音山的人很是头疼，根本没有任何办法让幻兽不针对人类。而且，幻兽是一种特别的生命体，它们没有灵魂，如果将其切割成千百份，也仅仅是一些冰块，只是这些冰块蕴含着独特的意识，也不知道意识的承载物到底是什么，灵魂类攻击根本对其无效。

“轰隆隆——”

数百头幻兽同时冲锋，冰山石林震动起来，一些冰层直接碎裂。

罗峰瞪大眼睛，一咬牙：“拼了！”

他化为一道流光，直接撞向朝自己冲击而来的幻兽群。因为其本身的气息并不强，所以被吸引冲击而来的数百头幻兽中，最强的是一头界主级一两阶的幻兽，其他都是域主级和宇宙级的幻兽。而化为流光冲击向幻兽群的魔杀族分身的速度瞬间爆发。

“轰！”罗峰和一头有蹄爪的宇宙级八九阶的幻兽撞击在一起。

“对不起了！”他手持血影战刀，直接刺向幻兽。

域主级九阶强者和宇宙级八九阶幻兽存在巨大的实力差距，罗峰的血影战刀瞬间就刺穿了幻兽的身体。

“咔咔咔——”幻兽的身体被绞碎成无数冰块。

罗峰钻进了幻兽的体内。

“变！”他的双眸一亮。

整个人瞬间化为黑色气流，同时黑色气流凝聚起来，迅速变成了一头憨厚、可爱，身体由冰块形成的熊，模样完全仿照了其击杀的第一头幻兽，只是高度降低很多，只有8米多高。

“天赋秘法——复制！”

他的气息完全变成了击杀过的那头熊类幻兽的气息。其实所有幻兽的气息都差不多，唯一的区别是气息强弱不一。当然，人类强者和幻兽的气息是截然不同的。

说来缓慢，实际上他冲到冰山石林前，看到数百头幻兽冲杀过来，便瞬间冲向其中一头幻兽。

火星撞地球般的撞击引起剧烈爆炸，无数冰块四射开去，散落一地。

"嗷！"一头8米多高、通体由冰块构成、气息相当于宇宙级三阶强者的冰熊类幻兽正从爆炸开来的冰块中走出，还发出一声低吼。

其他数百头幻兽立即减速，而后停下，寻找罗峰。

可是，根本看不到丝毫人影。它们的意识无比简单，根本不会思考罗峰为什么会消失。

这群幻兽只会一件事，既然找不到人类武者，那就掉头回老巢继续生活。

巫祁化为一团燃烧着的火焰，以惊人的速度追着罗峰。

"一定是他！区区宇宙级九阶强者，却能够提前发现我，而且逃跑时的速度竟然达到不可思议的地步，他肯定拥有一些特殊的秘法，或者是拥有一些特殊的宝物，而这些绝对不是九星海内的强者们所能拥有的。"巫祁目光灼灼，"他一定是神要我们追杀的那个目标人物，唯有神都想追杀，却不敢亲自追杀的人物，才有这等手段吧！"

千星宗的太上宗主都要称呼主人的存在，其地位何等之高。那等存在都不敢用其他手段去追杀一个宇宙级九阶强者，只敢通过他们，用虚拟宇宙公司允许的规则，在魔音山中击杀，很显然，那个年轻人的地位很高，或者背景非常特殊。

明白归明白，巫祁也没得选择，如果违逆命令，那么他们会立即丧命，所以只能尽力去找目标人物，而且在魔音山中杀人是符合虚拟宇宙公司的规则的。他还没听说过，在魔音山中杀人要负罪的。

"轰！"巫祁瞬间冲出洞口，冲到冰山石林地带。

"我的老天！"巫祁瞪大眼睛。

前方广阔的冰山石林中，数百头幻兽减速而行，那受到撞击而爆炸的幻兽碎裂成的冰块落地，那头8米多高的冰熊还在咆哮。

那数百头幻兽和冰山石林中的幻兽似乎都感应到了巫祁强大的气息，同时转头看去。数千头幻兽中，九成幻兽同时看向冲进冰山石林的巫祁，吓得巫祁立即减速。

"嗷——"界主级九阶巅峰的蜥蜴幻兽发出一声震天的怒吼。

它当先闪电般冲向巫祁。

“嗷！”

“呜！”

那蜥蜴幻兽麾下的其他几头界主级幻兽，还有上千头幻兽都咆哮起来，紧跟着蜥蜴幻兽，疯狂地冲向巫祁，而高大的人形幻兽、凶厉的飞禽幻兽这两头界主级九阶巅峰幻兽只是看过来，却没有追杀。

整个冰山石林中，约三分之一的幻兽冲向巫祁。

“我的老天！”巫祁瞳孔一缩，面色煞白，“怎么这么多幻兽？”

“轰！”他立即化为一道火焰流光，钻入幽深的洞窟中，迅速逃逸。

身为九星海的强者，巫祁非常清楚幻兽有多么可怕。那些幻兽虽然蠢笨，但是它们没有致命的要害，就算将其劈成两半，依旧不会死，还能继续攻击，所以，同层次的人类和幻兽，没有致命要害的幻兽更加可怕一些。

对于幻兽来说，灵魂攻击无效，刀剑劈砍，刺穿头都完全无效。

“嗷——”蜥蜴幻兽快如闪电，当先追去。

四头界主级幻兽紧跟其后，然后就是一大群域主级幻兽。

一头冰熊类幻兽跟着上千头宇宙级幻兽，沿着洞窟，追杀过去。

那头冰熊扫过四周。

“还好。果真和我想的一样，这些意识简单到极致的幻兽完全将我当成同类了。啧啧，我现在的身体结构、气息，完全和幻兽一样啊！”魔杀族分身变成的冰熊混在浩浩荡荡的幻兽大军中，一边嘀咕，一边追杀巫祁。

当然，真正追杀巫祁的主力是界主级巅峰的蜥蜴幻兽和那四头界主级幻兽，后面的大军纯粹是跟着自家首领跑的。

巫祁拼了命地逃，他的世界之力辐散周围上万公里范围，时刻探察着后面的追兵。

“真是太倒霉了！我仅仅是想追杀一个宇宙级小家伙，竟然误入幻兽的老巢。数千头幻兽啊，其中有三头是界主级九阶巅峰幻兽，任何一头都能轻易击杀我。”巫祁道。

这个时候，他哪里还顾得上追杀命令，只知道要保住自己的性命。

曲折迂回的幽深通道，时而广阔，时而略显狭窄。

“嗖——”巫祁灵活无比，不断转弯、加速。

相较而言，身长达到两公里的蜥蜴幻兽奔跑起来受到的影响更大，因为幽深通道仅仅数公里宽，所以蜥蜴幻兽无法爆发出最快的速度。之前也是因为通道曲折，巫祁没能追上罗峰。此刻，也是这个原因，使巫祁成功甩掉了蜥蜴幻兽。

“甩掉了！那幻兽现在和我的距离达上万公里了。”巫祁顿时暗松一口气。

可是，他还是不断地飞奔，一口气跑到了幽深通道的尽头，也就是那817个洞窟的交汇处。

“那个宇宙级九阶强者估计是被幻兽群杀死了吧！”巫祁朝后面的八边形洞窟看了看，微微皱眉，“按照神的命令，必须确认那个家伙的身份，才算完成任务。可是，他死的地方是冰山石林。”

第561章

是谁

要确认罗峰是否丧命，最重要的是得看到摩云藤的残骸，红色身份令牌也有辅助证明的效果。

“我进入冰山石林，遭到那群幻兽围攻的话，必死无疑，更别提杀那个家伙了。但是，我得确认他的身份。”巫祁有些焦急。

怎么办？闯也不是，走也不是。

“先进入虚拟宇宙，找其他人看看。”巫祁当即分出一丝意识，迅速连接虚拟宇宙网络。

和血洛世界不同，九星海是被虚拟宇宙公司控制的地方，经常有本土的界主级强者和不朽级强者去浩瀚宇宙中闯荡，而后回归家乡，这就令九星海中存在宇宙飞船、虚拟宇宙网络意识感应器等物品。

虚拟宇宙，一座古朴的大宅子。

“巴彦，巴彦。”巫祁坐在椅子上，面前浮现屏幕，很快，屏幕上出现了另外一个有着黑色弯角的男子。

正是千星宗六人中的最强者——界主级九阶强者巴彦。

“巫祁，你找我有事吗？”巴彦问道。

“我想，我找到目标人物了。”巫祁笑道。

“哦？”巴彦的脸上露出一丝喜色。

这个任务实际上是烫手山芋，他们都很清楚要击杀的目标人物背景肯定不简单，却不得不来完成这个任务，如果巫祁能够杀了目标人物，他们就可以解脱了，巴彦当然无比开心。

他连忙追问道：“确定了？”

“没法确定。”巫祁摇头。

“怎么回事？”巴彦疑惑地问道。

“是这样的，我之前发现一个宇宙级九阶强者……”巫祁将事情从头到尾说了一遍。

巴彦沉默片刻。

“你错了！”巴彦说道。

“错，哪里有错？我都差点死了，那宇宙级九阶强者必死无疑。而且，他能在我的手下逃脱，绝对不是我们九星海的人。”巫祁自信得很。

“是，他的确不可能是九星海的人。”巴彦缓缓说道，“可是，巫祁，你忘了一点，经常会有虚拟宇宙公司的一些超级强者来到魔音山闯荡，那些都是宇宙级九阶强者，而且个个手段多得很。你遇到的那个的确很不一般，可是，并不一定就是目标人物，很可能是某一个超级强者。”

“呃……”巫祁愣住了。

巴彦说得没错，来魔音山闯荡，地位极高的宇宙级九阶强者可不止一个。

“那我现在该怎么办？”巫祁皱眉，“我是留在这个洞口等机会，还是继续去找目标人物。”

“这样吧，你暂时在洞口守着。等过一段时间，你就悄悄潜入洞窟，直至靠近冰山石林，就小心翼翼地收敛气息，应该不会被发现。你偷偷观察，看是否有摩云藤的残骸。我估计，那些愚蠢的幻兽不至于毁掉摩云藤残骸。”

巫祁思忖片刻，点了点头。

广阔幽深的通道内。

蜥蜴幻兽发现巫祁消失不见后，又追了十几万公里，依旧没追到，只好停下了。

“嗖！嗖！嗖！嗖！”后面的四头界主级幻兽迅速减速，也停住了。

“嗷！”蜥蜴幻兽仰头发出一声怒吼，令通道都微微震颤。

“嗷——”其他四头界主级幻兽也仰头咆哮。

随即蜥蜴幻兽掉头返回，那四头界主级幻兽跟在后面。追杀人类时，它们跑得很快，回去的时候却只是随意地奔跑，速度只有之前的三分之一。

“怎么回事？”

“返回了？”

魔杀族分身变的冰熊看着四周，只见幻兽们都停止奔跑，而后跟着蜥蜴幻兽往回跑了。

虽然蜥蜴幻兽等五头界主级幻兽都在返回，但是其他上千头幻兽并不完全一致，大部分幻兽奔跑返回，还有少部分慢慢悠悠地走着，甚至有十余头幻兽继续沿着通道朝巫祁逃跑的方向缓慢走去。

它们的思维简单到极致，大部分都是跟着首领跑，可依旧有一些幻兽和大部队脱离了。

“难怪我之前遇到了单个的幻兽。”罗峰晃悠着，却悄悄地注意着四周的情形，“幻兽们喜欢抱团，喜欢群居，可是，偶尔还是有一些幻兽傻乎乎的，脱离了族群。也不知道那人死了没有，如果死了，我就能离开这条通道了。如果没死，他估计也逃得远远的了，我照样能够去其他地方。”

罗峰跟着其他十余头幻兽，慢悠悠地朝巫祁逃跑的方向前行。罗峰时而奔跑一会儿，时而漫步。其他十余头幻兽偶尔会用那冰块形成的庞大身躯轻轻地撞一下罗峰。

和十余头幻兽一道前行的途中，罗峰奔跑了一段，将其他幻兽都甩了，这才开始加速朝通道的洞口奔跑。

片刻后——

“罗峰，探测到世界之力波动，就是之前那个界主级强者发出来的。”

奔跑中的罗峰自然减速，还故意用身体撞一撞旁边的山壁冰层，前行了一小段路后，转头，开始返回。

“有幻兽？”巫祁眉头一皱，随即暗松一口气，“还好只是一头宇宙级三阶的幻兽。它真是够蠢的，竟然用身体摩擦冰层！”

他根本懒得去击杀一头低等级的幻兽。而且，他之前实在是被追怕了，他担心自己杀了那头幻兽，会引来更多的幻兽。

“嗯，返回了。做得好，回你的老巢去吧！”巫祁露出一丝笑容。

那头幻兽已经返回而且走出了他的世界之力辐散的范围。

……

幽深的洞窟通道中，冰熊慢吞吞地走着。

“罗峰，我们已经离开那个界主级强者的世界之力探测范围。”

“呼！”罗峰的脸上隐隐有了一丝神采，“没想到，那个界主级强者还没走。”

“刚才你所在的位置离那个界主级强者有10003公里，根据距离推测，那个界主级强者很可能躲在817个洞窟的交汇处，时刻探测着周围。”巴巴塔用意识与罗峰交流，“那里非常安全，一旦他发现有幻兽追杀过去，可以立即钻进其他的洞窟通道，幻兽根本猜不到他进入的是哪一条通道。可是，他并没离开，令我不得不怀疑……”

“怀疑什么？”罗峰连忙问道。

“幻兽群有多可怕，那个界主级强者显然很清楚。他待在洞窟交汇处，虽然很安全，但还是有可能遭到幻兽追杀，最安全的方法是远离这里，可他没有这样做。身处魔音山，他不去搜集令牌，反而苦守洞口，加上之前拼命追杀你，这让我不得不怀疑，他真正的目标是你。”巴巴塔说道。

“我？”罗峰回忆起之前发生的事情。

的确，那个界主级强者待在洞口，时刻警惕，不敢有丝毫松懈，如果不是为了击杀自己，根本没必要待在洞口提心吊胆。

“可他为什么要杀我呢？”罗峰不解。

土著强者想要加入虚拟宇宙公司，需要在魔山待1个月，或者搜集到1000块黑色令牌，或者得到1块红色令牌。可是，以他界主级六阶的实力，搜集1000块黑色令牌或者在魔山待1个月都很容易，根本没必要在洞口提心吊胆。

“即使他怀疑你是虚拟宇宙公司的某位殿下，也没必要杀你，一来击杀某位殿下，对他将来在虚拟宇宙公司的发展不利，二来，他也没这个必要。我推测，是有人想要你死，或者是想要其他两位殿下中的某位丧命。”巴巴塔说道。

“想要我死？”罗峰脸色一变。

按照资料所写，包括自己，此时进入魔音山的虚拟宇宙公司的核心成员一共三个。

“他的目标人物应该是你们三位殿下之一。”巴巴塔很确定，“而其他两位殿下是不是进入了魔音山还很难说，所以，他真正的目标很可能是你。”

“谁要杀我？我没有得罪人啊！”罗峰皱眉。

“有时候，你不认识的人也会想杀你；有时候，你得罪了人但你自己都不知道。”巴巴塔说道，“我跟随你的老师6000多万年，见过的尔虞我诈太多了。我奉劝你，尽量小心，这次闯魔音山并不简单。”

“明白。”罗峰发出一声低吼，开始返回冰山石林。

……

因为这岩石冰层通道的岩壁实在太厚，表面的冰层或许会龟裂开来，可是后面几公里厚的岩石层就没办法了。

连界主级强者巫祁都只是拼命逃跑，而没有去撞岩石层，这就表明一点：魔音山的黑色岩石非常坚硬。

片刻后，罗峰慢悠悠地回到冰山石林。

广阔的冰山石林中，幻兽们安静地待着，罗峰的到来根本没有引起其他幻兽的注意。

“嗷——”

一头身长600米，域主级九阶，气息很强的飞禽类幻兽正趴在冰层上，随意地挥动寒冰翅膀，那寒冰翅膀直接将旁边路过的罗峰给掀倒，罗峰在地上滚了几圈，而后才笨拙地爬起来。

在冰山石林中，罗峰穿梭于诸多幻兽之间，不断前行。

“既然无法从那边的通道出去，只能看看冰山石林的另一头有没有路了。”罗峰心中暗道。

罗峰慢悠悠地前行，偶尔还发出一声低吼。

第562章

陷阱

冰山石林周围地带的幻兽分成三个群体，分别是蜥蜴幻兽、巨型人形幻兽、飞禽幻兽这三大界主级巅峰幻兽统领的群体。

罗峰的魔杀族分身所变的冰熊和其他幻兽一样慢悠悠地走着，花了三个多小时，总算走出了幻兽群的范围。

罗峰暗松一口气，回头看了一眼，后面的冰山石林中还有一头头幻兽。

“总算走出幻兽群的范围了。”罗峰这才放松下来，眼眸中也有了一丝光彩。

路的前方依旧是茫茫冰山石林，只是偶尔走过一头和族群走散的幻兽。

“反正没法后退了，那个界主级强者死守在洞窟的另一头，我现在只能继续前行。”

罗峰时而奔跑，时而慢悠悠地走着，仅仅片刻，视线范围内就没有其他幻兽的身影了，眼前还是冰山石林，一眼看不到尽头。

罗峰继续以冰熊的模样前行。

“嗷！”

“呜！”

魔音时强时弱，侵袭着罗峰的灵魂，魅惑着罗峰的意识。一旦罗峰被完全影响，就会变成行尸走肉。

“麻烦了。”罗峰前行的速度减慢，银色眼眸中有着一丝忧虑，“越是深入冰山石林，越能感受到更加可怕的魔音。”

“哧！”魔音继续侵袭罗峰的灵魂。

罗峰的身体微微一颤。

“这魔音强度很大，恐怕普通的界主级三阶强者都会被直接控制。”罗峰心中暗惊。

根据幻境海的一座座岛屿和一些资料，能够大概推测出不同实力所对应的意志和意识程度，单单论意志，自己恐怕能够媲美不朽级强者了。只是，意识强度很低，所以被卡在幻境海的第十座岛屿，而魔音并没有意识威压，仅仅是一种魅惑，所以罗峰能抵抗，这也是他选择魔音山的缘故。

“咻！”一道诡异的声音刺入罗峰的灵魂。

顿时，万千幻境浮现，一重又一重幻境让人沉迷，单单要摆脱万千幻境，恐怕就不知道需要多少年。

“破！”

纯粹到极致的意志没有妥协，完全摒弃一切影响。

“嗖！”罗峰直接化为黑色气流。

无尽黑色气流凝聚成人形，最后化为一个长着黑色弯角的青年。

此处距离幻兽群所在处有十余万公里，加上已经超过10万公里没有发现一头幻兽，罗峰就变回了人身。

他变回了地球人本尊，魔杀族分身平常还是不要显露出来为好。

罗峰看了看旁边的一座岩石冰山，心中暗道：“刚才这里发出的一股魔音威力很强，恐怕界主级六七阶的强者都扛不住。”

“好怪异。”罗峰眉头微皱，“我进入魔音山也有一段日子了，可是洞窟中遇到的魔音大多很微弱，连宇宙级强者都能扛住。偶尔才遇到能魅惑宇宙级强者的魔音，极少数时候才能遇到能够魅惑域主级强者的魔音，至于能魅惑界主级强者的魔音，极少出现。”

看着前方的冰山石林，罗峰眉头紧皱，越发觉得诡异。

这片冰山石林的魔音威力太强了。看这情形，越是深入，遇到的魔音越强，偶尔会出现极强的魔音。如此下去，恐怕下次就能遇到足以魅惑界主级巅峰强者的魔音，再往上，恐怕就是能够魅惑不朽神灵的魔音。到那时，罗峰就没信心扛过了。

“继续走下去？走！”罗峰一咬牙，“我很清楚自己承受能力的极限，现在这魔音的威力离我承受能力的极限还差得很远，我倒要看看，这片冰山石林的魔音到底会强到什么地步。”

罗峰继续前行，遇到的魔音时强时弱，整体而言，魔音威力的确是呈上升态势。

他又走了10万公里左右——

“刚才那股魔音是我进入魔音山所遇到的最可怕的魔音，应该能够魅惑正常的界主级巅峰强者。”罗峰咬着牙，双眸微眯。

显然，他很是警惕，意志和意识凝聚到了极致。

“离我的承受极限还有好一段距离。”

罗峰继续前行，时刻保持警惕，不敢有丝毫大意。然而，仅仅继续走了2000多公里，便走到了冰山石林的尽头，前方出现了三条熟悉的宽阔的洞窟通道。

“洞窟通道！冰山石林到头了！”罗峰露出一丝笑容，心中却很是疑惑，“这冰山石林只是魔音威力很强，没有其他秘密？”

罗峰回头，看了后方连绵数十万公里的冰山石林一眼，总感觉冰山石林有些特别。

“随便选一个吧！”他直接走向前方的一个幽深的洞窟。

这洞窟宽度有近二十公里，高度有七八公里，与之相比，罗峰就是小不点，就好像蚂蚁走在宽阔的走廊上。

罗峰距离洞口数十米，即将一步跨进去。

“轰隆隆——”一股不可思议的吞噬力在眼前的幽深洞窟中产生。

周围的空间瞬间形成肉眼可见的旋涡气浪，地面的一些岩石冰层都被吸得脱离地面，被吸进了幽深的洞窟中。

罗峰措手不及，他整个人直接被幽深的洞窟吞噬了。

“哼！什么玩意儿！”罗峰猛地瞪大眼睛。

在被幽深洞窟吞噬的同时，一股魔音直接钻入了他的识海中，冲击着他的意志。

因为受到了魔音的干扰，罗峰陷入随时可能倾覆的境地，根本顾不得其他了，整个人就这么被吞噬了。

“呼——”只见罗峰的手臂猛地射出一条条无比粗壮的深红色藤蔓。

一条条藤蔓直接插在地面的岩石冰层内，无数的细藤叶子都渗透进地面，更多的主藤蔓则闪电般延伸，直接抓住了洞窟的洞口。

洞窟宽度近20公里，而域主级九阶巅峰摩云藤的主藤蔓的长度远远超过20公里，仿佛一只大章鱼，紧紧地抓住洞窟边沿，植物类生命的力量是不可思议的。

“轰隆隆——”

吞噬之力极为可怕，摩云藤拼命地抓着，一根根主藤蔓直接绷得断裂开来。

“啪！啪！啪！”主藤蔓硬生生断裂开来。

那些被细藤叶子渗透的冰层直接被剥离。

不过，魔音来得快，去得也快。

罗峰瞬间恢复了清醒，他看到摩云藤的一根根主藤蔓断裂了，当即低喝一声：“切换！”

地球人本尊瞬间变为魔杀族分身，而后魔杀族分身变成了一支约30厘米长、6厘米宽的飞梭，飞梭两头尖、中间圆，滑溜溜的。

因为飞梭的体积要比正常人体形小太多，加上本身特殊的形态结构，使得遭到的吞噬之力比人形时小了数百倍。

“嗖！”

魔杀族分身在吞噬力只有之前的数百分之一后，终于迅速飞出了洞窟。

当魔杀族分身所变的飞梭和洞窟的距离超过百米时，之前可怕的吞噬之力瞬间消失无踪。

“哗！”飞梭化为黑色气流，而后凝聚成人形。

罗峰盯着三大洞窟中间的一个，回忆起刚才的那一幕，心中不由得有些后怕。

“瞬间遭受魔音侵袭，连我也要拼命才能抵抗住，一般的界主级巅峰强者绝对扛不住。而吞噬之力很强，魔杀族分身变形后，凭借其擅长的空间法则才冲出来。”罗峰看着前方的洞口，心中惊惧。

如果他被吞噬，会是什么后果？不知道。

“罗峰！”巴巴塔这会儿才出声，“这是典型的宇宙秘境中的死亡陷阱。”

“什么死亡陷阱？”罗峰连忙问道。

“浩瀚宇宙中最诡异莫测的便是一个个宇宙秘境。原始宇宙衍变开始时发生了一些特殊的变化，形成了一个又一个宇宙秘境，所有的宇宙秘境不可能完全一样，危险程度不一，危险形式也不一，有些危险是明显的，虽然很可怕，但是好躲避。可是，有些危险很突兀，明明看似安全，危机却突然降临。就好像眼前的洞口，魔音山有亿万条洞窟通道，其他的都很安全，而当你毫无戒心地进入这个洞窟，就会遭到吞噬之力和魔音的双重袭击。我敢说，这洞穴的深处还有更加可怕的危机。”巴巴塔缓缓地说道，“这种毫无征兆的危机，算是死亡陷阱。”

“不知道有多少不朽级强者和才华横溢的天才在死亡陷阱中殒命。”巴巴塔说道。

罗峰闻言一怔。

他忽然想起当初老师真衍王提过的一位绝世天才，那位天才达到界主级巅峰时，就能够击杀封侯的不朽级强者。然而，那位绝世天才最终在宇宙秘境中殒命了。

“太初秘境虽然被虚拟宇宙公司给掌控了，但还是有极少数特殊地带，即使是虚拟宇宙公司，也没法完全控制。”巴巴塔向罗峰解释道，“比如血洛世界、魔音山深处，都是如此。你务必小心，我当年跟随你的老师遇见过太多这种情况，太多强者因此而死，有些死亡陷阱蕴含宝藏，有些则是真正的绝路。”

罗峰连忙点头。

随即，他转头看向左右两侧的幽深洞窟。

“往回走，没路离开。那个界主级强者死守在那里。

“往前走，眼前有三个洞窟，中间的一个洞窟不能走。我该怎么走？”

第563章

域主级九阶强者的对手

三个幽深洞窟就在眼前，既然已无回头路，罗峰再度变为一支飞梭，尝试着进入左侧的幽深洞窟。

“咦？这洞窟没有吞噬之力，也没有可怕的魔音。”

在幽深的洞窟中，罗峰以飞梭的形态飞行了十余万公里，终于飞到了洞窟的尽头，前方出现了数十条岩石冰层通道，他看到地上有三具尸体残骸。

“这里有人来过，看来还算安全。”

他不能一直以飞梭的形态飞行，若是被其他武者和精神念师看到，一定会很惊讶的。

……

三天后。

以地球人本尊伪装成黑色长角青年的罗峰，正小心翼翼地前行，心情却很轻松。

自从沿着左侧的幽深洞窟离开冰山石林后，他就再也没有遇到过那般诡异的情况，一切都很正常。就好像刚开始进入魔音山的那段日子一样，偶尔碰到一些土著强者和一些落单的幻兽，魔音的威胁也不大。

“现在看来，冰山石林地带的确很特别。”罗峰回忆起那段经历，“越是深入冰山石林，遭遇到的魔音威力就越强，直至尽头，遭到吞噬之力和魔音的侵袭，逃过这一劫后，反而到现在都没有什么危险。”

那幽深洞窟就是一个终点。

“总感觉那幽深的洞窟中有什么秘密。”罗峰的潜意识中是这么认为的。

“想什么呢？你在想之前冰山石林中遇到的那个吞噬力极强的洞窟？”巴巴塔的声音响起。

“嗯！”

“我就知道你会想那个。没错，危机常常伴随着机遇，这种死亡陷阱很可怕，危机一重接一重，不过如果能活下来，很可能因此有一些惊人的收获。”巴巴塔说道，“这也是很多强大的存在喜欢闯荡宇宙秘境的缘故。”

“不过，人要有自知之明。宇宙孕育的宝物之地数不胜数，可很多强大的存在在得到那些宝物前就殒命了。”巴巴塔郑重地道，“你最强的金角巨兽现在都没踏入界主级，你就想闯荡这种死亡陷阱？要知道，连不朽级强者都有可能殒命，至于你，死亡的概率超过99%，除非真的是走了狗屎运。”

罗峰瞬间清醒过来。

洞窟的入口就如此可怕，恐怕里面的危险更大，自己真的扛不住。

“有多强的实力，就做多大的事。不能自大，也不能贪婪，否则很可能会丢掉小命。”

罗峰看着一眼看不到尽头的岩石冰层洞窟，感觉到寒气侵袭着自己的身体，不由得深感自身渺小。想要闯荡浩瀚宇宙的诸多神秘之地，自己的这点实力实在远远不够，毕竟连不朽级强者都殒命了。

“努力！只有成为真正的超级强者，在这个强者如云的浩瀚宇宙中，才能掌控自己的命运，才能保护自己的家乡和亲人。”罗峰深吸一口气，“继续前进！”

岩石冰层洞窟的深处。

一个身材精瘦，高两米六，额头长着两个银色长角，还有着山羊胡子，容貌显得有些苍老的老者惬意地躺在由岩石冰层雕刻而成的躺椅上，双眸闭合间隐隐有金光闪烁，鼻腔中不时发出舒适的哼声。

“重一点，重一点。”

他的身边有两个土著青年，一个在给他捶腿，另外一个则给他按摩肩膀。

旁边还站着十二个或是清秀，或是帅气，或是憨厚，或是勇悍的青年。其中有宇宙级强者，也有域主级强者。

“嗯。”老者睁开眼睛，笑眯眯地看着为他捶腿的青年，“过来。”

“老祖。”青年有些胆怯。

“老祖让你过去。”旁边站着的一个域主级强者喝道。

青年忐忑地靠近。

老者嘿嘿笑着，伸出干瘦的手，一把抓住青年的手，啧啧夸赞：“年轻就是不一样，若是吞噬你的元气，我的实力应该会有所提升吧！”

青年身体一颤，猛地缩回了手。

“有意思。”老者微微一笑。

强大的世界之力压迫着青年，令青年动弹不得，直接将其拉到眼前。

“你杀了我吧，杀了我吧！”青年忽然怒吼起来，眼泪流了出来。

“你竟然主动求死，真有勇气！”

话没说完，老者忽然转头，看向幽深洞窟通道的远处，只见一个黑色长角青年正缓缓走来。

两人相距上百公里。此刻，他们却都能清楚地看到对方。

“啧啧，又是一个宇宙级九阶的小家伙，他的眼神警惕、坚毅，却没有丝毫恐惧。这是极品货色啊，我喜欢。”老者微微一笑，“卡姆噜，你亲自去将他给我抓过来。”

“是，师父。”旁边站着的实力最强的域主级九阶强者恭敬应道，随即化作一道流光，疾速飞了过去。

……

罗峰看到远处的老者，发现对方主动散发出了气息，便感觉到了不妙：“对方是界主级强者，估计达到了界主级六阶或者七阶水准。”

他当即掉头就走。

“我家老祖看上的，别想逃掉。”一个有着银色弯角的男子如闪电般追来，“小家伙，你放心，我家老祖不会杀你，只需要你的元气。”

罗峰脸色一变。

“哈哈，罗峰，没想到，你也会遇到这种情况。”巴巴塔笑道。

“那个该死的老头，想要吞噬我的元气，做梦！”罗峰咒骂道。

“嗖！”银色弯角男子迅速追过来。

一开始两人之间的距离就达上百公里，一追一逃，瞬间隔了数千公里。

“别反抗，否则我一不小心伤了你，到时候，老祖会心疼的。”银色弯角男子瞬间冲到罗峰前方。

“去死吧！”罗峰脸一沉。

“嗖！”他瞬间切换身体，变成魔杀族分身。

他懒得用地球人本尊去对付银色弯角男子，地球人本尊靠着摩云藤固然能杀了域主级九阶强者，但是估计要多花一些时间，而且也麻烦一些，而用魔杀族分身可就简单多了。

“幽影幻身！”罗峰的魔杀族分身瞬间到了银色弯角男子身后。

一道刀光亮起！

“噗！”战刀掠过银色弯角男子的胸腹，直接沿着战甲的缝隙切开，刀锋肆虐，直接击碎其体内的命核。

银色弯角男子瞪大眼睛：“这，这……”

原本弱小的对手瞬间消失，紧接着自己被杀死，根本毫无反抗之力。

“真恶心。”罗峰看了地上的尸身一眼，一闪身，远远逃开。

……

老者依旧躺在那里，眉头紧皱：“嗯，卡姆噜怎么现在还没回来？”

“师父，可能是那个宇宙级小家伙宁死不从，师兄多耗费了一些时间吧！”旁边另外一个域主级强者说道。

“哼！”老者冷哼一声，世界之力弥漫开去，瞬间便辐散到银色弯角男子尸身所在。

“轰！”老者眼睛瞪得滚圆，猛地一挥手。

旁边的那个宇宙级青年惨叫一声，当场丧命。

其他人受到惊吓，一个个都远远地避让开来。

“我的卡姆噜啊，谁杀了你？我要杀了他！”老者咆哮着。

下一瞬，他化为一道流光，冲了过去，同时世界之力延伸开去。

然而，罗峰的魔杀族分身是何等速度，早就蹿出这条通道了，老者怎么可能找到？

罗峰一口气逃了百万公里，穿过了七条幽深通道，这才停下。

“那老头竟然想要抓我，做梦！”罗峰回头看了一眼，“我现在实力不够强，也不方便施展出金角巨兽。这洞窟通道才十几公里宽，金角巨兽的身长那么惊人，根本无法活动。”

“算了，算了。”罗峰连连摇头，懒得再想。

如果实力够强的话，遇到这种无耻的家伙，他早就一招杀了对方。

……

半天后。

罗峰坐在冰层上歇息，分出一丝意识连接虚拟宇宙网络，和妻子、孩子们在家里玩闹着。

混沌城修炼30多年（相当于原始宇宙100年），加上血洛世界80年，过了这么多年，罗峰的家族发生了翻天覆地的变化。

“罗峰，前方19.2公里处，有一个域主级九阶强者正在前行。”巴巴塔的声音响起。

罗峰分出去的一丝意识迅速回归，他抬头看着前方，很快，前方便出现了一个域主级九阶强者的身影。

那男子身体壮硕，额头有着一对黑色弯角。

“又是域主级九阶强者！”罗峰摇摇头。

“嗯？”那个男子一眼看到了罗峰，眼眸中迸发出一道凶光。

第564章

E9级激光枪

“宇宙级九阶强者？”男子冷笑一声，“小子，遇到我，算你倒霉。”

这个男子名唤帕拓，正是这次千星宗派来的六人之一。魄瑜侯当时从千星宗中选出六人，其中有三个界主级强者和三个域主级九阶强者，并且将三把E9级激光枪分别给了三个域主级强者，显然是将撒手锏留在这三人身上。

帕拓就是三个域主级强者之一。

这些天来，他在魔音山中小心翼翼地闯荡，唯恐误入危险之地，受到魔音魅惑，成为行尸走肉。同时，一路走来，他肆意杀戮，很多宇宙级、域主级强者都死在他的手上。遇到界主级强者时，他会立即逃跑，而之前有一个界主级强者追杀他，他当时毫不犹豫就使用了E9级激光枪，E9级激光枪的威力大得可怕，瞬间就击杀了那个界主级强者。

“连界主级强者遇到我都得死，拥有E9级激光枪真是好啊，可惜，只能短暂地使用一段时间，待离开魔音山，就要把它归还给神。”帕拓很舍不得。

他心里很清楚，E9级激光枪很昂贵，即便拿出自己的全部身家，恐怕也不及其价值的百万分之一。

“小子，你要怪，就怪神给了我E9级激光枪。”

“嗖！”帕拓化作一道闪电，直接冲向罗峰。

罗峰走在严寒的幽深洞窟中，看着远处的男子：“域主级九阶强者对我没有威胁。嗯？他竟然直接杀过来了。如果他有点高手风范，不欺负我这个宇宙级九阶强者，我也懒得杀他，可现在就怪不得我了……”

罗峰根本没将一个域主级九阶强者放在眼里，毕竟单单他的摩云藤都达到了域主级九阶。

他猛地一踩地面，岩石表层凝结的冰层直接裂开，出现几道缝隙，整个人直接冲向远处的男子。

“锵！”战刀出鞘！

“哼！区区一个宇宙级九阶的小家伙，也敢跟我动手。”帕拓眼中掠过一丝不屑。

全身电蛇缠绕的他手持一把弧形弯刀，瞬间就到了罗峰的身前，手中的弯刀化为一道妖异的血色和青色混杂的月光。

“哗！”月光袭向罗峰的脑袋。

“好刀法！”罗峰露出一丝笑容，身影飘忽，直接靠近帕拓，血影战刀亮起了绚烂的光芒。

幽影七绝刀——昙花！

“铛！”

两人刀锋撞击的一瞬间，原本信心十足，脸上还有一丝狰狞笑容的帕拓，脸色陡然大变，他感觉到对方传来了不可思议的冲击力。

冲击力极强，连他这个域主级九阶强者都有些扛不住，手臂发麻。

“怎么可能？他……”帕拓心中瞬间掀起滔天巨浪，“他只是宇宙级九阶强者啊，怎么一刀就有这么可怕的威力？”

域主级九阶和宇宙级九阶相差了一个大级别，从能量程度来说，差了大约一千倍，按理说，一招就能灭了对方。

“我们九星海绝对没有这么强的家伙，难道他是虚拟宇宙公司的某位有背景的人物？”帕拓脑海中闪过一个个念头。

据他所知，宇宙级九阶强者想要爆发出那么可怕的力量，就要用一些辅助类生命，比如辅助类金属生命、辅助类植物生命、辅助类能量生命等。这些是能够附体的，一旦附体，能够让主人发挥出超强的实力。

“难道他就是神要杀的人？他之所以攻击力很强，是因为拥有摩云藤？”想到这里，帕拓不禁狂喜起来，“就算没有摩云藤，也肯定有其他辅助类生命，魔音山有背景的大人物很少，他是神要杀的人的可能性很大，那我就用激光枪将他给杀了。”

……

两人战刀接触的瞬间，帕拓的脑海中便闪过诸多念头，他立即就决定使用E9级激光枪。因为在他看来，眼前这人即使不是目标人物，也是某位大人物。

“赶紧走！”

决定已下，帕拓当然要先拉开距离。

“铛——”罗峰一旦近身，配合幽影身法和昙花刀法，威力无比可怕。

超近距离下，刀光闪烁，危机重重，帕拓想要逃跑，可罗峰的刀实在太凶悍了，他根本不敢分心。

眨眼的工夫，双方交手十余次。

“哧！”两人瞬间分开。

帕拓暴退的同时，心中暗松一口气：“总算找到机会退开了，这家伙用刀时就跟疯子一样，超近的距离下，不断厮杀，太疯狂了。”

罗峰见状，却是暗叹一口气：“摩云藤终究只是辅助类植物生命，它附在我身上，虽然能够让我的力量暴增，但是这股力量终究不是我自己的。我使用的时候，明显无法达到完美状态，连施展刀法都达不到巅峰效果，否则刚才他就算能够逃开，最起码也会受伤。”

他心中的想法一闪而逝。

“想逃？”罗峰大喝一声，“做梦！”

帕拓化作闪电，迅速拉开距离，同时回头，不屑地看了罗峰一眼。

在摩云藤的辅助状态下，罗峰的飞行速度并不快。

他眉头一皱，当即一挥手，手中猛地延伸出十八条细细的藤蔓，藤蔓不断变长、变粗，很快就变得十余米粗，上面还分出了一些细藤和枝叶，直接包裹住帕拓。

“去死吧！”罗峰懒得追了。

“哈哈，果然是你！”逃跑中的帕拓却发出张狂的笑声。

在十八条粗壮的主藤蔓的围攻下，他的身前出现了一件机械武器。

那武器是银白色的，乍一看，有点类似变异后的火箭炮。其枪管直径达到一米，枪身长度达到三米，枪身上还有一个能量槽，也有把手，单手就可以抓住这个骇人的大家伙。

这机械武器显然比罗峰用过的歼星炮要小巧得多，属于单兵武器，而这机械武器通体很有质感，枪口产生极大的威慑力，令人恐惧。

“嘀！”这机械武器后方的能量凹槽上方的警示灯亮起红灯，显然帕拓已经启动了。

“什么玩意儿？”罗峰怔住了。

激光枪？他并非没有见过激光枪，当初在界主世界中就见识过，可是两者的样式、结构明显有区别。

“快逃！罗峰，危险！”那机械武器出现的瞬间，巴巴塔凄厉的声音在罗峰的识海响起，“那是机械族中的E9级激光枪，而且还是E9级激光枪中的XTH-122系列，堪称极品E9级激光枪，蓄能只需要0.1秒，一旦蓄能完毕，就能瞬间射出可怕的超强激光。即便是E9级的合金材料，都会被超强的激光直接射穿，一般的界主级九阶强者没有特殊宝物傍身，都会被击毙。”

罗峰闻言，眼睛瞪得滚圆。

他紧紧地盯着远处帕拓身前的机械武器。

那个竟然是E9级激光枪?!

他心中生出前所未有的恐惧。之前遇到一些界主级强者，他都没有这般害怕过，就算是遭遇那神秘洞窟的吞噬之力，都没有这么惊惧。

此刻，却是真正的生死时刻。

一旦E9级激光枪朝他射击，他的三大身体都抵挡不住，因为身体强度远远不够。当然，金角巨兽身体那般庞大，只要不被射中要害，还是有活下来的希望的。可是，洞窟通道太过狭小，金角巨兽身体太大，根本进不来。

而想要靠速度闪躲更是不现实，因为就算是速度最快的魔杀族分身，速度达到极限，也与光速相差很多，而瞬间迸发速度，离极限速度的差距更大。可激光枪射出的超强激光瞬间达到的速度是原宇宙速度的极限，也就是光速。

近距离的情况下，帕拓的E9级激光枪锁定他，而后进行射击，他的意识都来不及反应，怎么逃？

“噗——”帕拓一手抓着E9级激光枪，一手拿着弯刀不断闪躲，同时挥劈开朝自己席卷而来的摩云藤。

摩云藤虽然厉害，但是毕竟只达到域主级九阶，其层次和人类武者是一样的，帕拓纯粹是抱着防御并逃逸的念头在攻击。

摩云藤或许能击杀帕拓，可要在短短0.1秒内击杀帕拓不太现实。

“嘀！”E9级激光枪的警示灯亮起，红灯灭了，绿灯亮了。

0.1秒已过！

蓄能完毕！

在席卷而来的摩云藤的追杀下，帕拓面目狰狞，原本还在疾速逃跑的他陡然停下，直接用枪口对准罗峰。

E9级激光枪自动锁定远处的罗峰。

“去死吧！”帕拓狞笑着，直接按动按钮。

第565章

毁灭之威

“没有其他办法了，只能拼了！”罗峰的双眸中有一丝疯狂，“巴巴塔，拿出机械族宇宙飞船！”

“明白！”巴巴塔没有丝毫迟疑。

“轰！”罗峰身前出现了一座高达1200米的银白色金字塔。

在最危险的时刻，这艘机械族宇宙飞船堵在岩石冰层洞窟中，挡在罗峰身前。

“哈哈哈！”帕拓狂笑。

一道耀眼的光束从那E9级激光枪的枪口射出，光束蕴含的温度比一颗恒星的温度还要可怕，普通人若是看上一眼，恐怕眼睛会被灼瞎。

“哧哧——”那些阻拦的深红色藤蔓直接化为飞灰。

“轰！”超级激光射在机械族宇宙飞船的船体上。

这船体完全是由一种银白色的奇异合金构成的。当那道蕴含着足以贯穿一颗行星的能量的光束射中船体的瞬间，机械族宇宙飞船船体表面顿时出现了一个坑，表面的银白色金属被熔化了似的。同时，机械族宇宙飞船表面光线流动，那光束中蕴含的能量被机械族宇宙飞船吸收了。

这是机械族不朽级强者乘坐的宇宙飞船，船身材料是E级的，比宇宙人类族群制作的合金要完美得多，而且蕴含了自动恢复效果。

飞船表面能够吸收攻击而来的能量，可以说，作为E级的机械族宇宙飞船，吸能、自动恢复等能力都很强，非不朽级强者几乎不可能威胁到这艘机械族宇宙飞船。

当然，因为罗峰是突然召出它的，没时间开启能量护罩，若是开启了能量护罩，就更安全了。

虽然光束没能射穿机械族宇宙飞船船身，但是没射穿比射穿更可怕，因为光是由光粒子组成的。

光粒子的质量并非为零，准确地说，光也是一种物质。因为正常时候的光线和一些威力小的激光聚集的光粒子不够多，所以质量也不够大，然而这可是能够贯穿一颗行星的光束。

每一颗光粒子都很轻，亿万光粒子加起来，比羽毛还要轻。可是，当聚集到能够贯穿一颗行星，能够击杀一个界主级九阶巅峰强者时，这光束的质量早就无比骇人了。

“轰！”光束没有射穿机械族宇宙飞船，但其蕴含的可怕动能将机械族宇宙飞船轰得飞了出去。

地球上当年制造的一些激光，主要是靠高温击杀怪兽，而宇宙中的激光枪等，威力越来越大，令激光不但有着高温，也有着超强的动能。

正常情况下，被激光射中，会直接出现一个窟窿，然而机械族宇宙飞船因为硬是抵挡住了，所以承受住了其可怕的动能。

机械族宇宙飞船遭到轰击，以惊人的速度，沿着激光轰击的方向直接飞出去，因为激光枪原本是锁定罗峰所在的方向，所以机械族宇宙飞船被精准地轰出去，袭向罗峰。

“魔杀族分身！变！”

罗峰拼命朝岩石冰层通道的岩壁靠拢，同时魔杀族分身不断变大，就仿佛一个巨大的且中间是空的的橡胶，其地球人本尊就在巨大的橡胶核心内。

巨大的橡胶一面紧紧地靠拢后面的岩壁。

“轰！”机械族宇宙飞船撞击在巨大的橡胶上。

那无比可怕的动能作用在巨大的橡胶上，一瞬间，巨大橡胶就因为超强的冲击力，物质结构开始崩坏。

“轰隆——”部分冲击力沿着橡胶，传递到巨大橡胶紧贴着的岩壁中，岩壁猛地震动起来。

冰层不断爆裂，裂痕朝四面八方延伸，无数碎冰从岩壁上脱落。

那坚韧无比的黑色岩石此刻也被震得裂开，一些碎石滚落，整条通道都震颤着。而那超强光束和机械族宇宙飞船的接触面迸发出不可思议的高温，比太阳的温度还要炽热很多，周围的冰层也在不断融化，雾气升腾。

罗峰的魔杀族分身变成的巨大橡胶瞬间崩坏，而巨大橡胶核心，那些崩坏的橡胶令空间扭曲，可怕的冲击力直接作用在地球人本尊身上。

“轰！”

地球人本尊穿着的银色战甲，其材料是F级金属，就算被E级激光正面击中，都不会被射穿。

“嗡——”

地球人本尊受到可怕的冲击力，身体猛地一颤，身上的摩云战衣裂开，出现一道道缝隙。随即，他的皮肤也裂开了，鲜血流出，全身的筋骨瞬间被震断。

周围一片寂静！

“啊！”罗峰激动地大吼。

之所以关键时刻没有让地球人本尊回到体内世界，就是因为地球人本尊的体表有摩云藤，还穿着F级金属铸就的战甲，这些都是防御啊！那可怕的动能透过魔杀族分身后，大约三成威力浪费在机械族宇宙飞船上，三成威力作用在岩壁上，三成多的威力作用在魔杀族分身所变的巨大橡胶上，估计也就百分之一，甚至仅千分之一，作用在地球人本尊身上。

剩下的冲击力仅仅是让地球人本尊肉身的筋骨、五脏六腑完全碎裂，没有像魔杀族分身一样，物质结构直接崩坏。

如果不是有战甲、摩云藤等的层层削弱，地球人本尊弱小的肉身恐怕会被直接轰坏。而现在情况还算好，因为魔杀族分身的核心生命晶核和罗峰真正的核心原核都在地球人本尊体内。

生命晶核非常坚硬，而原核更是坚硬，最后的冲击力连地球人本尊的肉身都没破坏，原核当然完好。

“地球人本尊回体内世界，魔杀族分身凝聚！”

瞬间，地球人本尊随着重伤的摩云藤直接消失了，生命晶核则再度释放出强横的黑色气流，黑色气流迅速凝聚成罗峰的魔杀族分身。

“嗖！”魔杀族分身一闪身，便冲向帕拓。

“他死定了！”

帕拓手持E9级激光枪，探测到机械族宇宙飞船直接被轰飞，撞击在那人身上，虽然那人面前出现了一个巨大的橡胶，但是帕拓依旧认定对方死了。

这可是E9级激光枪！

此等极品武器，还杀不死一个宇宙级九阶的小家伙？

“嗖！”罗峰出现在帕拓身前。

“你！”帕拓脸色大变。

“哧！”刀光亮起，蕴含着空间法则的一刀，快到帕拓根本来不及反应，直接劈中了帕拓。

那刀光直接击在帕拓的命核上，命核瞬间破碎。

帕拓当场丧命！

“啪！”原本帕拓手持着的E9级激光枪掉落下来，落入冰块在超高温之下融化而成的水泊中。

罗峰站在原地，看着眼前帕拓的尸身，再看着周围直接沸腾起来的水，还有大量雾气，不由得一阵后怕。

“实在是太可怕了！如果机械族宇宙飞船的防御不够强，恐怕就直接被射穿了，没有机械族宇宙飞船抵挡，激光会直接轰击在我身上。即便我的银色战甲是F级金属铸就的，激光射不破，可激光蕴含的动能依旧能将我的身体震得粉碎。”

罗峰心里很清楚，战甲并没有多大的用途，这也是宇宙中的原力战衣更贵，这种战甲反而便宜的原因。坚硬的战甲能够抵挡一些特殊危险，而面对这种可怕的冲击力，用处就小很多了。

“幸好！幸好最后成功了！”罗峰一屁股瘫坐在地上。

岩石地面上热气蒸腾，周围的温度达到数百摄氏度，这还是因为魔音山内有无数冰层，温度才没那么可怕。

雾气弥漫。

罗峰的目光落在造型简单的E9级激光枪上。

“E9级激光枪?!”罗峰屏息。

这可是真正的绝杀兵器!

特别是它只需0.1秒的蓄能时间，就有无比可怕的威慑力。

第566章

肥羊

罗峰一闪身，便到了E9级激光枪旁，伸手将它捡了起来。

罗峰抚摸着枪身，这枪的材质奇异，和自己的那艘机械族宇宙飞船船身的材质很像，不过，他能够隐隐感觉出，激光枪的材质更好一些。说是枪，实际上比地球上一些大炮的口径还要惊人。激光枪的枪口口径为1米，在浩瀚宇宙中，一些宇宙飞船、战舰的主炮炮口都达数百米乃至数千米。

“罗峰，这是机械族才能制造出来的E9级激光枪中的XTH-122系列，以体积小、蓄能时间极短出名。”巴巴塔用意识和罗峰交流道，“你应该知道，我们宇宙的人类族群，虽然也算擅长制造科技类武器，但是最多也就制造出能击杀界主级九阶强者的科技武器，至于制造能够击杀不朽级强者的科技武器，暂时还做不到。”

罗峰点点头。

的确如此，从界主级到不朽级，是质的飞越。宇宙人类族群制造的合金最多是E级巅峰，而F级的肯定是宇宙中出产的金属。制造的科技武器也是这样，达到E级巅峰后，怎么都无法制造出更强的科技武器。

而机械族不同，机械族是宇宙中科技的发源地，所有族人都是智能生命，他们能够制造出击杀不朽级强者的科技武器，还能够制造出媲美F级乃至更高级别金属的合金。而且，那些合金具有比纯金属更加优良的性能。比如当年罗峰在陨墨星号飞船中见到的那个机械族不朽级强者的尸身，其实就是一具合金尸身，那合金便可以媲美F级金属，合金的身体能够做到柔韧性、坚韧程度等都完美无缺，的确是一件不可思议的事。

这是机械族独一无二的本领。

“能击杀不朽级强者的科技武器，也只有机械族能制造出来。”巴巴塔继续说道，“当然，要制造出那种科技武器，付出的代价也极大，只有机械族的少数不朽级强者才拥有那种可怕的武器。”

罗峰点点头。

机械族宇宙飞船上仅仅配有E3级的镭射炮和歼星炮，歼星炮虽然威力极大，但是蓄能时间太长，根本不适用于近身厮杀。而且，歼星炮有着那么庞大的体积，根本不适合单人使用。

“同样大的威力，越小巧就越昂贵，蓄能时间越短就越昂贵。E9级激光枪这么小巧，蓄能时间超短，可以说是界主级强者的克星。”巴巴塔缓缓地说道，“即便在机械族内，也是极其少见的，你的老师当年都没弄到过这玩意儿。”

“多贵？”罗峰问道。

“价格在5000混元单位左右。对于不朽级强者而言，不算太贵，麻烦的是，这属于限制级武器，就是有钱，也很难买到，除非愿意付数倍价钱。”

“这么贵？”罗峰瞪大了眼睛。

5000混元单位，这可比一艘机械族宇宙飞船都要贵。

“对，这E9级激光枪可以当作家族的镇族之宝。”巴巴塔再次说道，“哪个家族内放着这么一把激光枪，假设有界主级强者飞入星球领地，星球警戒系统发现界主级强者时，只需要0.1秒，激光枪即可完成蓄能，若那界主级强者胆敢靠近，直接一枪将其击杀，对方连反应都来不及。”

罗峰连连点头。

歼星炮那玩意儿是厉害，可蓄能时间长达60秒，以界主级巅峰强者的速度，一秒钟即可飞行数万公里，直接杀到星球领地的腹地了，所以歼星炮只能算是攻击时的大杀器，而E9级激光枪无论是贴身使用，还是当作镇族之宝、镇国之宝，都很厉害。

“从今天起……”罗峰抚摸着手中的激光枪，“我又多了一张底牌。”

魔杀族分身瞬间迸发的速度极为惊人，以魔杀族分身手持E9级激光枪，靠惊人的鬼魅般的速度熬过0.1秒实在太容易了，0.1秒一过，一枪即可击杀敌人。

罗峰将激光枪收进空间戒指，随即又检查那具已经冰冻的尸体。虽然之前超高温导致周围的冰层融化，水沸腾起来，但这里毕竟是魔音山，很快，其他地方的寒气朝这里弥漫，仅仅数十秒，那些沸腾的水就冰冻起来，化为冰层，原先的水蒸气也全部凝结成冰霜。

“啪！”罗峰一脚踩裂冰层，将帕拓的空间腰带拿下。

“不知道里面有什么。”他的念力渗透进去，探察一番。

以罗峰的眼界，普通宝物还真的不屑一顾，帕拓的全部家产加起来都远远不足1混元单位。

“咦，这里有3000多块黑色令牌！”罗峰又惊又喜。

他从中取出那些黑色令牌，只见一块块令牌悬浮在半空中，黑压压的一大片，每一块黑色令牌代表着一条人类的生命。

这可是3000多条人命啊！

“来到魔音山闯荡，的确是九死一生。”罗峰暗自摇头，“希望我的身份令牌不要成为别人的战利品。”

他一招手，将黑色令牌全部收起。

加上这次的意外收获，他搜集到的黑色令牌总量达到了4320块。

“嗖！”他迅速飞到远处的机械族宇宙飞船旁，仔细地观察了一番。

原本被超强激光射出的坑变得近乎没有一丝痕迹了。

“看来，再过片刻，就完好无损了，这合金具有记忆恢复能力，真不错。”罗峰暗赞，“巴巴塔，将它收进你的储物空间。”

“明白。”

下一瞬，那倒在岩壁旁、表面凝结了一层冰的机械族宇宙飞船直接消失不见了。

岩石冰层洞窟中，罗峰背着战刀，正迅速前行。

“狮子搏兔，也得尽全力！遇到有点麻烦的对手，直接切换魔杀族分身，瞬间将其解决。”罗峰走在路上，心中在暗暗反省。之前的一战，他之所以进入死亡险地，就是因为一开始没在意那个域主级九阶强者，最后差点遇害。

罗峰走着，眉头紧皱。

“巴巴塔，刚刚那想要杀我的武者高喊‘果然是你’，而且还拿出了连不朽级存在之中都很少有人拥有的E9级激光枪……”

“首先，那名武者只是九星海的土著，按道理，绝对弄不到E9级激光枪。”巴巴塔的声音响起，“能弄到E9级激光枪的，估计是不朽级存在，而且还很有背景。他看到摩云藤后说‘果然是你’，你之前又遇到了一个追杀你的界主级强者，结合这些可以判定，某个有背景的大人物想要杀你。”

“那位大人物将E9级激光枪给了这个域主级九阶武者，并且将你拥有域主级九阶摩云藤的事情告诉了他。之前追杀你的界主级强者死死守在洞口，估计也是如此，由此能够判断，那位大人物不止安排一人杀你，其中有界主级强者，也有拥有E9级激光枪的域主级强者。”巴巴塔解释道。

罗峰瞳孔一缩。

到底是谁要杀他呢?

他似乎没得罪什么人。

“大人物要杀你，估计是牵扯到上层的一些恩怨。据我猜测，可能是因为派系斗争。虚拟宇宙公司的每位尊者都独立统领一个派系，你将来属于九剑尊者这一派系，假设派系斗争激烈，有人预见你的威胁很大，就想趁机顺手将你铲除。不过，暗杀天才是很卑劣的手段，若是敢这么做，一定是派系仇怨很大的那种。

罗峰微微点头。

“罗峰，你的实力越强，地位越高，不经意间得罪的人就越多，也有可能你没得罪过谁，想杀你的人却越来越多。”巴巴塔再一次说道，“所以，你必须得小心。”

“嗯。”罗峰点头。

他不能死，自己一死，现在根基依旧脆弱的地球人的命运恐怕会大变，而财富惊人的平海集团本就招人眼红，很可能遭到打压，后果难料。毕竟就算是虚拟宇宙公司，内部也是鱼龙混杂，利益集团多得是，这可是比宇宙国还要庞大的势力。

……

罗峰更加谨慎，一路前进，沿途中但凡遇到域主级七阶往上的强者，都是靠魔杀族分身迅速解决，而若是遇到域主级七阶往下的强者，则让地球人本尊迅速解决。

虽然一路上都小心翼翼，但是杀戮终究难免。

很快，他就累积了4831块黑色令牌。

第567章

金阳老祖

来到魔音山的第七十五天。

背着血影战刀的罗峰走在寒气弥漫的古老洞窟中，忽然瞳孔一缩，遥看远处，九十多公里外，两个宇宙级青年抬着一张做工精美的雕刻长椅，长椅上躺着一名精瘦的山羊胡老者，老者不时还哼着歌，旁边跟着五个青年。

“是他！”罗峰瞳孔一缩。

老者微眯着眼，躺在长椅上，很是惬意。

“自从卡姆噜死后，这日子倒是好过了一些。”抬着长椅的其中一个宇宙级青年相貌刚毅，耷拉着眼皮，心中嘀咕着，“我早就听过金阳老祖的恶名，没想到，这次闯禁地，竟然落到了他的手上。唉，只能忍了，忍过这段日子就好了。这金阳老祖似乎因为卡姆噜的死挺伤心，希望我能够熬到出去吧！”

金阳老祖是九星海中颇有名气的界主级强者，卡姆噜作为其麾下的大弟子，最受宠爱。之前他派卡姆噜去杀罗峰，可卡姆噜反而被罗峰杀死，他一直很伤心。

“卡姆噜，卡姆噜啊。”金阳老祖心中哀叹。

“师父、师父，前面有人！”旁边传来大喊声。

“嗯？”金阳老祖猛地睁大眼睛，遥遥看去，将九十多公里外的那道身影看得清清楚楚。

那人有着黑色弯角，一头黑色短发，穿着银色战甲。

“是他！”金阳老祖双眸厉芒一闪，脑海中迅速浮现出当初的情景。

当时他派出宠爱的大弟子卡姆噜去抓罗峰，不承想，卡姆噜竟然一去不复返了。仇恨的怒火充斥胸膛，金阳老祖的面目顿时变得狰狞起来。

“小贼！”金阳老祖猛地一声怒喝，“还我徒儿的命来！”

“轰！”那长椅直接爆裂开来。

抬着椅子的两个宇宙级青年受到惊吓，连忙避让开来。金阳老祖瞬间就化作金色流星，直接飞向远处，追杀罗峰。

“不好！竟然在这里遇到这个老头。”罗峰看到远处人影的同时，切换了魔杀族分身。

当金阳老祖咆哮着飞来时，罗峰掉头就逃，不过，他故意将逃跑的速度调整到比金阳老祖要慢很多的样子。

“小贼！”金阳老祖恶狠狠的声音在罗峰耳边响起，澎湃的世界之力压迫着罗峰，“竟然让我在这里发现了你，哈哈，你就去给我的卡姆噜徒儿陪葬吧！”

说着，金阳老祖迅速拉近和罗峰的距离。

罗峰佯装奋力逃跑，眼眸中好似有着惊恐，心中却是波澜不惊。

“罗峰，那界主级七阶强者离你还有18.2公里。”巴巴塔的声音响起。

“嗯，我和他之间的距离差不多了。”罗峰暗自计算着。

他的手中陡然出现了一件银白色的精密枪械，枪身约三米长。

正是E9级激光枪！

罗峰直接按动了按钮，顿时E9级激光枪的能量凹槽旁的警示灯立即亮起红灯。

“那是……”金阳老祖的世界之力扩散，瞬间就发现了远处罗峰手中的精密枪械。

金阳老祖毕竟是界主级强者，九星海的高层一般都有一些宇宙飞船，还有一些智能光脑等来连接虚拟宇宙网络。透过虚拟宇宙网络，金阳老祖当然知道激光枪属于科技类武器，只是，他无法判断那是什么级别的武器。

“这小贼明明身上散发的是宇宙级九阶的气息，逃跑速度却媲美域主级九阶强者，之前还杀了我那达到域主级的徒弟卡姆噜，现在又拿出似乎层次很高的激光枪，绝对不是九星海的人。”金阳老祖迅速做出判断，“虚拟宇宙公司经常派出一些地位极高的超级强者进入禁地，那些超级强者都达到了宇宙级九阶，眼前这个年轻人很可能来自虚拟宇宙公司。”

金阳老祖心中一颤。

“面对我这么一个界主级强者，却还敢拿出一把激光枪，他肯定认为能用激光枪击杀我，至少能够对我构成威胁。”想到这里，金阳老祖心中一紧。

他可是界主级七阶强者，意识思考的速度是何等快！

一瞬间，他的脑海中闪过诸多念头。

“逃！”金阳老祖不敢冒险，转头就化为一道金光，迅速逃离。

“想逃？”魔杀族分身反追上来。

在弯弯曲曲的幽深洞窟中，罗峰瞬间迸发的速度明显飙升了数十倍，从之前域主级九阶的水准，瞬间提升到超越绝大多数界主级强者。或许很多界主级强者加速到极限，会比魔杀族分身快，可瞬间迸发的速度明显要慢得多。

“怎么一下子这么快？”金阳老祖的世界之力探测到后面的罗峰迅速追来，顿时脸色大变，“他……他……之前是……是装的。”

想到这里，金阳老祖明白自己掉进陷阱了。

对方明明能够以那鬼魅般的身法迅速逃掉，却故意伪装速度慢，毫无疑问，那明显是陷阱。

“逃不掉了，怎么办？”金阳老祖顿时急了。

“哧！”他直接操控世界之力，去按动罗峰手中的E9级激光枪的按钮，却根本按不动。

“白痴，机械族的科技类武器怎么会有这么明显的漏洞，怎么可能让敌人借助世界之力就操控起来。”罗峰冷笑一声。

科技含量高的物品一般都是附带智能的，连宇宙人类的普通飞船都附带智能，更别说这E9级激光枪了。拿到激光枪后，需要先设定使用权限，确定权限后才能使用。

罗峰击杀帕拓后，收了E9级激光枪，专门让巴巴塔研究了一番，甚至让巴巴塔侵入智能，改变最高权限，才能使用它。

“这位大人，你是虚拟宇宙公司的大人物，饶我一命吧，是我得罪了大人！”一道尖细的声音在罗峰耳边响起。

“嘀！”罗峰手中的E9级激光枪的警示灯亮起绿灯，蓄能完毕。

罗峰的身影犹如鬼魅，两次闪烁，令双方相距大约800米，而后轻轻按动了按钮。

E9级激光枪自动锁定目标。

“噗！”一道耀眼的白色光束从E9级激光枪的枪口射出，射在金阳老祖的身上。

“不……”金阳老祖瞪大眼睛，眼中满是惊恐、不甘。

他拼命想要闪躲，拼命灌输世界之力于原力战衣，想要保护自己，甚至在周围布下世界投影护体。

“轰！”在那炽热的白色光束的攻击下，护体原力战衣将那股冲击力分散到金阳老祖全身，令其身体瞬间崩溃。

同一刻，原力战衣直接被焚烧洞穿。

金阳老祖当场丧命。

白色光束继续射向远处的岩壁，岩壁震动，无数冰层瞬间融化，而后直接沸腾，化为白雾。

“轰隆隆——”顿时周围空间不断震荡，界主级强者死去的同时，大量物品出现，落在四周。

金阳老祖死后，体内世界崩塌，导致其内的物品全部落在外界。

“真够穷的。”罗峰目光一扫，“黑色令牌！”

远处有一堆黑色令牌，还有不少黑色令牌散落在四周。

“收！”罗峰直接将那些黑色令牌和一些颇有价值的宝物收起。

至于其他乱七八糟的物品，对罗峰这等虚拟宇宙公司核心成员来说，根本不算什么。虚拟宇宙公司都会免费提供那些物品，他自然看不上。

“杀了界主级强者，得到的令牌还真够多的，加上这一笔，我手上的黑色令牌已经突破7000了。”罗峰不由得露出一丝惊诧之色，“我根本没想要弄到1万块黑色令牌，不承想，现在都已经有7000多块黑色令牌了。”

实力越强的，得到的令牌越多。之前拿着E9级激光枪的帕拓击杀过界主级强者，所以令牌极多。而这个金阳老祖的实力很强，令牌也多。

“说不定，我还真的有可能弄到1万块黑色令牌。”

罗峰微微一笑，瞬间化为流光，消失不见。

……

随着在魔音山中冒险的时间越长，罗峰渐渐发现了更大的危险。某一天，他盘膝坐在洞窟中，意识连接虚拟宇宙网络，参悟《时空随笔》第三册，当即沉浸进去，所以连续六天都待在洞窟中，一直没动。

然而，罗峰发现，这六天一动不动地坐着，竟然遭到了三次可怕的魔音冲击，这三次冲击的威力都足以魅惑界主级强者，特别是其中一次，足以魅惑界主级七八阶强者。

“幸好我的意志强，而且选的又是魔音山。如果我选的是寒冰山，恐怕我早就扛不住了。”罗峰心中暗惊。

如果不是他来到魔音山，而是别的宇宙级九阶强者来，恐怕早就成为行尸走肉了。

……

罗峰在魔音山的第109天。

“轰隆！”远处传来震动的声音。

盘膝静坐、已经化为冰雕的罗峰猛地睁开眼睛，随即其体表的冰层直接龟裂开来。

他站了起来，转头朝远处看去：“有人！”

很快，他就看到一头很高的类似猩猩的幻兽正在追杀一个宇宙级九阶少年。

那少年全身笼罩在金色战铠中，身法如鬼魅。

“嗯？”罗峰眼睛一亮，“那是原始秘境中的宇宙级成员莫洛！”

虚拟宇宙公司原始秘境的宇宙级成员原本有三人，加上新晋天才战中的伯兰和隆云，宇宙级成员有五人了，而莫洛是原始秘境三名宇宙级老成员之一。

第568章

莫洛

为了准备即将到来的资格战，罗峰收集了有关原始秘境宇宙级成员的详细情报。

论实力，原始秘境的三名老成员比他曾经击败的炎婆罗族的萨金·火龙可要强多了，在虚拟宇宙进行资格战，他丝毫没有信心击败三人中的任何一人。当然，在现实世界中就不一定了。

三名老成员中，罗峰对莫洛最有好感。

莫洛来自偏远的南狐宇宙国，本是一个荒漠星球战乱下的孤儿，孤苦无依，无名无姓，而后被拥有上千颗生命星球领地的莫氏家族抓到了集中营，培养成了莫氏家族的死士。不过，在接受培养的过程中，莫洛展露了不可思议的天赋，很快就得到莫氏家族的重视，并且被赐予族姓。自此，他便有了“莫洛”这个名字。

得到莫氏家族的全力栽培后，莫洛的进步速度更是惊人，很快，连莫氏家族的族长都没什么东西可以教他了，毕竟族长只是一个宇宙级九阶强者。没多久，莫洛就被虚拟宇宙公司在浩瀚宇宙各个区域的分部成员发现，直接被招纳为虚拟宇宙公司的特等精英。

虚拟宇宙公司招纳的特等精英彼此竞争，莫洛实力突出，很快又被直接招纳为虚拟宇宙公司的核心成员，同一年，莫洛闯荡通天山，直接进入天地秘境。

随后，经历了两次资格战，他进入了原始秘境，成为原始秘境的成员之一。

罗峰他们是通过宇宙天才战，最后才进入虚拟宇宙公司的核心层，而莫洛是通过虚拟宇宙公司本身的招纳精英系统逐步得到提升，而后直接进入原始秘境。

罗峰之所以对莫洛最有好感，主要有两个原因：

一是因为其艰辛的崛起经历。

二是因为其使用的战斗技巧源于他自创的“兽拳”。

武者大多是使用刀、剑、枪、斧、棍等兵器，莫洛却是靠着身体、拳脚。

“按照我的老师真衍王所说，武者一开始都是使用前辈所创的秘法，随着对本源法则的感悟越深，他人所创的秘法不再适合自己，创造出属于自己的秘法就无比重要了。”

罗峰很清楚这一点，因为几乎99.99%的不朽级强者都创造出了一套最适合自己的秘法。当然，秘法并非创造得越早越好。对本源法则的感悟较弱时，是不适合创造秘法的，因为感悟得少，创造秘法时很容易走上岔路。可莫洛没有走上岔路，其所创的“兽拳”很是不错，就连真衍王都夸赞过。罗峰也看过莫洛施展“兽拳”中的秘法的视频，佩服不已。

幽深、严寒的古老洞窟中，莫洛一边逃，一边和追杀他的幻兽交手。

“轰——”洞窟震颤，冰层龟裂。

幻兽嘶吼着，一拳拳击出。

而莫洛灵活无比，快如闪电，一次次躲了开来。可是，论速度，显然是幻兽要快得多，很快，它就到了莫洛的前方。

“好大的家伙！”莫洛仰头。

“嗷——”幻兽大吼一声，猛地一巴掌拍击而下。

“嗖！”莫洛竟然站在原地，一动不动。

当那巴掌快要拍下时，他才一飞冲天，欲躲避开来。

幻兽顿时停下攻击，转而横着一挥手掌，就在它的手腕翻动的瞬间，莫洛迅速飞扑而上。

“给我滚吧！”莫洛抱着幻兽的十余米长的一根手指，猛地一挥。

幻兽被抛飞起来，狠狠地砸在岩石冰层地面上。

这么一个庞然大物砸在岩石冰层上，直接砸飞不少碎冰，更令周围的冰层直接龟裂开来。

“啪！”莫洛再度发力，直接掰断了那根手指。

“嗷——”幻兽咆哮一声，连忙爬起来，挥动手掌，直接向莫洛拍去。

不远处，看到这一幕的罗峰暗自惊讶：“莫洛这一扑，动作行云流水，而后他一把抱住幻兽的手指，一发力，竟然借助幻兽本身挥拍的力气，击飞了幻兽，最后瞅准时机再一发力，将幻兽的手指掰断，简直不可思议……”

这一连串动作看似简单，实际上要实施起来是很难的。面对幻兽如山一般的手掌，罗峰自认不敢主动迎击，也根本没那能耐。

“莫洛乃宇宙级九阶强者，体表有金色铠甲，是域主级九阶的辅助类金属生命。”巴巴塔缓缓说道，“那头幻兽的气息强度约为界主级二阶，而莫洛表现出来的近身战实力，恐怕已经能做到100倍发力了。”

不朽祭坛便能测试发力程度，100倍为极限。

“不过，这也没什么用，幻兽最可怕的一点就是，即便受再重的伤，也不会死。”巴巴塔叹息一声。

罗峰点点头。

幻兽就是身体溃散，依旧会逐渐融合，恢复原样。

远处，莫洛仍旧和幻兽激烈厮杀，幻兽不断受伤，可依旧处于上风。

“帮他一把吧！”罗峰微微一笑。

“这家伙真是难缠啊！”莫洛站在幻兽的头顶，嘀咕道，“即便把它打成重伤都没用。”

“啪！”幻兽的巴掌再次挥来。

莫洛迅速一闪身，在其庞大的身体上奔跑起来。

忽然，远处出现了一座庞大的银白色金字塔，那银白色金字塔的塔尖凝聚了耀眼的白光。

“镭射炮？”莫洛瞪大眼睛，立即闪身，远远地避让开来。

“哧——”一道直径约200米的光柱瞬间掠过幻兽。

幻兽那庞大的身体瞬间消失大半，只剩下头颅和两只脚，其他部分全部融化了。

那光柱的能量顿时衰减大半，落在远处的冰层岩壁上，只是融化了部分冰层罢了。

发出光束的正是机械族宇宙飞船搭载的E3级镭射炮！

机械族宇宙飞船中，不管是九尊E3级镭射炮，还是三尊歼星主炮，都是大口径的，E3级镭射炮发出的激光柱的直径可以控制在30—3000米之间。

“机械族宇宙飞船?!”莫洛惊讶地看过去。

那座银白色金字塔迅速消失，一个有着黑色长角的青年走了过来，其面容完全恢复成了罗峰本尊的模样。

“莫洛！”罗峰大声喊道。

“罗峰？”莫洛惊讶地看着罗峰，“你也来了魔音山？”

“嗯！怎么，就许你来，我就不能来？”罗峰笑道。

莫洛无奈地笑笑。

为了参加即将到来的资格战，他当然也做足了准备，据他了解，有可能成为他对手的一些天才中，罗峰的实力是最强的，他自然很关注罗峰。罗峰加入虚拟宇宙公司没多久，竟然就击败了萨金·火龙，如此进步速度，让人怎么可能不感到压力？

“嗷！”幻兽再次昂头，发出一声低吼。

莫洛看了幻兽的头颅一眼，脸色微变，连忙喝道：“罗峰，我们赶紧走！快！”

“嗖！”莫洛迅速逃走了。

罗峰很是不解，但也没有迟疑，化作流光，随着莫洛迅速逃了。

莫洛在前，罗峰在后，两人连续穿过了三条洞窟通道，这才停下。

“罗峰，”莫洛落在冰层上，笑着看向罗峰，“我早就听过你的大名，可一直没跟你交流过，没想到，我们竟然在魔音山碰上了。”

罗峰点点头，随即问道：“对了，莫洛，刚才那么急着逃跑干什么？”

莫洛无奈一笑，道：“是这样的，其实刚才我和幻兽交手时，发现不远处有一个幻兽的老巢。这两天，我一直在被幻兽追杀，想尽一切办法逃跑，可是，凭我自身的实力，连刚才那头幻兽都解决不了。靠着宇宙飞船？宇宙飞船的直线飞行速度的确快，可是，在弯弯绕绕的幽深洞窟中，时而加速，时而减速，其飞行速度还不如我靠着金属类生命飞行的速度呢。”

罗峰点点头。

宇宙飞船加速度大多很慢，需要加速很久，才能达到光速。

当然，机械族宇宙飞船这种性能好的飞行器，加速快得多，可也比魔杀族分身瞬间迸发的速度要慢得多。

“我的宇宙飞船上也没有你那般威力大的镭射炮。”莫洛摇摇头，“所以，我和幻兽一直僵持着。”

“幻兽的老巢？”罗峰微微点头。

自己也遇到过，幻兽老巢的确可怕。

“反正我是不敢再去那个地方了。”莫洛摇头，随即疑惑地看着罗峰，“罗峰，你来魔音山多久了，没有遇到危险？”

“不足四个月。”罗峰回道，“没你待的时间长。”

在自己进来前，就已经有两个核心成员闯荡魔山了。现在可以确定，其中一人是莫洛。

“看来，你也想待三年。”莫洛的眼眸中闪过一道精光，感叹一声，“这魔音山实在是太危险了，特别是魔音，攻击力极强，幸好我找到了一点规律，否则恐怕早就成为行尸走肉了。”

“规律？”罗峰好奇地看着莫洛。

“你能活到现在，难道不是发现了魔音的规律？”莫洛反问。

罗峰闻言一怔。

除了那个具有可怕吞噬之力的洞窟，魔音对他根本没有威胁，还真的没注意到有什么规律。

“第一点，不能在原地待太久，待的时间越久，遭受的魔音威力会越强。”莫洛笑着说道，“这一点你肯定知道，就连那些土著都知道。”

第569章

魔音

“嗯，这个我知道。”罗峰点头。

刺耳的风声直接钻入人心，魅惑灵魂，罗峰和莫洛却依旧站在那里，说着话。

“第二点，也是我能活到现在的倚仗。”莫洛笑道，“我将魔音的威力分成学徒级、行星级、恒星级、宇宙级、域主级、界主级这六个级别，你应该也发现了，在魔音山中，魔音主要是魅惑行星级到域主级的强者。”

罗峰点点头。

的确如此，极少出现能够魅惑界主级强者的魔音。

“我发现的规律就是，一旦出现恒星级魔音，周围区域肯定会出现宇宙级魔音；如果出现行星级魔音，周围区域一定会出现域主级魔音；如果出现学徒级魔音，周围区域一定会出现界主级魔音。”莫洛自信满满地说道，“出现的魔音威力越小，那么周围区域诞生的魔音越强。”

“哦？”罗峰一怔。

他当即回想经过的地方，这些天来，他也就在冰山石林的吞噬洞穴中感觉到了魔音的威胁，其他地方的魔音威力似乎不强，他一直没在意过。

从学徒级到界主级的魔音，对罗峰都没丝毫威胁，所以他没有总结规律。现在仔细一想，魔音的确有一些规律。

“没错！”罗峰眼睛一亮。

有些区域的魔音威力一直在恒星级到宇宙级之间，有些区域的魔音威力在行星级到域主级之间，极少区域的魔音威力在学徒级到界主级之间。

随着时间的推移，强大的魔音区域分布不断发生变化，从而逼迫大家必须不断地行动。

“不过，领悟这些规律对我也没用。”罗峰心中暗道，“正常情况下，魔音最多也就能魅惑界主级强者，除非是那种神秘洞窟的魔音，其他地方的魔音对我真没威胁。”

……

罗峰和莫洛一边聊着，一边前行。

“罗峰，我们走出这条幽深通道后，就分开吧。魔音山中有亿万条洞窟通道，我们选择不一样的。在一起的话，必定得让一方屈服另外一方，我相信，你也会不痛快的。”

“好，我们到前面就分开。”罗峰点头。

和莫洛在一起，他施展魔杀族分身的时候就必须小心翼翼。

“嗖！嗖！”

两人迅速飞行，片刻后，便飞出了这条通道。

“嗯？”罗峰惊诧地看着前方。

那是一片广阔的冰山平原，冰山平原上有着一个个深坑，深坑或大或小，大的有上百公里宽，小的只有数公里宽，却都是一眼看不到底，深不可测。

罗峰和莫洛都降落下去。

“这是什么地方？”莫洛小心地走到一个深坑的边缘。

“不清楚。”罗峰也走到那个深坑的边缘。

表面上看是一个深坑，实际称得上深渊，因为一眼看不到底。

罗峰转头，一眼看去。

这种深渊随处可见，数不胜数。

“我感觉不对劲。”莫洛眉头紧皱。

“嗯。”罗峰点头。

他们都小心翼翼地观察四周，同时感受着魔音侵袭的强度。

罗峰身旁的莫洛毫无征兆地将那金色战靴直接踹在来不及反应的罗峰的腰上，蕴含着域主级九阶辅助类金属生命的力量迸发，令罗峰仿佛炮弹般直接跌入旁边的深渊中。

罗峰感觉无比强大的力量瞬间冲击全身，即使经过摩云藤的削弱，依旧令他控制不住地喷出一口血。

“唰——”他的双臂猛地射出一条条深红色的藤蔓。

刚刚延伸出来时，藤蔓比较细，很快就变得无比粗壮，一根根藤蔓不断往上延伸，抓向莫洛。

忽然，深渊产生了不可思议的吞噬之力，和当初罗峰在那个洞窟遭受到的吞噬之力一样，除了惊人的吞噬之力外，一道魔音直接蹿入罗峰的脑海。

此刻，摩云藤似乎知道主人有危险，顾不得去抓飞离的莫洛，一根根藤蔓延伸出来，紧紧地抓着深渊边缘的岩石、冰层。

“啊！给我破！”

罗峰瞬间就从魔音侵袭中恢复过来。

和上一次在洞窟遭受的魔音侵袭相比，这次的强度反而要弱一些。

“莫洛！”罗峰双眸赤红，看着已经飞到深渊上空的莫洛，大声怒吼。

为什么？为什么莫洛会突然攻击他？

他对莫洛一向很有好感，两人又都是虚拟宇宙公司的核心成员，而且他认为莫洛根本没那能耐害自己。的确，若是正面攻击，拥有魔杀族分身的罗峰不可能输，只是，此刻莫洛是背面偷袭啊！

“罗峰，这是魔音山，我杀了你，是无罪的。”深渊上空的莫洛冷冷地看了罗峰一眼，声音在罗峰的耳边响起。

与此同时，他的手中出现了一把做工精致的枪械。

“激光枪?!”罗峰脸色一变。

敢拿出激光枪，应该是有把握用激光枪击杀他。

“C6级激光枪！”巴巴塔的声音响起。

“哧！”高空中的莫洛直接朝下方的深渊射出一道激光。

这道激光离罗峰有上百米距离，直接射入深渊的更深处。

随即莫洛一闪身，便消失不见了。

整个过程看起来很缓慢，然而前后恐怕不足0.1秒，C级激光枪的蓄能时间为零。

“轰隆隆——”可怕的吞噬之力作用在罗峰身上。

“啪——”

在强大的吞噬之力的作用下，一条条藤蔓断裂。

罗峰的脸上却没有露出丝毫惊恐之色，心中怒道：“莫洛竟然……竟然要杀我，那我就要他死！”

“魔杀族分身！变！”

罗峰瞬间消失，切换为魔杀族分身。魔杀族分身变为一支飞梭，飞梭正极力想要朝外飞行。

忽然——

“嗷！”深渊中响起一道低吼声。

同时，罗峰化为的飞梭的周围空间开始波动起来，那可怕的吞噬之力完全作用在飞梭之上。

飞梭迅速下坠！

“怎么会这样?!”罗峰大惊。

“变！”

飞梭变为一个只有拇指粗细的锥子，可是吞噬之力依旧很强，锥子依旧在下坠。

“变！”

锥子变成了能够堵塞幽深洞窟的岩石，可是吞噬之力依旧强大。这巨大岩石不断下坠，令岩石和深渊边缘摩擦出火花，大量碎石滚落。

“变！”

“变！”

短短一瞬间，罗峰千变万化，可是，任凭他如何变化，遭受的吞噬之力依旧那么强大。而且，随着不断下坠，深渊中那可怕的低吼声更加让人心悸。

“是他，是莫洛干的！”

下坠时，罗峰竭力保持冷静，回忆起之前莫洛用激光枪射出一枪的场景，当时他就不明白莫洛为何这样做，现在他彻底懂了。

莫洛那一枪应该是唤醒了深渊中的某个生灵，那生灵拥有类似金角巨兽吞噬天赋的能力，它主动施展了某种吞噬能力，直接作用在罗峰的身上。

任凭罗峰如何变化，吞噬之力依旧很大。假设生灵处于沉睡中，随意释放吞噬之力，吞噬之力作用在洞口，那么罗峰只需变小就能逃脱了。

“莫洛一定很清楚这里的情况，所以故意把我带到这里，设计了这一切。”罗峰心中道。

“变！”

不断下坠的罗峰变为一头冰熊。

冰熊不断下坠，陷入深渊深处。

“一定有生机，一定有生机。”

瞬间，冰熊便消失在深不见底的深渊中。

片刻后——

一道人影一闪，而后站在深渊出口的边缘，俯瞰着下方。

正是莫洛！

他看着深不见底的深渊，嘴角微微勾起，道：“罗峰，你真是傻！这里可是魔音山，我杀了你，根本没有罪。以你的天赋，即使这次资格战威胁不到我，可是将来，还是会威胁到我的地位，对我构成威胁的强者越少越好。”

“在通往巅峰的路上，我会不惜一切手段。”莫洛轻声说道。

在战乱时代，他有着孤儿的经历，又有在培养死士的可怕集中营的经历，为了自己，他可以不择手段。

“嗖！”莫洛迅速离开。

只剩下古老的无底深渊，一如亿万年来一样。

没有其他人知道，虚拟宇宙公司的绝世天才罗峰被深渊吞噬了。

第570章

深渊世界

罗峰遭受到了惊人的吞噬之力，正不断地疾速坠落。

“呼！”耳边有着刺耳的呼啸声。

变化成幻兽冰熊的罗峰，看着四周的岩壁冰层宛如幻影般掠过，脑中快速思考自救之法。

之前，罗峰将各种方法都试过了，变化成任何样子都没用。而且，巴巴塔告诉他，这里的吞噬之力实在太大，比机械族宇宙飞船能量舱所能迸发的力量还要可怕，就算靠着机械族宇宙飞船，也根本飞不起来。

罗峰低头看着黑漆漆的无底深渊，现在能做的就是做好准备，博取一线生机。

他依旧不断下坠！

过了好久，还是处于下坠状态，这令罗峰心中暗惊。

“这个深渊到底有多深啊？这可比血洛世界的那个巨坑要深多了，恐怕有数十万公里深吧！”耳边狂风呼啸，罗峰不断下坠，无法抵抗吞噬之力，只能任由自己就这么下坠。长时间的下坠，令他想起了很多事情，诸多画面在其脑海中浮现。

“爸妈、老婆、平平、小海、阿华……”罗峰心中默默念叨。

他低头看向无底深渊，依旧黑漆漆一片。

“这个时候我怎么会想到家人？看来，连潜意识都觉得自己很可能会死。”

莫洛将他一脚踢进这无底深渊，而他发现靠着魔杀族分身都无法挣脱深渊的吞噬之力，心就跌到了谷底。

他明白，这次麻烦大了！这里可比之前在血洛世界要危险得多！

巴巴塔早就和他说过宇宙秘境中的一些死亡陷阱，他自然非常清楚。

“这次活下来的概率恐怕很低。”罗峰深吸一口气。

面对死亡危机，罗峰却没有丝毫恐惧，或许是从选择成为武者那天起，或许是从选择和金角巨兽同归于尽那时起，或许是从放弃当安逸的星球领主那时起，或许是从选择走上宇宙强者之路那时起，他早就做好了死亡的心理准备。

“宇宙中，武者们拼死闯荡，而成为不朽级强者的恐怕亿万中无一。”罗峰看着下方幽暗的深渊，“走上这条路，我早就做好了殒身的准备。不过，但凡有一丝生机，我都会拼命求生的。”

“莫洛，我的确是没将你当成威胁，也没将你当成敌人，主要有三个原因：一是欣赏你，潜意识不想和你为敌；二是认为你应该不会这么愚蠢地对我动手；三是自信，我相信你根本威胁不到我。”罗峰心中暗叹，“不过，我现在明白了一句话，人心隔肚皮，不能轻易相信别人，也不能太过自信，太自信便是自大。”

或许莫洛以为通过偷袭铲除罗峰，就能少一个威胁到自己的地位的天才，这样一来，自己就有更多的机会霸占原始秘境成员的名额。可是，在罗峰看来，这实在是太愚蠢了，这根本就是动摇其心境。

强者必须自信，才有可能站上巅峰，如果连自己都不信任，而是通过一些阴谋诡计铲除一些对自己有威胁的人，又能铲除几人呢？在成为强者的道路上，和他竞争的不单单是罗峰这些新天才，还有那些已经达到界主级巅峰的天才，宇宙中还有亿万族群……

提升自己，这才是强者之路，铲除对手实在很愚蠢，已经影响自身的信念了。信念一旦动摇，注定成不了真正的强者。

“莫洛，如果我这次没死，一定会让你后悔终生。”罗峰再次看向下方。

他变成的幻兽冰熊仍以惊人的速度在无底深渊中不断下坠。

“罗峰，下方出现了岩石冰层！”巴巴塔连忙用意念通知罗峰。

“轰！”罗峰所变的冰熊快如流星，两只粗壮的脚狠狠踩在下方的冰层上，轰隆一声，冰层被震碎，远处的冰层则龟裂开来，冰层下厚厚的黑色岩石略微震颤，却没有出现丝毫痕迹。

“嗷！”

各种刺耳的叫声从四面八方传来。

罗峰傻乎乎地坐在碎裂的冰层上，朝四面八方看了一眼，看到或大或小，或是人形，或是各种兽形，或是植物外形的幻兽。

无数的幻兽正聚集在一座冰山上。

罗峰慢腾腾地站起来，很是震惊。

“我的老天，这里有多少幻兽啊？一眼看去，看不到尽头的冰山上密密麻麻的，应该有上万头幻兽了吧！”罗峰怎么都想不到，无底深渊竟然通往一个真正的幻兽老巢，“对了，之前的吞噬之力是怎么产生的？”

“罗峰，小心！在你前面6.1公里处的幻兽的气息强度媲美不朽级强者。”巴巴塔连忙提醒。

“不朽级强者?!”罗峰吓了一跳。

他再次环顾四周。

“哪有什么幻兽，我的6.1公里范围内就根本没有其他幻兽，远处有一座冰山，冰山上倒是有不计其数的幻兽。”罗峰和巴巴塔交流。

“愚蠢！那座冰山就是一头幻兽。”巴巴塔没好气地道。

“我的老天！”罗峰心中一惊。

罗峰依旧一副傻乎乎的样子，和深渊世界中的其他幻兽一样，随意地在冰层上行走着，却紧紧地盯着那座连绵起伏的冰山。

“冰山是幻兽？这冰山一眼看去，得有数千公里吧！”罗峰心中嘀咕。

论体积，这座冰山恐怕不比地球小，巴巴塔竟然说这座冰山是幻兽。

深渊世界非常广阔，其中的幻兽估计数以亿万计，如果说罗峰第一次发现的幻兽老巢是一条河流的话，这深渊世界就是广阔的大海。

在这里，界主级的幻兽经常能碰到，甚至偶尔能够碰到一些气息强度媲美不朽级强者的幻兽，那些幻兽体形极大。

“呼！”忽然，无数冰树的树枝颤动，产生了可怕的吞噬力，令上方的一些洞口疯狂吞噬周围的一切。

这些冰树足足有数百公里粗，树冠直径更是达到数千公里。

许久后，一个有着黑色弯角的男子坠落，顿时令周围大量的幻兽咆哮起来。

成千上万头幻兽咆哮着冲了过去。

“啊！”一道惨叫声响起。

那个黑色弯角男子仅仅坚持数秒钟，就被幻兽践踏而死。

“嗷呜——”

成千上万头幻兽兴奋地咆哮着，其中便有罗峰变的冰熊。

“我的老天。”罗峰瞥了一眼远处的血迹，心中震惊，“幸亏我变成了一头冰熊，如果我还是人类武者的样子，肯定也会遭到无数幻兽的围攻，怎么可能还活着？”

即便是界主级强者来这里，也必死无疑。

罗峰在深渊世界中仅仅待了三天多的时间，发现的幻兽就数以亿万计，界主级幻兽都多得很，就连能够媲美不朽级强者的庞大幻兽都有二十多头。

“幸好我现在也是幻兽的样子。”罗峰跟着其他幻兽慢悠悠地前进。

罗峰不敢做出格的事，就跟普通幻兽一般，因为他不知道深渊世界是否还潜伏着一些超级强者。

“小心！不能有丝毫大意！宁可多花一点时间，慢慢前进，也不能乱来。”

罗峰继续慢悠悠地在深渊世界中晃悠着，说是慢悠悠的，实际上一天也能前进十万里。

转眼，便过去了两个月。

“这深渊世界还真是无聊，其中就只有幻兽这一种生物，诡异的是，连魔音都没有。”罗峰无奈地前行着。

魔山分为魔音山和寒冰山，魔音山中有一处庞大的区域根本没有魔音，的确很奇怪。

“那是什么？”罗峰看向远处。

只见远处隐隐有金光闪烁。因为距离太远，罗峰根本看不清。

“过去！”

罗峰依旧慢悠悠地前行，走了数千里后，抬头看着远处，看到了一座座悬浮着的宫殿。他表面上装作平静，心中却震惊万分。

“悬浮的宫殿？散发着金光的宫殿？这深渊所处的广阔空间有着无数幻兽就罢了，竟然还有悬浮的宫殿？”

罗峰仔细地探察一番，便发现有32座悬浮着的宫殿，每一座宫殿数十公里宽，而且都散发着金光。其中有23座宫殿的表层还笼罩着白色光层。

“嗷！”

“呜！”

一些显得微弱的玄妙声音从那些宫殿的方向传来，没有丝毫攻击的效果，反而令罗峰的灵魂无比舒畅。

第571章

幻兽

32座宫殿悬浮在无尽深渊世界上方的半空中，其中有23座宫殿表层被白色光层给罩住了，其他9座宫殿则没有白色光层。

“嗷——”

有些幻兽抬头看着半空中一座座悬浮的宫殿，似乎被宫殿吸引了。

“嗖——”一头头幻兽冲天而起，跃入那些宫殿。

“砰！砰！砰！”

有些幻兽和白色光层碰撞，直接跌落下去，摔在岩石冰层上，令冰层都龟裂开来。而后，那些幻兽又爬起来，其中部分幻兽竟然再度跃起，扑向宫殿的白色光罩。

它们再次和白色光罩撞击，跌落下去，而后爬起来再跃起，再撞击，再次跌落。

有些幻兽脑袋里一根筋似的，连续飞扑、撞击很多次，最后才放弃。

罗峰也抬头看着32座宫殿。

“32座宫殿中，有23座表层有白色光层。”

罗峰抬头看着。

凡是有白色光层的宫殿防御力都无比强，那些幻兽不断地撞击，依旧摔落下去。另外9座没有白色光层保护的宫殿则弱得多，一头头幻兽一跃而起，轻易地就能跃入那些宫殿中。

“试试看！”罗峰晃悠着肥胖的身体，也一跃而起。

透过白色光层，只能隐隐看到一些金光，根本看不清里面。

“砰！”罗峰和那白色光层撞击，随即跌落下去，摔在岩石冰层上，而后慢吞吞地爬起来。

“白色光层的防御力很惊人，连我都撼动不了丝毫。”罗峰心中暗惊，“之前也有界主级的幻兽去撞击，却影响不了那白色光层。”

“嗖！”罗峰再度一跃而起，一跃便是数百公里，这一次却是直接飞向其中一座没有白色光层的宫殿。

璀璨的金光四射！

“呼！”罗峰直接扑进了这座悬浮的巍峨宫殿内。

宫殿的结构很简单，中央是巍峨的大殿，四周是一个岩石广场，广场上有一些幻兽正在晃悠着，有些则趴在了广场的地面上。

“嗯？”罗峰落在广场上，瞬间感觉到了温度的变化，“温度变了，这里明显没有那么冷了。”

同时，他悄悄地观察着这座悬浮的宫殿，宫殿分为大殿和广场，而且都是由黑色岩石构成的，根本没有冰块。

黑色岩石表层还有许多稀奇古怪的雕刻秘纹，这些雕刻秘纹全部是金色的，无数金色秘纹烙印在广场的地面和宫殿的墙壁上。

耀眼的金光从这些秘纹上四射开去。

“好玄妙的法则秘纹！”罗峰看着雕刻的金色秘纹，觉得无比玄妙，“巴巴塔，记录下来。”

“明白。”

就在这时——

宫殿的大殿墙壁和广场地面的金色秘纹突然发出一道道迷幻的光芒，无数光芒从罗峰周围掠过，迅速在宫殿周围凝聚，形成一幅幅无比玄妙的秘纹图案，随即凝结，化为白色光层。

白色光层顿时将整座宫殿完全罩住了。

“什么？”罗峰大惊，连忙掉过头看去。

“砰！砰！”

他隐隐看到有几头幻兽跃起，扑向白色光层，而后跌落下去。

“之前32座宫殿中，仅仅23座宫殿被白色光层笼罩住了，这座宫殿怎么突然也被白色光层笼罩住了？”罗峰心中纳闷。

他看着四周，广场上其他幻兽或是散步，或是睡觉，或是嬉闹，丝毫没在意那突然升腾并形成的白色光层。

“嗯？”罗峰小心翼翼地朝白色光层走去，走到广场的边缘，伸出蹄爪抓去。

“哧！”蹄爪直接穿透白色光层，没有丝毫阻力。

“哦？”罗峰心中一松，“防外不防内，我要出去的话，倒是没有一点阻碍。”

罗峰收回蹄爪，转身，看向那座大殿。

广场长宽都达数十公里，大殿仅占广场面积的四分之一。

“嗷——”一头长着八只翅膀的通体半透明的飞禽类幻兽飞向大殿正门。

这头飞禽类幻兽估计有着可媲美域主级八阶强者的实力，全身由冰块构成，在金光的照耀下，显得美轮美奂。

当它飞到大殿正门时，只见一道黑影一闪。

“咚！”

那道黑影狠狠地击在飞禽类幻兽身上，飞禽类幻兽被轰击得身体溃散开来，无数冰块乱飞，一些冰块更是穿过白色光层，飞了出去。

“嗯？”

罗峰一惊，当即看去。

大殿正门口，一头由黑色岩石构成的好似猩猩的怪兽，手持一根黑色长棍，那黑色长棍上有着一些玄妙的金色秘纹。

怪兽朝外面的广场看了一眼，目光扫过一群幻兽，随即缩回大殿去了。

“岩石类生命？”罗峰一惊。

宇宙中的生命有很多种，金属类生命、植物类生命、血肉类生命、能量类生命。

什么叫生命？有智慧的才算得上是生命，而那些幻兽是在魔音山特殊幻境中产生的，根本算不上生命，因为它们根本没有思考能力。

“大殿内有岩石类生命，而虚拟宇宙公司提供的资料上写着魔音山中只有幻兽。可是，看这怪兽的眼神，它绝对有一定的智力。”罗峰心中暗惊。

有没有智力，从其眼神是能够轻易判断出来的。

罗峰在广场上默默观察着，根本不敢擅入大殿。

三天的时间，他看到十八头幻兽闯进了大殿，可是每头幻兽刚到大殿门口，就被那岩石类怪兽一棒子给砸死了。

“我能感觉到，这大殿中应该藏着大秘密。”罗峰心中暗道。

这里有极其玄妙，连他都看不懂的金色秘纹！

这里还有守在大殿门口，实力深不可测的岩石类怪兽！

而且，这座宫殿悬浮在无数幻兽聚集的老巢世界的半空中！

这一切都昭示着宫殿中有大秘密，只要不是傻子，都能猜得出来。

“可是，我该怎么进去呢？”罗峰苦恼地看着大殿入口，“我一进去，就被岩石类怪兽一棍子打死，怎么办？”

“轰！”整个深渊世界猛地一震，可怕的冲击波朝四面八方传递开去，而后轰击在罗峰所在的宫殿的白色光层上。

“怎么了？”罗峰掉头看向外面。

“嗷——”成千上万头幻兽咆哮着。

狂暴的爆炸声、轰鸣声，此起彼伏。

“哈哈，你们这些低等存在也敢招惹我？”一道洪亮的声音在天地间回荡。

“师兄，这些不朽级的幻兽虽然没有多大威胁，但是纠缠起来也很麻烦，我们赶紧进入传承宫殿吧！”另外一个方向传来一道声音。

“也好！咦？32座传承宫殿怎么只有8座宫殿中没人，其他都有人在接受传承？”

“嗯！这的确是怪事。鸿盟内下达的通知是9座宫殿中没人，算了，别管了，反正我们就两个人，不管8座还是9座宫殿没人，对我们来说都足够了。”

两道声音从两个方向传来。

随着天地一阵阵轰鸣，无数幻兽嘶吼，两人分别冲进了两座没有白色光层笼罩的宫殿。

“嗯？”

罗峰待在广场上，发现外面的嘶喊声渐渐减弱，很快就完全消失了，恢复了之前的平静。然而，他心中一点都不平静。

“竟然有人过来了。”罗峰的脑海中浮现出诸多念头，“传承宫殿有8座没有人，不对，是9座。”

刚才出声的应该是两个超级强者，至少是不朽级存在。

“鸿盟？鸿盟是什么组织？”罗峰心中暗惊，“鸿盟下达的通知是9座传承宫殿中没人，我之前来的时候，的确发现32座宫殿中仅仅9座没有白色光层，难道……一旦有人进来，这宫殿就会直接升起白色光层？”

他刚刚飞到这座宫殿的广场上时，这座宫殿就升起了白色光层。

“难道宫殿里的人能够发现我和普通幻兽的区别？”罗峰震惊地看着眼前的宫殿。

就算是不朽级强者，乃至更厉害的人物，如果不探察罗峰体内，是无法发现魔杀族分身的变化的。可是，这座诡异的传承宫殿却能够发现罗峰的不同，并且升起白色光层。

……

罗峰冷静地站在广场上，显然自己是来到了魔音山的神秘核心之地——传承宫殿。准确地说，魔音山的传承宫殿一共有32座，此刻，包括自己所处的宫殿，应该有26座宫殿都有人了。

“看来，传承宫殿在宇宙的一些巅峰高层中，早就不是秘密了，竟然能够派遣一些不朽神灵来接受传承。不过，也不是随便什么人都有资格接受传承的，毕竟连我的老师呼延博都没听说过它的存在。”

的确，来一次宇宙中的这种神秘之地，不朽神灵们要付出的代价比进入混沌城还要高得多。

“我倒是走运了，来到了传承宫殿。”罗峰定定地看着眼前的传承宫殿。

“怎么进去呢？”罗峰思索了一下，迅速做出决定。

“呼！”冰熊旁边突地出现了另一个罗峰。

“我的魔杀族分身带着原核守在外面，地球人本尊则进去闯荡！”罗峰眼睛一亮，一闪身，便冲向大殿正门。

“嗷——”广场上其他的幻兽看到人类罗峰，立即嘶吼起来。

第572章

禁地传承

幻兽智力低下，魔音山特有的环境造就了这么一批幻兽，它们的存在是为了击杀那些闯入者，所以，当宫殿广场上的幻兽看到人类突然出现，都疯狂起来。

“嗷——”

幻兽们凶厉地扑向罗峰，想要将罗峰撕成碎片。

而罗峰的地球人本尊在刚刚出现的同时，就已经冲向大殿正门。携着域主级九阶摩云藤力量的脚一蹬地面，轰的一声，广场的岩石地面一震，顿时令罗峰仿佛流星直接冲向了大殿正门。

“嗖！”罗峰直接冲进了大殿。

后面大群的幻兽怒吼着朝他杀去。

“轰！”黑色长棍突然出现，一棍击杀一头幻兽。

大殿正门口，岩石类怪兽挥舞着粗壮的黑色长棍。

一头头气息强大的冰块凝结而成的幻兽被直接轰得爆裂开来，大量碎冰远远飞了出去，直接飞出了白色光层。

幻兽们恨恨地盯着罗峰，相继冲了进去。

而岩石类怪兽站在大门口，颇有“一夫当关，万夫莫开”的气势，来多少，就击杀多少。

“这些幻兽还真是一根筋。”罗峰遥看大殿外许多幻兽朝自己冲来，不由得感叹，“看到我，它们就发疯似的杀来，明知没有希望，还依旧要来杀我。幸好白色光层笼罩住了宫殿，令外界的幻兽无法进来。”

仅仅片刻，广场上只剩下一些碎冰块和唯一一头活着的幻兽，也就是罗峰所变的冰熊。

其他幻兽都被那岩石类怪兽给杀了。

……

大殿巍峨，宛如一座大山，在大殿内的罗峰则显得无比渺小。

“这就是传承宫殿？在哪里接受传承？”

罗峰外穿银色战甲，里面则穿着摩云战衣，脚套战靴，小心翼翼地在大殿内走着，仔细地观察周围的一切。

大殿内黑色雾气弥漫，远处的一些黑色岩石时而凝结，时而消散。

岩石类怪兽朝罗峰看了一眼，便抱着那根黑色长棍，缩在角落一动不动了。

“好奇怪！”罗峰看着眼前被黑色雾气笼罩的大殿，“巴巴塔，你发现大殿的奥秘了吗？”

“我根本无法探察，探测信号完全被屏蔽了。”巴巴塔回道。

“什么？”罗峰闻言一惊。

巴巴塔携带的探测仪器探测范围达周围20公里，当年呼延博只有在宇宙秘境等危险地方才会使用。

这仪器在许多宇宙秘境中都是够用的，可是，这传承宫殿竟然屏蔽了其探测信号。

“轰隆隆——”

一阵地动山摇。

大殿内，黑色雾气笼罩的区域中响起一道道声音，紧接着，一阵阵美妙的声音响起。

各种音调结合，形成了一种很奇异的声音，令罗峰感觉无比舒畅。

“就是这种声音！”罗峰心中一动。

之前看到32座宫殿时，他就听到过这种声音。

声音不断地回荡着。

大殿中的一切发生了巨变，罗峰身前立着的一块黑色岩石上，忽然浮现出一个个奇异的文字，文字的笔画好似是由秘纹构成，罗峰并不认识这些文字。

“这，这……”罗峰震惊地看着黑色岩石上的神秘文字，“我明明从未看过这种文字，竟然能够清楚地知道文字代表的意思，简直不可思议。”

文字不断浮现，又不断消失。

许久，罗峰才将所有文字的意思全部弄明白。

“魔音神将？传承？157672？”罗峰脸上露出震惊之色。

黑色岩石上接连浮现的那些神秘文字，结合起来，大意是：魔音传承禁地自诞生以来，你是进入传承宫殿的第157672人，有资格获得魔音传承的生命……

任何有灵魂的生命，都可以接受传承。不过，传承禁地自诞生以来，没有一个生命能够接受完整的传承，获得“魔音神将”的尊号。血肉类生命、能量类生命、金属类生命等，只要是有灵魂的生命，都可成为高贵的魔音神将。

魔音神将是独一无二的！

宇宙诞生以来，注定魔音神将只能有一位。

某一时刻，某个生命能够接受完整的传承，成为魔音神将，魔音传承禁地会直接崩溃。

渺小的生命，努力吧！努力成为高贵的魔音神将吧！沿着旁边的传承阶梯一步步登上成为宇宙超级存在的道路吧！

大殿中。

黑色雾气弥漫，奇妙的声音回荡在大殿内，同时大殿内竟然出现了一条宽约三里的黑色岩石阶梯路，每一级阶梯上都有奇异的金色秘纹，隐隐闪烁着金色光芒。

罗峰站在神秘阶梯前，沉默许久。

“任何生命，只要是有灵魂的，都有资格成为魔音神将？”

他看着眼前的黑色雾气分散开来，自动出现了神秘阶梯，心中很是震撼。

宇宙很神秘，这一点他早就知道了。

人类族群一共有1008个宇宙国，每一个宇宙国都无比浩瀚，那些宇宙国主都是伟大的存在，宇宙人类族群甚至还有能够制造出虚拟宇宙的超级存在。

然而，人类族群仅仅是宇宙中的亿万族群之一，不过，是巅峰族群之一。

巅峰族群有好些，还有一些族群或许算不上巅峰族群，个体的实力却很强，比如魔杀族，估计排到一万多名，而金角巨兽族群更是不知道要排到多少名了。虽然数量太少，可不代表它们就弱。

亿万族群!

无边宇宙!

秘境无数!

“魔音神将传承？谁留下的传承？”罗峰看了旁边曾经浮现出文字的岩石一眼，“这一切现象人工痕迹太明显，显然是一位强大的存在故意留下的传承。据我所知，早在虚拟宇宙公司控制太初秘境前，太初秘境内就有魔音山了。”

魔音山就如血洛世界一样，历史也很悠久。

宇宙秘境很神秘，有些是自然衍变出来的奇异环境，有些却是某些超级存在留下的宫殿、修炼之地，那些超级存在或许比虚拟宇宙公司更早占领太初秘境的某个区域，只是，在虚拟宇宙公司强大的实力面前，选择了退却。

胆敢反抗者，会受到虚拟宇宙公司的碾压。不过，宇宙中的有些强大存在虽然在虚拟宇宙公司面前退却了，却不代表他们的实力弱。

“从之前两名不朽神灵的谈话中可知，虚拟宇宙公司也安排了大量不朽级强者驻扎在魔音山。”罗峰的脑海中掠过诸多念头，“就连巴巴塔也不知道魔音山的秘密，显然是宇宙中较高级别的秘密，比混沌城更加神秘。”

“一旦有生命得到完整传承，传承禁地会直接崩溃？魔音神将在宇宙中唯有一位？”罗峰微微点头。

宇宙中独一无二的魔音神将的确会是宇宙中的超级强者。

“竟然有十几万人来接受过传承了，却无一人得到完整的传承。”

罗峰摇摇头，不再多想。

而后，他一脚迈出，直接蹿到神秘通道的阶梯上。

当他的战靴落在这一级阶梯上的瞬间，周围景色变得模糊。

他看不到其他景色，只能看到不断延伸向上的阶梯。

“接受传承！修炼传承！每一级阶梯都蕴含着传承讯息，当你走到阶梯的尽头，便能成为宇宙中强大的存在，也就是魔音神将。”

声音在他的识海中回荡，同时神秘的修炼之法不断涌入。

几乎瞬间，罗峰就被这秘法给折服了。

这是灵魂类的秘法，必须有灵魂才能修炼，此秘法比呼延博当年留给他的魂印秘法不知道要玄妙多少倍。他能够清楚地感觉到，二者完全不是一个层次的秘法。

“我觉得，这没有名字的传承秘法应该能跟九宇混沌碑媲美，九宇混沌碑是引导人参悟宇宙本源法则，而这是一套详细的秘法，价值无限。”罗峰很是激动。

他的眼光很高，因为他的脑海中有金角巨兽的传承记忆，还看过虚拟宇宙公司的宝库，见过的秘法数不胜数。

正因为眼光高，所以能瞬间判断，这秘法绝对属于最高级别的，是直指宇宙大道本源的一种传承。

瞬间，罗峰就完全沉浸在奇异秘法的修炼中了。

不单单是地球人本尊，其体内世界中的金角巨兽也修炼起来，唯有魔杀族分身没有修炼，因为这是灵魂类的特殊秘法，而魔杀族分身根本没法修炼。

“这秘法到底是谁留下来的，如此厉害的秘法，如果修炼到大成，成为纵横宇宙的存在，绝不是假话。”

罗峰不再多想，压抑心中的狂喜，完全沉浸在修炼中。

第573章

处决

虚拟宇宙的某一个位面空间。

“嗷呜——”一条条青色的神龙飞行在天地间。

美丽的七彩羽翼飞禽随处可见。偌大的位面空间中，一眼看去，有各种奇特的怪兽，或是美丽，或是狰狞。

半空中，千万怪兽环绕着血红色的巍峨宫殿群。

某一座宫殿内——

“啪！”身穿紫色战甲，有着银色独角的男子猛地一摔手中的酒杯，半透明的酒杯砸在地上，直接裂了开来。

银色独角男子愤怒地咆哮道：“怎么，以为我好欺负？魔音山的传承可是我努力了许久，为我的徒弟蒙苍王争取到的机会，你们说没就没了？”

“尊者，”站在大殿下方的一名白发老者躬身说道，“不是没有，而是要等下一批！”

“下一批？魔音山的传承每一批都要间隔10081纪元，每批最多32人，我耗费了那么多宝物，投入那么多，经历最终票选，才得到这一个名额，可你们竟然告诉我，魔音山的32座传承宫殿中，有一座宫殿被未知生命给占了，少了一个名额。这和我有什么关系，凭什么抹掉我徒弟的机会，为什么不抹掉其他人的机会？”银色独角男子无比愤怒。

“尊者，”白发老者再次躬身，“当初票选时，蒙苍王在32人中排最后一名，所以上面决定……”

“滚，给我滚！”银色独角男子猛地一挥手。

白发老者微微欠身，不敢多说，当即掉头离开了。

银色独角男子怒意未消。

他可是堂堂尊者，宇宙人类族群中伟大的存在之一，没什么事情能让他吃亏，可这一次……

“鸿盟内的那群老家伙，得了我的好处，现在倒是一个个翻脸不认人了，少了一个名额，竟然直接将我徒弟的机会给抹掉了。”银色独角男子暗恨不已。

然而，他心里很清楚，上面既然做了决定，他再生气也无用。

“到底是谁占了我徒弟的名额？”

接受魔音山传承可比参悟九宇混沌碑的机会要珍贵千万倍，因为混沌碑仅仅是引导人感悟宇宙本源法则，魔音山传承却是一种实实在在的无比详细的修炼秘法，只要按部就班地修炼，实力就能得到飞跃性的提升。

“等下一批，那可是10081纪元之后了。”银色独角男子越想越气。

他的徒弟蒙苍王是封王的不朽级强者，而想要成为尊者是很难的，可若是得到魔音山传承，就能大幅度增加成为尊者的概率。现在不知道是谁占了名额，令他的徒弟必须再等上亿年。

关于宇宙中的一些高层人物的事情，罗峰当然不知道，他只知道抓住机遇，埋头苦修。

他站在传承宫殿大殿的第一级传承阶梯上已经有一天了，这一天他一直闭着眼睛，脑海中的念力不断地修炼着传承秘法。

他将这套没有名字的传承秘法暂时命名为《至高魔音》秘典。按照他在第一级阶梯上接收到的一些讯息来看，《至高魔音》秘典主要分两部分：一为基础，二为魔音秘法。其中基础部分占《至高魔音》秘典内容的九成，基础打得牢固，最后的魔音秘法可以轻易练成。所谓基础，指的是念力振幅强度。

比如罗峰操控一把飞刀，让飞刀的最强攻击力达到某一个数值，罗峰的极限是同时操控78把飞刀，每把飞刀都能发挥出极限的攻击力，那么念力振幅强度就是78。罗峰在地球上时，实力还很弱，就能同时操控十几把飞刀，并让它们发挥出最强的攻击力。

灵魂有念力振幅强度。

身体有力量振幅强度。

那不朽祭坛就是测试力量振幅的，一般力量振幅达到100，便算是完美操控身体的每一分力量。力量振幅为100，这是正常情况下的极限。

同样的道理，念力振幅强度大，能同时操控100把飞刀，每一把飞刀都发挥出单独操控时最大的攻击力，这也是正常情况下的极限。

可是，那仅仅是正常情况下的极限。就拿金角巨兽来说，其施展身体攻击，正常情况下力量振幅也就80—90，可是一旦施展出天赋秘法“强化”，力量振幅立即翻倍，令力量的攻击力达到一百多。如果施展本尊天地这门秘法，肉身的力量会再提高几倍，达到好几百。还有金角巨兽的右蹄爪，一旦驱动血洛之力，力量会暴涨，肉身的力量会再度提高。

按理说，振幅的极限是100，可那是正常情况下的极限。一些特殊的秘法和宝物都会令人超越正常极限，而这些秘法和宝物都是无比昂贵的。

天赋秘法“强化”能够强化身体、灵魂等。金角巨兽现在的灵魂振幅强度是78，一旦施展天赋秘法，攻击力会立即翻倍。《至高魔音》秘典就是一套类似金角巨兽记忆中《本尊天地》的秘籍，而且比本尊天地还要厉害，本尊天地修炼到大成，仅仅提高27倍。至高魔音修炼到大成，实力却要强得多。

这是一套真正通向极致的终极传承秘典！

“真是玄妙！这比本尊天地还要强大，堪称逆天的传承！”

罗峰睁开眼睛，看着前方延伸得越来越高的阶梯，只见一级级阶梯通往无尽的虚空。

他深吸一口气，飞到第二级阶梯。

当他的脚落在第二级阶梯上时，无比精妙的秘法再度涌入他的脑海。

继续修炼！

一天又一天！

一级又一级阶梯！

在通往无尽虚空的传承阶梯上，罗峰不断前行。

其实在刚刚接受传承时，罗峰就收到了讯息，传承一旦开始，就不能停止，必须不断修炼，不断前进。修炼的过程其实是对意志、意识的磨炼，若是扛不住这种磨炼，停止了修炼，那么传承就自动结束了。

亿万年来，浩瀚宇宙中有十余万生命都来接受过传承，然而，没有一个生命能够走到传承阶梯的尽头。

“不知道传承要多久！嗯，机会来之不易，不能错过。”

罗峰不断地修炼着，感觉到自己的意识振幅强度不断提升，很快便超过了100，这在正常情况下的极限数值依旧在提升。

这个秘法简直太厉害了！

他越修炼，越明白如果是在虚拟宇宙公司的宝库中兑换这种秘法，绝对需要天价积分。或许虚拟宇宙公司的宝库中都不一定有这么厉害的秘法。

“只有一次修炼机会，能修炼多少就修炼多少，说不定能够修炼到大成。不管怎样，就拼一把吧！”

当罗峰在魔音山的核心处接受魔音传承时，当初魄瑜侯派去追杀罗峰的千星宗的高手们一筹莫展。

六个月后。

虚拟宇宙的一座岛屿，这是专门给九星海的强者们居住的。

九星海岛屿上有着占地面积极广的宫殿群，正是九星海中名气颇大的千星宗在虚拟宇宙公司的总部。

其中一座宫殿内。

“神！”两个界主级强者和域主级强者都恭敬行礼。

一个有着碧玉色长发的绝世美妇人慵懒地靠坐在王座上，扫了下面的人一眼：“你们四人一直没发现目标？”

“是的，神。”四人心中很是紧张。

他们正是这次被派去追杀罗峰的千星宗六名高手中的四人，至于其他两人，已经死在了魔音山。

“一群废物！”绝世美妇人冷哼一声，“我再给你们半年时间，你们别再让我失望！”

“是。”四人的额头都冒出了冷汗。

时间飞快流逝。

转眼，他们进入魔音山已经一年了。在这一年中，他们中又“死”了一个域主级强者，因为中了魔音，不知不觉就成了行尸走肉。

最后，幸存的三人先后逃出了魔音山。

“恭喜你们，你们在魔音山中生存了一年，完全有资格加入我们虚拟宇宙公司。”

魔音山外围驻扎着虚拟宇宙公司的人马，其中层次最低的银衣执事迅速将三人迎了过来。

巴彦等三人彼此相视一眼，都很无奈。

他们来闯荡魔音山，是魄瑜侯要求的，实际上他们根本不想加入虚拟宇宙公司，当跑腿的。

“你们将他们三个带到我这里来。”一道声音在那群银衣执事的耳边响起。

“是，魄瑜侯。”银衣执事立即带着巴彦等三人前往魄瑜侯所在的神殿。

神殿深处的一个殿厅内。

魄瑜侯躺在王座上，碧绿色的蛇尾盘在王座旁，俯瞰着下方的巴彦等三人。

“神。”三人当即跪伏在地。

魄瑜侯一招手，从其中的域主级强者的手指上摘下空间戒指，强行破除其精神印记，拿出其中的E9级激光枪。

“神，目标人物也就达到宇宙级九阶，但一年来我们都没发现他，他也没有从魔音山中出来，很可能是在魔音山中被其他人给杀了，或是被魔音迷惑了，成了行尸走肉。”三人中实力最强的巴彦说道。

“希望如此吧！”魄瑜侯微微点头，随即扫视下方三人。

三人皆瘫倒在地，当场丧命。

“你们知道得太多，必须死。”魄瑜侯冷冷地道。

她派人去杀虚拟宇宙公司重视的一名天才，一旦此事暴露，她作为封侯的不朽神灵，即使不死，也会被关到星空监狱中。

“一年了，那个小家伙十有八九是死了。”魄瑜侯轻轻念叨一声。

第574章

初选者

魄瑜侯仍旧慵懒地躺在王座上，白皙的手指轻轻地敲击着扶手，目光扫过大殿下方的那三具尸身，周围的空间微微震动，一股蕴含法则的空间波动掠过那三具尸身，三具尸身瞬间灰飞烟灭。

这时，外面传来急切的脚步声。

“师父！”

“师父！”

“进来吧！”

魄瑜侯微微皱眉，开口说道。

从外面冲进来一个穿着一身以紫色为主，有着银色装饰战甲的英俊青年，青年的双眸凹陷，瞳孔呈现碧绿色，额头上有着一些秘纹。

青年满脸悲愤，冲进来后，跪在大殿下方，大声哀求：“师父，求求你救救我的家乡墨查星。”

“怎么了？”魄瑜侯不解，“你的家乡墨查星是一颗强大的星球，拥有好几个不朽级强者，怎么会需要我相救呢？”

“师父，我的一些族人无意中得罪了蒙苍王的手下，不承想，高高在上的蒙苍王竟然亲自出手，直接施展出强大的空间秘法，强行将整个墨查星摄入他的神国中去了。”青年说着，都快哭了。

“什么？”魄瑜侯大吃一惊。

神国是不朽神灵的命根子。世界主拥有体内世界，体内世界一旦崩溃，世界主必死无疑；不朽神灵拥有神国，神国一旦崩溃，实力弱一些的不朽神灵会直接死亡，一些拥有秘法、奇宝的不朽神灵或许能活下来，可实力会锐减到极低的程度，而且前途几乎尽毁。可以说，神国就是不朽神灵的大半条命。

神国具有诸多妙用，不朽神灵之所以厉害，神国起了很大的作用。在神国内，不朽神灵的实力会得到很大的提升，可将敌人摄取到神国内。然而，虽然其实力能够飙升，但也给了敌人攻击神国的机会，所以除非有十足的把握，或者是被逼到实在没有办法了，不然很少有不朽神灵会将敌人摄入神国内。

“你的家乡星球被蒙苍王摄入他的神国，结局肯定很悲惨。”魄瑜侯高坐在王座上，俯瞰下方的弟子，“如果只是想要毁灭你的家乡，他一拳即可做到，他却大费周章，将你的家乡星球摄入他的神国，看来他不狠狠地折腾一番，不会罢手。”

“你的族人到底怎么得罪他的手下了？”魄瑜侯问道。

“只是因为一件小事……”青年跪伏在大殿下方，委屈地说道，“过去我的族人和他的手下经常有一些摩擦，这种小事一般都是其麾下的人处理的，没想到，这次他竟然亲自出手了。”

“求求师父，救救我的家乡。”青年哀求道。

“我没办法！”魄瑜侯摇头。

“师父！”青年双眸含泪。

魄瑜侯又看了一眼大殿下方跪伏着的弟子，轻声说道：“我试试看。”

当即她闭上眼睛，一丝意识连接虚拟宇宙网络，想要找她的一位好友去和蒙苍王说说情。

仅仅片刻——

“你下去吧！”魄瑜侯睁开眼睛，对青年说道。

“师父？”青年抬头，看着王座上的魄瑜侯，满脸期盼。

“你的族人惹到蒙苍王时，刚好是蒙苍王暴怒的时候。”魄瑜侯大声喝道，“没人救得了你的家乡。”

青年面如死灰，拳头紧攥。

“下去！”魄瑜侯冷冷地喝道。

“是！”青年不敢多说，唯恐惹恼这个性情不定的师父，恭敬退下。

大殿内只剩下魄瑜侯一人。

魄瑜侯低声自语：“难怪蒙苍王那么生气，他那位强大的老师给他弄到了进入魔音山接受传承的名额，竟然被人强占了。啧啧！这可得再等10081纪元，才有新的机会。换作是我，我也会很生气。不知道到底是谁占了蒙苍王的名额。”

恢弘的神国。

无尽的海洋起伏着，海水中隐隐有着零星的冰块，海洋上空悬浮着一座座深绿色的宫殿，宫殿群的中央则是一尊高达百万公里的深绿色神像。

正是蒙苍王的雕塑！

宫殿群上亿公里外的海域上空，一颗直径三万多公里的行星悬浮着。

下一瞬，这颗行星中飞出一道道人影，跪伏在半空中，不断地磕头祈求。

“蒙苍王，饶命！”

“蒙苍王，饶了我墨查星吧！”

“蒙苍王，我等有罪！我等有罪啊！”

不朽级强者和界主级强者们跪伏在半空中，哀求声此起彼伏。

此刻，他们的家乡墨查星内时而雷电闪烁，时而火焰冲天，时而雪花飘飘，时而高空射下一些冰锥，一片惨不忍睹的景象。

蒙苍王有着飘逸的深绿色长发，方正的脸型，眼神比星空巨兽还要冷厉。他穿着精美的战袍，站在半空中，冷冷地看着墨查星人。

“饶命？有罪？”蒙苍王嗤笑一声，“晚了！”

蒙苍王的声音不断地在墨查星的强者们的耳边回荡，强者们心中很是后悔、怨恨，却没有任何办法，蒙苍王作为封王的不朽神灵，实在是太强大了。

蒙苍王的神国蕴含的神威惊人，单单神国的压迫，便令那些不朽级强者无法反抗。

“10081纪元，也就是上亿年。我自出生起，经历了漫长的岁月，也不过12000纪元，竟然让我再等那么久……”蒙苍王越想越气，拳头攥得更紧，令周围空间隐隐产生裂缝，“到底是哪个浑蛋占了我的名额？”

他愤怒地咆哮着，那颗悬浮在半空中的行星命运更悲惨了。

浩瀚宇宙，魔音山深处，一座传承宫殿中。

罗峰正在接受传承，哪里知道自己占了蒙苍王的名额？

大殿内，黑色雾气弥漫，一级级传承阶梯朝虚空中延伸。按理说，长宽仅达数十公里的传承大殿，其空间不会太惊人，可是罗峰肉眼所能看到的距离便达上千公里。

不过，罗峰倒是没有很惊讶，毕竟这是界主级强者就能做到的事，留下传承宫殿的超级存在能做到也不奇怪。

“又修炼成了一部分。”罗峰睁开眼睛，很是兴奋。

而后，他化作一道流光，飞向更高一级阶梯。

“啪！”当战靴踩在高一级的传承阶梯上时，更高深的修炼秘法立即涌入罗峰的脑海中，同时传承阶梯旁边的虚空中隐隐传出了响声。

“嗯？”罗峰转头看去。

虚空中出现了一个个神秘的文字，和之前石碑上的文字属于一个风格，虽然罗峰没见过这种文字，但是凭才智瞬间明白了意思。

“初选者？”罗峰大吃一惊。

虚空中的文字的意思是：你已经接受了魔音传承第一阶段的十分之一，魔音神将传承一共有三个阶段，能够将第一阶段完成，可以得到“初选者”称号，并且得到初选者级别的奖励。

第一阶段的尽头是远处的那座殿堂，初选者的奖励就在那里，好好努力吧！

“轰隆隆——”

罗峰所在的传承阶梯已经很长了，此刻依旧不断地朝虚空中延伸，延伸出了一级又一级。片刻后，传承阶梯尽头出现了一座肉眼难以看清的殿堂。

“第一阶段的尽头有给初选者的奖励？”罗峰看着远处的殿堂，心中一动，“我在这里接受传承差不多一年了，已经接受了三百多级阶梯的传承内容，竟然还只有第一阶段的十分之一，第一阶段岂不是有三千多级阶梯？”

第一阶段的确有三千多级阶梯。传承一共有三个阶段，假设后面两个阶段的阶梯一样多的话，差不多是一万级阶梯。

“走完所有阶梯，接受完整传承，这得等到什么时候？”罗峰心中暗惊。

话是这么说，实际上魔音山存在了亿万年，接受传承的生命数以万计，却始终没有一个生命能够得到完整的传承。

“想那么多也没用，我先接受第一阶段的传承，成为初选者，便能得到殿堂内存放的奖励。”罗峰暗自期待，“这传承宫殿的设置挺强的，估计给予的奖励也不会差，不知道会奖励什么，宝物、兵器，还是战甲？”

罗峰不再多想，继续全身心站在传承阶梯上修炼传承秘法。

仅仅一年的时间，他就得到了部分传承，感觉实力增强了数倍。

这传承的确是厉害的秘法，罗峰认为这是真正的无价之宝，比全套《时空笔记》更珍贵。

“我真要感谢莫洛那一脚啊！”罗峰心中感叹。

第575章

焦急

罗峰地球人本尊的原核中，灵魂已经凝聚成一颗晶球，此时，灵魂晶球周围飘荡着一丝丝雾气，正是罗峰的精神力。无数念力凝结成一道道秘纹，大量秘纹传递到灵魂晶球。灵魂晶球吸收了那些秘纹后，悄悄发生了细微的变化。虽然变化细微，但是架不住不停地蜕变啊！

罗峰的地球人本尊和金角巨兽都在控制念力修炼灵魂。

百炼成钢！

此刻，罗峰的灵魂经历着相似的过程，在修炼至高魔音的过程中，灵魂不断发生变化，就好似由废铁变成精钢。

这有点类似本尊天地秘法对肉身的改造，施展本尊天地秘法后，肉身能够缩小，令肌肉密度、骨骼密度、鳞甲硬度等急剧提升。

《至高魔音》秘典中九成内容是对灵魂的一种改造。施展这套秘法，能够令灵魂控制幅度飙升。

正常界主级强者的灵魂，在保持暗器达到最强威力的前提下，一般最多控制100件暗器。

罗峰踏上100级阶梯时，其念力振幅强度就已经达到了100，传统意义上，是界主级强者的极限，而现在罗峰已经踏上360多级，其念力振幅强度超过了360。

这是什么概念？也就是说，罗峰刚来传承宫殿时，念力振幅强度是70—80，而现在是360多，翻了4倍多。

“这等于是四个人打一个啊！”

罗峰看着眼前不断延伸的传承阶梯，还有远处隐约显现的殿堂，激动不已。

虚拟宇宙，雨相山公共区，一座幽静酒楼的顶层。

真衍王斜靠在沙发上，眼皮耷拉着，整个人隐隐散发着暴怒的气息，酒楼的服务人员都吓得乖乖地站在一旁，大气都不敢出。

“真衍王！”一道怪异的冷笑声直接传入房间。

只见楼梯上走来两人，其中一名老者瘦得跟个骷髅似的，一双眸子仿佛两团幽火，下巴上有着山羊胡子，全身罩在金色的大袍子中，手拿着两颗金色圆球，不停地转着。

他的身后则跟着一个帅气的少年——莫洛！

莫洛虽然年龄很大了，但是其族群血统很是特别，他长得不高，样貌似少年一般。

“来了。”真衍王瞥了他一眼。

“真衍王，你这次找我弟子，有求于我，在我面前，别摆出这副样子。”老者嗤笑一声，便躺在一旁的沙发内，同时吩咐道，“服务人员，都出去！”

“是！”服务人员立即出去。

整个房间内只剩下三个人，正是真衍王、莫洛，以及莫洛的老师。

“如果不是为了我的弟子罗峰，我才懒得见你，一见到你，我就恶心！”真衍王冷笑。

“嘎嘎嘎，真是让我感到荣幸啊！”老者不怒，反而怪笑起来。

这老怪是虚拟宇宙公司中很有地位的人物，也是闯过通天桥第二十层、无比接近尊者级的存在，其封号是“狱魒王”，狱魒王和真衍王一直是死对头，两人的天赋都很高。

真衍王脾气直爽、凶悍，狱魒王则乖戾、阴险，两人性格完全相反，一直很仇视对方。狱魒王将真衍王当成对手，真衍王却总是瞧不起狱魒王，两人的实力很接近。

这两人都无比接近尊者级，在封王的不朽级强者中，堪称达到巅峰的超级强者。两人各有所长，当然，以真衍王的实力，是能够压制狱魉王的，却很难杀了他。

“说吧！”真衍王瞥了一眼狱魉王身后的莫洛，“你说你的弟子莫洛也去了魔音山，还见过我的弟子罗峰，告诉我，他们是什么时候见到的？到底什么情况？”

“急了？”狱魉王笑着看向真衍王。

“哼！”真衍王冷哼一声。

他的确急了，之前虚拟宇宙公司通知他，罗峰进入魔音山已经有一年多了，却一直没有回音，而魔音山是绝境级的环境，非常危险，一旦受到可怕魔音的侵扰，不知不觉中就会成为行尸走肉。

正常情况下，天才们偶尔会进入虚拟宇宙。可是，这一年多来，罗峰从未进过虚拟宇宙，实在有些奇怪。

虚拟宇宙公司怀疑罗峰已经遇险了，所以就将此事告知了和罗峰关系最亲近的老师真衍王。真衍王知道罗峰去闯魔音山了，收到虚拟宇宙公司的消息后，立即发邮件、申请通话等来联系罗峰，却一直毫无回音。

一般来说，出现这种情况，只有两种可能：

一、罗峰已死，自然无法回应。

二、罗峰正沉浸在无比重要的修炼中，不想被打扰，所以关闭了虚拟宇宙网络。

“你真急了！”狱魉王嘿嘿笑道，“看来，你的弟子一直没给回音。其实，没给回音，他不一定就是死了，说不定在闭关修炼。”

“啊！”狱魉王说着，一拍脑袋，“我简直老糊涂了，你的弟子可是去了魔音山，魔音山那地方危险得很，处处有魔音，你的弟子根本不可能在一个地方停下来，更不可能闭关修炼，这样看来，他很可能死了。”

真衍王脸一沉，双眸金光四射，大喝一声：“狱魉王，我本来只是想要和你的弟子交谈，你硬要插手，我给你面子，和你交谈，你别在这里叽叽歪歪。”

“你看你，又急了。”狱魉王一挥手，“我的乖徒儿，告诉他吧！”

“是。”莫洛恭敬行礼。

“真衍王。”莫洛朝真衍王行了一礼。

真衍王看了看莫洛，不由得瞥了狱魉王一眼：“这么有礼貌的小伙子，归到你门下，真是糟蹋了。”

“哼！”狱魉王却不屑。

“你快说……”真衍王看着莫洛，“你是什么时候见到罗峰的？”

莫洛恭敬地回道：“一年前。”

“一年前？”真衍王皱眉。

虚拟宇宙公司传来的通知提到，大概一年前，罗峰就再没进入过虚拟宇宙。

对真衍王来说，一年实在是太短暂了。可是，在魔音山那种危险的环境中，一年太漫长了。

“我现在依旧在魔音山中。”莫洛又道，“不过，倒是没见过罗峰了。”

“哦？”真衍王眉头紧蹙。

“真衍王啊真衍王，你恐怕还不知道，你那弟子在魔音山中暗算过我的徒儿。”狱魉王说道。

“暗算？”真衍王死死地盯着莫洛，“我的徒儿罗峰真的暗算过你？”

莫洛没有回话，莫名有些紧张。

“别怕。”狱魉王坐在沙发上，端起一杯果酒，“有师父在，真衍王是没办法对付你的，把事情经过从头到尾说出来。”

“给我如实道来！”真衍王盯着莫洛。

莫洛深吸一口气，道：“真衍王前辈，是这样的。我比罗峰早进入魔音山一段时间，在魔音山中发现了一些魔音规律，所以就在一个离幻兽群不算远的区域移动着。那个区域虽然离幻兽群不远，可是其中的魔音强度不断变化，比较容易推断出来规律。”

“有一天，我听到了幻兽的吼声，就知道有人又招惹幻兽了。”莫洛深吸一口气，显得有些紧张，“这种事情我碰到过好几次了，那一次，我悄悄地躲在远处观察。”

"可是，我看到那人竟然使用了摩云藤，我猜测那人绝对不是土著，宇宙级九阶的土著绝对不可能拥有域主级九阶的辅助类植物生命。"莫洛缓缓地说道，"所以，我就出手帮忙了，我和他联手，总算击杀了那头幻兽，而后我们立即逃走了。他见到我的真面目，立即认出了我，而后他也变回了原样，我一看，原来是罗峰。"

"能在魔音山见到认识的人，我真的很开心，我和他聊了一会儿，就一道逃逸，因为后面那头幻兽重新凝聚肉身后，继续追杀我们。可是，没想到……"莫洛说着，身体微微颤抖。

真衍王眉头微皱。

"罗峰竟然趁我放松警惕，和他一起逃逸时，出手暗杀我。近距离的情况下，我根本来不及防御，瞬间受了重伤，而后，我拼了命反击，总算保住了一条命。"莫洛摇摇头，"其实，在遭到暗算的瞬间，我就明白了，他恐怕是将我当成资格战的对手了，当时若是除掉了我，日后进行资格战的时候，他就更有希望冲击原始秘境了。"

"真衍王，你听到了吧！"狱魆王冷笑一声。

第576章

罗峰的极限

真衍王看了一眼乖乖站在那里的莫洛，神情复杂。

莫洛是原始秘境中的天才，真衍王对他是有一定好感的。可是，听了莫洛所说，真衍王对他的好感荡然无存。

他大喝一声："你说的可是真的？"

"真衍王前辈……"莫洛微微躬身，"在我师父的询问下，我才将此事如实说出。除此以外，我并没有告诉其他人。"

"哼！"真衍王冷哼一声，"走，都给我走！"

"怒了！真衍王，你怒了，哈哈哈……"狱魉王得意大笑。

莫洛则是微微欠身，准备离开。

真衍王双眸微眯。

"我们走！"狱魉王笑了笑，随即消失了。

莫洛也跟着消失不见了。

顿时，整个房间内只剩下真衍王一人。

真衍王沉着脸，低哼一声："如果不是和罗峰相处了那么多年，我估计就真的信了莫洛的话了。在我诸多的徒弟中，罗峰的信念最坚定，做事最干脆利落，也最有准则。"

和罗峰相处了那么久，真衍王很看重罗峰这个小徒弟。

心如镜，看清一切虚妄！

心如刀，斩破一切魅惑！

能够做到心如刀的人，是非常有准则的，行事是有底线的，这种人是心怀正气的。比如去闯原始秘境，绝对是凭借自己真正的实力，而不会暗中击杀对手，企图以这种阴暗的手段获胜。

“徒儿，我相信，你还活着，一定是魔音山中发生了什么特别的事情，牵扯住了你。”真衍王低声说道。

此刻，他想起了一件事情。他最近得知，魔音山所有传承宫殿中有一座被未知的生命占据了，如果那个未知生命是罗峰就好了。

真衍王想着，眼睛一亮：“罗峰闯荡幻境海，到第十座岛屿才失败，那个莫洛能活到现在，他一定也能。”

时间飞快流逝。

罗峰完全沉浸在魔音神将的传承中，一步一级阶梯往上行进，灵魂不断地发生变化。灵魂具有一些特性，才能施展出一些特别的秘法。一些特殊秘法必须灵魂得到改造后才能施展，比如罗峰的老师呼延博的魂印秘法。

……

三年过去了。

魔音山的岩石冰层洞窟内，一场厮杀瞬间结束了。

莫洛看了脚边的尸身一眼，冷哼一声:“你区区一个土著，死在我这等宇宙巅峰天才手上，也能瞑目了。如果不是为了1万块黑色令牌，我才懒得对你动手。”

莫洛伸手，迅速抓起一条空间腰带，念力渗透其中，探察一番。

“31块黑色令牌！”他顿时狂喜起来。

“哈哈！我的运气真是够好的！”莫洛激动地握起拳头，“我之前就只差30块黑色令牌了，这个土著刚好给我送来31块黑色令牌。来魔音山之前，我专门购置了机械族武器，用它们成功击杀了两个界主级强者，还让我得到了几十块黑色令牌，果然是值得的。”

“1万块黑色令牌，总算是凑齐了。”莫洛暗自思忖，“我进入魔音山已经有三年半了，半年前，我就可以出去了，为了得到足够的黑色令牌，才熬到现在。我想尽了方法，布置陷阱，击杀罗峰等强者，功夫不负有心人。”

莫洛的笑容中有一丝得意，这次来到魔音山，从头到尾做的事情他自己都非常满意。

不管是在魔音山中探察形势，给自己安排最安全的环境，还是暗算罗峰，抑或是暗杀土著强者，这一切都很完美。

“没有人可以挡住我的路。”莫洛轻声念叨，“其实，我的师父也很愚蠢，他把自身阴险、凶残的一面都展现出来，让所有人都知道了，真的很蠢。”

随即，莫洛踏上了返程的路。

返程很容易，因为在进入魔音山的过程中，不管是土著，还是虚拟宇宙公司的殿下，都会迅速记下自己走的路线，以强者们的记忆、计算能力，根据走过的诸多路线、集合点等，可以迅速在脑海中绘出一幅无比精确的地图，而后凭着地图找到一条安全的路线，迅速返回。

当看到莫洛从魔音山的其中一个洞口飞出来时，银衣执事们立即上前迎接。

“莫洛殿下，请！”银衣执事们护送莫洛往回走。

很快，一个白袍青年迅速前来迎接。

正是曾经迎接罗峰的乙昌。

“莫洛殿下，”乙昌在前面带路，“殿下能够在魔音山中度过三年多的时间，乙昌很是佩服。”

“嗯。”莫洛笑着点点头，“麻烦你在前面带路，我已经搜集了1万块黑色令牌……”

“1万块黑色令牌？”乙昌大吃一惊。

天哪，要搜集1万块黑色令牌实在是太难了，即使是那些耗费大代价购买了E级激光枪的殿下也很难做到。因为E级激光枪需要蓄能，单单蓄能的空当，界主级强者就能轻易击杀他们。

界主级强者和宇宙级九阶强者的实力相差实在太大了，所以搜集1万块黑色令牌比在魔音山生存三年还要难。

“恭喜殿下，贺喜殿下。”乙昌觉得莫洛将来前途无量，顿时更加热情了，“我们这里已经很久没有人得到1万块黑色令牌的奖励了，我听说那奖励极为惊人。”

“哦？会奖励什么宝物？”莫洛心中一动。

“我没权限知道。”乙昌压低声音，“不过，我听说是很惊人的宝物。”

“赶紧带路。”莫洛闻言，有些迫不及待了。

“是！”乙昌应道。

当莫洛安全离开魔音山，去取宝物时，罗峰还在接受魔音神将传承。

一级级传承阶梯延伸至虚空深处，罗峰身处其中一级阶梯上。

“怎么办？快到极限了！”

他站在第一千一百二十九级传承阶梯上，回头看了一眼往下延伸的阶梯，又抬头看了一眼更长的阶梯，不由得眉头紧锁。

“按照《至高魔音》秘典中的讯息推断，我估计再接受一两百级的传承就到极限了。”罗峰有些无奈。

刚接受传承时，他就知道了很多讯息。魔音神将传承是宇宙中比较神秘的传承，也是巅峰的传承，对灵魂的要求无比苛刻，亿万年来，一批又一批传承者都没有得到完整的传承。

能闯到这里的，99%都是不朽神灵，不朽神灵都没能成功得到完整传承，可想而知难度有多大。

魔音神将传承对灵魂的要求极为苛刻，而融合血洛晶是对传承者身体的要求。

在血洛世界中，能融合10颗血洛晶的都很难找到，金角巨兽却能融合90多颗血洛晶，这是其身体细胞中某一种特性极强的缘故。

魔音神将传承，就是寻找一个灵魂极为契合这套秘法的绝世天才，假使有这么一个绝世天才，能够一直坚持修炼，就能成为宇宙中独一无二的魔音神将。

传承对灵魂的要求极高，而不朽神灵的灵魂都经过界主级到不朽级的蜕变，所以几乎所有不朽神灵的灵魂都要比罗峰的灵魂强，而且要强很多。

……

很多不朽神灵困在第一阶段末期。

部分不朽神灵困在第二阶段。

屈指可数的神灵困在第三阶段。

宇宙中还没有生命能完整地冲过三个阶段。

而罗峰呢？灵魂才达到域主级九阶，还没经历对灵魂而言最重要的蜕变，也就是界主级到不朽级的蜕变，所以他的灵魂比不朽神灵们的差太多了。幸好他经历过混沌城的混沌真灵融合，意志和意识控制的念力又极强，这才冲到了第一千一百二十九级。

可是，一旦灵魂出现吃力的感觉，就意味着灵魂对传承的接受已经达到其极限的九成了，这是传承中的一个讯息。

“我的灵魂已经感到吃力了，快达到极限了，我的极限应该是一千二百级到一千三百级之间。”罗峰心中暗道，“而第一阶段应该是三千多级。”

他的极限竟然只能承受第一阶段的三分之一。没办法，这秘法传承本来就是给不朽神灵的，自己的灵魂才达到域主级九阶，就冲了进来，能承受那么多才怪。

“怎么办？”罗峰抬头，看向前方。

虚空的深处，那渺小的殿堂就是第一阶段的尽头，抵达殿堂，就能成为初选者，可以得到初选者的奖励。这可是在宇宙中不知道存在了多少年的魔音山，那位强大的存在留下的宝物绝对不会差。可是，只有闯过第一阶段，才能得到。

“我离那座殿堂还有两千多级阶梯的距离，而我的极限只能再承受一两百级。”罗峰一边修炼，一边思考解决办法。

他一心二用，其实并没什么用，反而让修炼速度慢了一些。

“我不甘心。如此机遇，虚拟宇宙公司有那么多不朽神灵驻扎在这里，而且这个地方有亿万幻兽聚集，魔音神将传承又这么厉害，这样的机遇绝对是可遇不可求的。”罗峰脑海中迅速地盘算着尽量接受更多传承的办法。

接受传承阶梯一千二百级到一千三百级的传承，达到极限，被迫离开，这是罗峰不愿意看到的。

可是，这是灵魂的极限，他有办法改变吗?

第577章

漏洞

灵魂作为血肉类生命的核心，想要令其发生蜕变，至少现在的罗峰根本没办法做到。

“慢慢来吧！”罗峰紧咬牙关，继续接受魔音神将传承。

一步一级阶梯，平均一天时间才能前进一步。

转眼又过了数月，第一千二百三十六级传承阶梯上，全身覆盖在战甲中的罗峰单膝跪地，低声喘息，来自灵魂的刺痛感，还有无尽的疲倦感，快让他崩溃了。

“我的灵魂完全饱和了。”罗峰很不甘心。

他感觉到灵魂一阵阵刺痛，仿佛受到了别人猛烈的攻击，而且有无尽的疲倦感袭来，让他很想睡觉。从他得到的讯息来看，出现这种情况，就代表他的灵魂几乎达到饱和。即使硬撑，最多再前进两级。

“就这么到头了？”罗峰抬头看向前方。

一级级阶梯不断延伸，延伸向虚空深处。

“嗖！”他身体一蹿，脚尖踩在第一千二百三十七级传承阶梯上，顿时一部分传承秘法融入他的记忆，然而他没有停下来，又一步蹿出，想要蹿到第一千二百三十八级传承阶梯上。

当他落到第一千二百三十八级传承阶梯上时——

“罔——倡——”一道有着奇异旋律的魔音直接钻进他的识海中。

“破！”罗峰识海中的坚定意志咆哮着。

可那好似没有一点攻击性的魔音竟然悄无声息地渗透他的意志。

“滚出去！”

罗峰凝聚意志，想要驱赶魔音。可是，他那强大的意志在魔音面前却毫无抵抗力。渐渐地，他感觉到疲倦，心中有一种小时候听着妈妈在旁边唱歌而想要沉睡的感觉。

“麻烦大了！不！不！”

罗峰知道自己鲁莽了，在没有接受某一级阶梯传承的情况下就直接往里闯，所以遭到了魔音山特有的魔音的镇压。

“睡吧！睡吧！”

“不！”

“睡吧……”

罗峰感觉自己的意识渐渐模糊，而后落入无底深渊。

片刻后，他的眼睛闭上了，脸上露出恬静的笑容。随后，整个人仿佛机器人似的，直接转身朝后面飞去，随后落在第一千二百三十七级传承阶梯上。

“莽——兼——”魔音音调一转。

罗峰的意识从无底深渊中不断上升，仿佛从黑暗世界回到现实世界中。

“嗯？”他猛地睁眼。

他终于醒过来了！

“呼——”罗峰不断地喘息着，额头渗出冷汗，脸色有些发白。

“太危险了，刚才我在魔音面前竟然毫无抵抗之力。”

此刻，他有一种劫后余生的感觉。须知，来到传承宫殿的几乎都是不朽神灵，不朽神灵的抵抗能力是何等强大？魔音能够震慑住那些神灵，又怎么会震慑不住罗峰呢？

“幸好我当时就猜出来，这传承宫殿是专门为了传承而设置的，对传承者不会构成生命威胁。”

罗峰感受着脑海中不断接受的第一千二百三十七级传承阶梯的秘法讯息，又抬头看了看依旧处于虚空深处的殿堂。

他真的不甘心啊！

“摩云藤现在主藤蔓最长能达到3000公里，不知道能不能够到殿堂。”罗峰心中一动。

虽然他知道传承宫殿的设置应该不会有什么漏洞，但还是忍不住想要尝试一下，当即他伸出右手，延伸出一条很细的藤蔓。

“哧——”摩云藤闪电般变长、变粗，不断朝虚空深处延伸。

摩云藤达到宇宙级时，72条主藤蔓就已经有300公里长了，此时域主级摩云藤的每条主藤蔓都有3000公里长。至于摩云藤能够覆盖的范围，可以这么说，可以覆盖整个C国的领土。

“摩云藤延伸开去，竟然没有受到丝毫阻碍。”罗峰不敢相信。

他看着已经延伸到遥远虚空中的摩云藤的长长的主藤蔓。

“殿堂！”

他看到主藤蔓直接进入了殿堂。

“嗯？”罗峰脸色一变。

他看到那殿堂竟然仿佛空气一样，摩云藤那长长的主藤蔓掠过殿堂，却根本没有碰到任何实物。

“怎么回事？”罗峰操控摩云藤朝四周辐射。

气流震荡。

可是，摩云藤不管是扫过殿堂，还是扫过连接殿堂的一级级传承阶梯，都没有任何阻碍。

“这……”罗峰震惊了。

随即，他的右手中延伸出第二条主藤蔓，直接碰触自己脚下的阶梯。

“哧！”主藤蔓直接穿过阶梯。

“怎么会这样？”罗峰眉头一皱。

“罗峰，我明白了。你再拿出一个机器人，试试效果。”巴巴塔的声音在罗峰的识海中响起。

罗峰微微点头。

他让延伸上千公里的摩云藤不断缩小，同时从空间戒指中取出了一个机器人。

机器人通体呈黄金色，是罗峰向虚拟宇宙公司索要一些物品时，随意要来的炼金护卫。炼金护卫类似于流银护卫，但能力更强，这些机器人都是虚拟宇宙公司免费提供给罗峰的。

炼金护卫悬浮在半空中，恭敬地朝罗峰行礼："主人！"

"嗯！你踩在阶梯上。"罗峰下令。

"是！"炼金护卫立即降落，一脚踩下去。

他一脚踩空了。

"嘀——"炼金护卫的红色晶石瞳孔中浮现大量字符，似乎在迅速计算什么。

随即，他转头看向罗峰，恭敬地道："主人，这阶梯能看到，却无法踩到，为什么主人能踩着阶梯，我的信息库中对此没有给出合理的解释。"

罗峰点头，一招手，直接将机器人收进空间戒指。

"和我猜测的一样，估计不会错了。"巴巴塔的声音再次响起。

"怎么回事？"罗峰心中有所判断，却依旧问道。

"罗峰，这神秘的传承宫殿中的所有宝物，肯定只有传承者才能拿到。"巴巴塔缓缓地说道，"这就跟你的老师留下传承，让我代收弟子是一个道理。他留下的银行账户，只有经过检验，确认是他的弟子，才能拿到。能够建造出如此神秘的传承宫殿，而且宫殿存在了亿万年，连不朽级的幻兽都能变出来，虚拟宇宙公司还派出那么多不朽神灵驻扎在这里，显然那位强大的存在是宇宙中真正的巅峰强者，实力远远超过你的老师。"

罗峰点点头。

那位留下传承的大人物的威能，已经超出自己的想象，毕竟其设置的魔音能够轻易压迫不朽神灵，如果是其亲自出马，恐怕效果更惊人。

"所以，这样强大的存在建造的传承宫殿，里面的一切宝物只有传承者才能得到。"巴巴塔说道，"不管你是用辅助类植物生命，还是用机器人、宇宙飞船，只要不是传承者本人，根本碰不到传承阶梯和殿堂，就仿佛存在两个空间。”

罗峰点头。

那位强大的存在对空间的利用，已经超出他的想象。

“你是传承者，只有你能碰到阶梯和殿堂。而每一个传承者必须是有灵魂的，才能接受魔音神将传承。可是，有灵魂的生命显然无法抗衡其留下的魔音，只能一步步来。”

“如果能够抗衡呢？”罗峰问道。

“如果能够抗衡魔音，说明来到传承宫殿的也是一位强大的存在，此等人物拿走一些宝物也是理所应当。”巴巴塔回道。

罗峰微微点头。

他抬头看着远处虚空中的殿堂，一边接受传承，一边思索。

“那位强大的存在设置得很完美，每次只能有一个生命来到传承宫殿接受传承，而且只能是灵魂生命，灵魂生命必定受到魔音的压制，这样一来，就必须按照那位强大存在设想的那样，一步步接受传承，直至走到殿堂，才能得到宝物。可是，宇宙中还是有一些逆天生命的。”

罗峰紧紧地盯着虚空中的殿堂。

“嗖！”旁边出现了另外一个黑衣罗峰，其生命气息和地球人本尊一模一样。

正是从宫殿外疾速赶到这里的魔杀族分身。

“我施展了天赋秘法复制，让魔杀族分身和地球人本尊的气息一模一样。”罗峰站在原地，而魔杀族分身也落在了阶梯上。

“啪！”魔杀族分身实实地踩在阶梯上。

“很好！”魔杀族分身露出一丝笑容，直接蹿到上一级传承阶梯上。

“罔——倡——”那可怕的魔音钻入魔杀族分身的体内。

准确地说，那是一种灵魂类的超级幻术，非常可怕，有些中招的会丧失意识，成为行尸走肉。

然而，魔杀族分身并没有携带原核，原核留在了地球人本尊体内。没有原核的魔杀族分身和真正的魔杀族族人一样，不惧怕任何灵魂类攻击，只要是和灵魂有关的攻击，对魔杀族分身完全无效。

“对，就是这样。”魔杀族分身又一步跨出，再上一级阶梯。

魔音阵阵，却仿佛是庆贺罗峰即将得到宝物的欢庆音乐。

一步，又一步……

留下魔音山传承的强大存在恐怕怎么都没想到，此次来到这里的，有灵魂的生命和没灵魂的生命竟然是同一个人。

第578章

殿堂留宝

如果忽略魔音的魅惑效果，单单听音乐，还是挺美妙的。

虚空中，一级级阶梯往上延伸。

魔杀族分身化作一道流光，掠过一级级阶梯，很快就来到了第三千三百三十三级阶梯，这是第一阶段的最后一级阶梯。而在他面前的，就是一座高约千米，外墙上满是各种精妙雕刻的殿堂，殿堂有着两扇金色大门。

大门是敞开的。

“殿堂！”魔杀族分身看着眼前弥漫着惊人威压的金色大门，感觉自己好似渺小的蝼蚁。

“到了。”魔杀族分身直接飞入殿堂内。

殿堂内云雾弥漫，云雾之上悬浮着一尊石碑，石碑上自动浮现出了一个个神秘的文字，大概内容是：你是来到这里的第61201个传承者，有资格获得“初选者”称号，得到初选者奖励。

罗峰朝四处张望，想要找寻所谓的宝物。

忽然——

“能来到这里的，要么是接受了第一阶段三千三百三十三级阶梯传承的，要么就是你这种硬扛魔音的。”一道神秘的声音回荡在大殿中。

罗峰从未听过这种语言，却明白话中的意思。

罗峰听了，心中一惊。

魔音山都存在亿万年了，那位强大的存在应该早就离开这里了才对。

“能抵抗魔音，你最弱也是宇宙尊者。堂堂宇宙尊者，堪称称霸一方的霸主，竟然也觊觎我留下的这点小玩意儿。哈哈！既然你亲自跑一趟，这点小玩意儿就拿去吧。”

说完，云雾中自动悬浮起了两团气流，一团是金色气流，一团是灰色气流。

魔杀族分身站在殿堂内，抬头看着远处悬浮的两团气流，心中暗笑：“那位强大的存在应该在传承宫殿内留下了一些警戒，估计发现我没有接受三千三百三十三级阶梯的传承就冲上来了，就认定我是强行扛住魔音上来的。不过，还真是厉害，按照他的说辞，能够扛住魔音，最弱也是宇宙尊者。”

尊者分为空间尊者和时间尊者。在浩瀚宇宙中，尊者的确是称霸一方的人物，能够创立宇宙国，统领亿万星系和无数子民。在巅峰族群人类族群中，宇宙国主都是大佬级人物，在宇宙中的一些弱小族群中，尊者就是巅峰的强者了。

“看样子，留下魔音传承的人应该比宇宙尊者还要强一些。”罗峰想着，目光却落在那两团气流上。

云雾中，一团金色气流和一团灰色气流飘了过来。

“轰！”灰色气流散开，露出了里面的造型奇异的灰色石盘。

这灰色石盘长约三米、宽约半米，上面有着一道道无比复杂的天然形成的纹路，整个灰色石盘中央的复杂纹路竟然形成了飞禽的模样。

金色气流散开，则露出了一颗晶莹的金色果实。乍一看，有点类似罗峰在地球上吃过的香瓜，不过，这颗果实虽然是金黄色的，却呈半透明状，隐隐能够看到里面的果肉，而且其周围还环绕着金色气流。

一块灰色石盘，一颗金色果实，这就是传承宫殿中的宝物。

“洛夫鹨盘！”巴巴塔猛地惊呼起来，“留下这座传承宫殿的家伙还真大方，给通过第一阶段的传承者留下的宝物竟然是洛夫鹨盘。”

“什么是洛夫鹨盘？”罗峰连忙问道。

“洛夫鹨盘有点类似于你的暗云梭。”巴巴塔解释道，“它也是可以踩在脚下的飞行类念力兵器。”

“飞行类念力兵器？”罗峰疑惑。

对现如今的罗峰而言，宇宙中的念力兵器算得上是很便宜的。那些五阶兵器对于界主级强者来说，或许珍贵，可罗峰根本没放在眼里。眼前这种仿佛天然形成的石盘竟然是飞行类兵器，罗峰从来没有见过，也没有听说过。

“洛夫鹦盘很贵重吗？”罗峰追问。

“开玩笑！”巴巴塔连忙说道，“罗峰，那些一阶到五阶的念力兵器是给不朽级以下强者使用的，不朽神灵可懒得使用那些兵器。即便是九大神兵之一的衍神兵，最普通的不朽神灵才会用。稍微有点能耐的，都会用比衍神兵更好的兵器。”

罗峰点点头。

这一点他是知道的。

“不朽神灵们使用的兵器来源极多，而洛夫鹦盘算是不朽神灵使用的飞行类兵器中极为珍贵的。拥有它的，除了极少数封侯的不朽级强者外，大多是封王的不朽级强者。”巴巴塔连忙说道，“它是宇宙中自然形成的，威力惊人。”

罗峰闻言一愣。

“拥有它的，极少数是封侯的不朽级强者，那我的老师有吗？”罗峰问道。

“哪个老师？如果你说的是真衍王，他当然能够弄到这种宝物，而我的主人实力要弱一些，主人当年使用的飞行类兵器比这个差多了。毕竟洛夫鹦盘的价格在100万—200万混元单位之间，而且很少有人售卖洛夫鹦盘。”

罗峰深吸一口气，让自己冷静下来。

“真够贵的！”罗峰感叹一声。

百万混元单位，这是什么概念？当年罗峰参加了拍卖会，一个小型星域“塔纳星域”的拍卖价才1000混元单位。当然，那只是一个小型星域。

而黑龙山星域是大型星域，星系数量是塔纳星域的20倍，因为星系都聚集在一起，更适合统治，价值可以飙升数十倍，可价格也就在30万—100万混元单位之间。

一般来说，只需50万混元单位，就能买下黑龙山星域，100万混元单位绝对是到顶了。

“这个石盘的价值竟然比得上黑龙山星域?!”罗峰深吸一口气。

“你如果将这个石盘送给圣地黑龙山的那位不朽神灵，那位不朽神灵肯定无比激动，非常愿意和你交换。”巴巴塔缓缓地说道，“再怎么说，黑龙山帝国只是一位不朽神灵的私人财产而已。”

罗峰点点头。

看来，他得调整考虑问题的角度了。和地球上的国家不同，宇宙中的很多国度都是私人财产，乾巫宇宙国就是国主的私人财产。如果，有一种秘宝能让乾巫国主的实力提升到混沌城主那种层次，估计乾巫国主会很愿意送上乾巫宇宙国，以换取秘宝。

“那果实是什么？”罗峰又问道。

“这个我倒是不知道，我跟随你的老师6000多万年，见过很多宝物，这种形状的金色果实却从未见过，我见过另外一种特殊的金色果实，可是明显和这种不一样。”

殿堂中。

罗峰抬头看着云雾中飘浮的两件宝物，不断和巴巴塔交流着。看起来，他和巴巴塔交流了很久，实际上只是一瞬间。

此刻，云雾中悬浮的石碑上面再度浮现文字：初选者能得到两样奖励，第一样是洛夫鹦盘，配给精神念师的飞行器物，有了它，在危险的宇宙中生存的概率更高；第二样是金魂果，每三千纪元才结一次，拥有改变灵魂的奇效，能令灵魂更加适合接受传承。前两个阶段中，都有能够改变灵魂的宝物，然而，至今没有生命能够接受完整传承。

罗峰恍然大悟。

当即，他手一伸，直接抓住那两件宝物，而后将它们迅速收入空间戒指中。

“金魂果原来有改变灵魂的奇效。也对，如果我是留下传承的强大存在，也会留下一些宝物，尽量辅助后来者接受完整传承。”罗峰心中暗道，“可惜，即使有强大存在的辅助，而且来到这里的十几万生命几乎都是不朽神灵，却没一个成功。”

魔杀族分身得到了两件宝物后，迅速离开了殿堂，而后朝下面飞去。

“嗖！”魔杀族分身直接往下飞，一直飞到第一千二百三十七级阶梯，站到地球人本尊旁边。

他将空间戒指递给地球人本尊，随后进入了罗峰的体内世界中。

罗峰站在第一千二百三十七级阶梯上，抬头遥看殿堂，脸上露出了笑容。

“哈哈！这次真是走大运了。”罗峰的脸上露出一丝喜色，“宇宙无比浩瀚、神秘，机遇很多，只有抓住机遇才算成功，这次我算是抓住机遇了。”

他的手一翻，手中便出现了一颗金色、半透明的果实，果实周围还环绕着金色气流。

金魂果很特别，每隔三千纪元才会结一次。

据他在殿堂内看到的讯息，金魂果能够改变灵魂，让灵魂更加适合接受传承。

罗峰不再犹豫，直接一口咬住金魂果，咬破金魂果的外皮后，里面的果肉仿佛气流一般迅速涌入罗峰的体内。

“哧——”那金色果皮也化为气流，涌入罗峰的体内。

罗峰只感觉体内一阵清凉，而后，气流迅速涌入他的原核中，渗进已经凝结为晶体的灵魂内。

淡金色气流不断融入，罗峰的灵魂迅速发生异变，血色的灵魂变得带有一丝丝金色。

“好舒服！刚才的刺痛感完全没有了，整个人也没有一丝疲倦，反而感觉精神百倍。”罗峰清楚地感觉到灵魂的蜕变。

罗峰想着，眼睛越来越亮。

“哈哈！我能接受更多的传承了！”罗峰惊喜万分。

“罗峰，关于洛夫鹦盘的炼化，我有几点要提醒你一下。”巴巴塔的声音在罗峰的识海中响起。

第579章

洛夫鹦盘

灵魂不断蜕变着，同时罗峰用意识和巴巴塔交谈。

“炼化洛夫鹦盘，你有什么要提醒我的？”

“使用洛夫鹦盘和使用普通念力兵器是不一样的。”巴巴塔郑重地道，“洛夫鹦盘隐隐有了一丝生命特性，炼化洛夫鹦盘，就跟当年炼化摩云藤差不多。”

“要割腕吗？”罗峰笑了。

“总之，得先让它吸你的血。”巴巴塔回道，“洛夫鹦盘虽然有一丝生命特性，但是算不上生命，摩云藤却已经是生命了。炼化摩云藤比较容易，而炼化洛夫鹦盘要稍微麻烦一些。”

“先让它吸收你的血，随后你将它带在身边，长期用精神念力去安抚它，这是一个长期的过程，需要很长时间的安抚，才能让你的精神印记融入其中。一旦成功，洛夫鹦盘就能融入你的皮肤，而且能变化出各种形状。”

罗峰很是惊喜，道：“变化？难道它跟原力战衣一样可以护体？”

“不！虽然它能变化成战甲，但是并没有主动卸去攻击力的能力，它所变的战甲最多跟你体表的战甲一样起到抵挡作用。它擅长的是飞行，至于能飞多快，就要看你的能耐了。当然，其飞行速度比暗云梭要快得多。”

罗峰点点头。

他当即取出那个古朴的奇异石盘，划破自己的手指，鲜血直接滴在石盘上，染红了石盘，而那石盘迅速吸收血液，中央飞禽模样的图形似乎动了。

随即，罗峰将石盘当成坐垫，盘膝坐在石盘上，分出一丝念力，融入石盘，安抚它，缓缓炼化，同时继续接受魔音神将的传承。

金魂果是很神奇的果实，对强大的不朽神灵都有奇效，更别说对罗峰的帮助有多大了。基础越差的，吃了金魂果，效果就越明显。罗峰吃了一颗金魂果，感觉灵魂明显发生了蜕变，灵魂的颜色变成血色和金色混杂的颜色了。

“我在这里接受传承三年多了，魔音山的生存任务早就完成，现在还没出去，老师肯定会担心。”罗峰想到这里，当即吩咐道，“巴巴塔，开启虚拟宇宙网络。”

“明白。”巴巴塔应道。

“连接虚拟宇宙网络！”

罗峰分出一丝意识，连接虚拟宇宙网络，来到虚拟宇宙雨相山。

太初区，罗峰的庄园内。

“唰！”罗峰突然出现了。

那些护卫和仆人看到罗峰后，大吃一惊。

随即，一个个都醒悟过来，连忙恭敬行礼：“殿下。”

“殿下，殿下。”远处，正躺在椅子上，眯着眼，端着酒杯的护卫首领奥多迅速站起，冲了过去，“殿下，几年没有你的消息了，我们都很担心殿下。”

罗峰笑了笑。

“殿下，你接了绝境级任务的事情早就传开了，雨相山中早有传言，说殿下在魔音山中殒命了。”奥多道。

“殒命？”罗峰眉头一皱，“这传言从哪里传来的？”

“不知道。”奥多摇头。

罗峰看了一眼西南方，原始区就是在那个方向。

“莫洛，我殒命的消息不会是你传出去的吧？哼！很快我就会给你一个惊喜的。”

随即，罗峰迅速走向自己的住处，进入书房。

罗峰坐在书桌前，打开笔记本电脑，迅速给朋友、家人、老师群发邮件，告诉他们自己安好。

仅仅片刻——

一个又一个电话打来了。

“罗峰，你太狠了，这一消失就是三年多啊！而且，还是在进行绝境级任务时失去消息，你可真把我们给吓到了，我们还真以为你在魔音山中殒命了。”乌卡激动地道，“你马上赶到我这里来，我都几年没见到你了。”

“我知道，你不会殒命的！”屏幕中，戎钧笑着看向罗峰。

“爸！”

“爷爷！这是我的曾孙……”

“罗峰！”

罗峰看着屏幕显示出了一大群家人，又惊又喜。

人类族群成为宇宙中的巅峰族群，人数多的确是一个极为重要的原因。他离开地球近两百年，当年他家不过十口人，现在罗家都成大家族了。假使过去千年、万年，乃至百万年，罗家的成员达数百万，乃至上千万，也是很正常的。

“你……马上回来！”屏幕中的徐欣又喜又恼。

“嗯！”罗峰点头。

然而，当罗峰准备第一时间回去和家人团聚的时候，真衍王竟然亲自来到了太初区。

太初区，罗峰住处的客厅中。

真衍王坐在沙发上，盯着罗峰。

罗峰乖乖地站着。

“三年多了，没有一点消息。”真衍王扫视罗峰一眼，“而且，你是在魔音山中失去消息的，让我甚是担心。说吧，你为什么在魔音山中关闭虚拟宇宙网络？”

“老师，”罗峰恭敬行礼，“这次是徒儿不对。”

对于真衍王，罗峰是非常尊敬的。不同于他和呼延博从未真正见过面，他和真衍王相处太久了，自然很清楚真衍王的为人。真衍王极为豪爽，把徒儿当成孩子一样看待，极为护短。一个人伪装十年乃至百年容易，可是伪装亿万年很难，真衍王为人良善，这在混沌城是公认的。

一百多年的相处，罗峰能够感觉到真衍王对自己的关心，当即恭敬地回道："徒儿这次遇到了一些机缘。"

"机缘？"真衍王眼睛一亮，"传承宫殿？"

罗峰虽然惊讶，但是没有丝毫隐瞒："没错！"

事实上，他也根本没有其他解释，因为在魔音山中，要么是丧命了，要么是在修炼，否则没理由关闭虚拟宇宙网络。除了传承宫殿中有非常安全的环境，其他地方根本不可能让人修炼。

"真的？"真衍王猛地站起身来，难以置信地看着罗峰，"怎么可能，你怎么可能进得去？"

"机缘巧合。"罗峰无奈一笑。

真衍王的脸上露出难掩的笑容，他盯着罗峰，道："快说，那里一共有多少座传承宫殿？"

"32座。"罗峰回道。

"哈哈哈哈……"真衍王忍不住大笑起来，"没想到，蒙苍王那家伙这次是吃了我徒儿的亏。"

"怎么了？"罗峰很是疑惑。

真衍王解释道："传承宫殿早就被发现了，有能耐进去的强者当然很多，可是名额有限。你这次进入了传承宫殿，自然是占了一个名额，而那个名额就是蒙苍王的。"

"是他的名额?!"罗峰愕然。

他真的完全不知道，这些传承名额竟然都是预定好的。

"不知者无罪，你是接受了绝境级任务才进去的，就算将来此事被公开，也没人能够找你的茬。"真衍王笑道，"更何况，蒙苍王和他的老师都不是我们虚拟宇宙公司的人，所以也不必怕。而且，我会保密，你自己也会保密，他们不一定能发现就是你进入了传承宫殿。”

罗峰连连点头。

没错。只要他们不说，就算有人怀疑，也不会相信宇宙级九阶强者能够进入传承宫殿，毕竟真衍王刚刚都不敢相信。

“还有一件事。”真衍王看着罗峰，“原始秘境中的那个小天才莫洛曾经把你的消息告诉了我。”

“莫洛！”罗峰眼中厉芒一闪，“那家伙就是个阴险的小人，表面上道貌岸然，实际上……哼！这次如果不是我走运，我就被他害死了。”

“原来是他暗算你。”真衍王脸一沉，“之前他还说是你暗算他呢。”

“什么？我暗算他？”罗峰忍不住骂道，“这莫洛真是无耻！”

“之后的资格战，若是对上他，你有信心击败他吗？”真衍王问道。

“当然有！”罗峰眼睛一亮。

“嗯。”真衍王点点头，“你这次的确是得到了真正的大机遇，可惜你现在的灵魂还很弱，能够接受的魔音神将传承还很少。不过，就算是这样，那魔音神将传承秘法也足够你受用亿万年了。”

罗峰点点头。

自从修炼后，他也知道秘法有多么珍贵了。原来念力振幅强度为70—80，现在超过了1200，大大提高了。

到底是什么样的宝物和兵器，能有这么可怕的效果呢？

……

片刻后，真衍王便离开了。

亲自确认徒儿罗峰安好，他便放心了。

罗峰看着真衍王的身影渐渐消失，心里很是感激，因为真衍王并没有刨根问底，追问他到底是怎么进入传承宫殿的。事关金角巨兽的身份，罗峰真的不想说，因为说不出口。

怎么说呢？难道说自己其实本质上不是人类，而是金角巨兽？心理上，罗峰一直认为地球人的身体才是本尊。

“我该回去见老婆了！”罗峰心中暗道。

而后，他立即回了黑龙山岛屿九星湾。

他的一丝意识进入虚拟宇宙网络，安抚亲人和朋友，本尊则继续待在魔音山的核心——传承宫殿。

虚空中，罗峰踏着一级又一级传承阶梯前进。金魂果的效力的确很强，令他的灵魂有了翻天覆地的变化。即便在传承阶梯上修炼了五年，他依旧没有丝毫吃力的感觉。

此时，百年一度的虚拟宇宙公司宇宙级核心成员的资格战就要开始了。

第580章

资格战

太初秘境，魔音山深处，其中一座魔音传承宫殿内，悬浮在虚空中的一级级阶梯不断延伸，三千三百三十三级传承阶梯绵延上千公里。

第一千九百一十六级石质阶梯上，穿着银色战甲的罗峰仿佛一座雕塑，站在阶梯上，闭着眼睛，一动不动，而他的灵魂不断地发生着细微变化，无数秘纹融入灵魂中。

突然，罗峰睁开眼睛，道：“今天就是资格战开始的日子！”

“接受魔音神将传承的进度得减慢了。”罗峰低头看向脚边的洛夫鹦盘。

“融！”罗峰心念一动。

那洛夫鹦盘迅速缩小，融入其双脚中。炼化近两年了，他终于将精神印记留在了洛夫鹦盘中，洛夫鹦盘可大可小，可变成各种形状，可融入他的皮肤、肌肉、骨骼等。

罗峰分出九成意识，迅速连接虚拟宇宙网络，只留下一成意识继续接受传承，修炼魔音神将传承秘法的速度顿时减慢，之前平均一天能够前进一级，而现在十天才能前进一级。

虚拟宇宙，太初区。

“殿下！”

“殿下！”

那些宇宙级、域主级、界主级的护卫，包括仆人们都恭敬行礼。

“嗯！”罗峰点头。

而后，他立即一飞冲天，朝乌卡的庄园飞去。

乌卡的庄园成了罗峰、将莫、千水、戎钧、兰斯洛、奥帕特拉、艾辰、乌卡八人的聚集地。

“嗯？”高空中的罗峰朝下方俯瞰，一眼便看到下方的庄园中已经聚集了其他七人。

“罗峰！”

“快点下来！”

其他七人都仰头喊道，显然都看到了罗峰。

“来了！”罗峰一笑。

他疾速俯冲，瞬间便落在草坪上，朝露天餐桌走去，直接坐在给他留出的空位上。

“罗峰，今天可是举行资格战的日子，估计等会儿就会召集大家了，你竟然还慢吞吞的，一直不出现。你看看，其他人早就到我这里了，就等你了，你是不是嫌我这里不好啊？”乌卡拿着一大块烤肉，边吃边说。

“你吃完再说。”罗峰坐下后，随手拿起面前的一瓶果酒，拔掉瓶塞，喝了一口，顿时感到一阵清凉。

餐桌旁，梦螺翼族的美女艾辰端着一个酒杯，笑着说道：“我们八人中，最没有压力的就是罗峰了，其他人都有可能被淘汰，去天地秘境，只有罗峰绝对不可能被淘汰。”

“是啊，那群老成员都闯过了通天桥第六层，我们的希望不大。”其他七人都说道。

“你们……”罗峰放下酒瓶，哭笑不得。

“所以，罗峰来得最晚，是因为心里很放松嘛。”戎钧揶揄道。

“连你也打趣我。”罗峰笑着摇头。

太初秘境的竞争，他是有百分之百的把握不被淘汰。可是，实力不同，目标也不同，乌卡、将莫、千水等人都为即将被淘汰到天地秘境而难受，可罗峰的目标并不仅限于此，他想要冲到原始秘境，而冲到原始秘境的难度极大，就算自己的实力很强，也没有太大的把握。

“罗峰！”乌卡看向罗峰。

“罗峰！”将莫也看过去。

“罗峰！”

“罗峰！”

戎钧、兰斯洛等人都放下烤肉，朝罗峰看过去。

罗峰一怔。

“疯子……”乌卡郑重地道，“你应该知道我们这一批新成员的困境，因为我们加入虚拟宇宙公司没多久，所以实力和那群老成员相差非常大，和天地秘境中的三百名老成员中的巅峰级高手相比，也有很大的差距。”

“我们八人中，戎钧拼一拼，或许能留在太初秘境，可是，即便留在太初秘境中，也属于垫底的，而我们其他人更是一点希望都没有。”

一群人沉默不语。

是啊，他们一点希望都没有。

太初秘境和天地秘境中的老成员都有数十人，都闯过了通天桥第六层，乌卡他们对本源法则的感悟，还有积累的战斗经验，都逊色于那群老成员，注定会被淘汰，他们当然难受。

“罗峰，”戎钧盯着罗峰，“只有你能往上冲！”

八人中，有六人是没有丝毫希望的，戎钧倒是有一丝希望留在太初秘境，可是也需要拼尽全力。

罗峰看着眼前的天才们，他们都是非常骄傲的，可是，当他们看不到一丝希望时，尽管不甘心，也得接受这个结果。他们心中充满了愤懑，很是压抑，只能寄希望于同样是新人的罗峰。

“放心！”罗峰轻轻点头。

大约半个小时后，轰隆隆的声音在太初区响起。

"太初区宇宙级资格战即将开始，所有人集合！"

30名老成员和8名新成员都抬头看去，声音正是从太初区的上空传来的，他们能看到半空中那道穿着紫色制服的人影。

顿时，太初秘境的38名宇宙级成员全部冲天而起，飞到那个紫衣人的面前。

"快看，那个就是克罗夫！30名老成员中的最强者。"

"药剂师愚风！"

天才们都观察着对手，因为很快他们就会交手。

罗峰也在观察对方的五个人，正是太初秘境老成员中的五大高手，实力偏弱的萨金·火龙、格、尼南，以及实力偏强的药剂师愚风、狼人克罗夫。

萨金·火龙的龙尾轻轻摆动，他紧紧地盯着罗峰，眼眸中充满战意，同时传音道："罗峰，上次我输了，这次我一定赢！"

上次萨金·火龙主要是输在了意志方面，在罗峰的意识威压下，没有抵抗住。一旦意志能够抵抗，那么其《黑洞衍变》中的秘法施展出来，当时的罗峰恐怕还真的抵挡不住，毕竟萨金·火龙闯过通天桥第七层很久了。

"上次我赢了你，这次照样可以赢你。"罗峰看了一眼萨金·火龙，传音道。

"格！"罗峰看向另外一个人。

格属于战斗狂人，虽然是五大高手中最晚闯过通天桥第七层的，但是他和戎钧比较像，战斗天赋极高，同样的法则感悟，发挥出来的战斗力都超强。

他有着一头黄色乱发，半眯着眼睛，站在半空中，耳朵后还藏着一对很小的耳朵，整个人看似颓废，却隐隐散发着好似凶兽的气息。太初秘境的其他天才都和他保持距离，显然不想靠近他。

格扫了罗峰一眼，眼神冷厉，随即又恢复正常。

"尼南。"罗峰看了一眼穿着银灰色战袍的青年。

尼南面带微笑，应该是五大高手中最平易近人的。当罗峰看过去时，他朝罗峰淡淡一笑。

"愚风！药剂师愚风！"

这是五大高手中最神秘、最诡异的人，他全身笼罩在黑袍中，只能隐隐看到一双幽冷的眼眸。

“克罗夫！”罗峰看向五大高手中最强的一个。

克罗夫穿着灰色战甲，脸上有着黄色鬃毛，一双棕色眼眸泛着幽幽的绿色光芒，偶尔露出獠牙。

克罗夫注意到罗峰朝自己看过来，当即也转头看过去，咧嘴一笑。

罗峰感觉自己仿佛被一头巨型凶兽盯着，身上汗毛倒竖。

“哈哈……”克罗夫笑了起来，“有趣的小家伙。”

克罗夫一开口，顿时引起一群老成员的注意，包括药剂师愚风。

罗峰忍不住紧张起来，他紧紧地盯着克罗夫，虽然自己见过原始秘境的莫洛，但是潜意识感觉太初秘境最强的克罗夫比原始秘境的莫洛更可怕。

这一群绝世天才来自宇宙中不同的人类族群，38人代表着38个人类族群，穿着都不同，有些人的衣着贴近自然绿色，有些贴近火焰，有些则令人感觉好似寒冰……这群天才都桀骜得很，不过，他们中有六人的实力是极强的。

正是老成员中的五大高手，还有最强新人罗峰，这六个人全部闯过了通天桥第七层。

“此次资格战的规则很简单，每个人都会和其他人交战，胜利者得1分，失败者和平局都为0分，最后按照积分排名，排名前三的，有资格争夺去原始秘境的名额。”那个穿着紫色制服，嘴唇也是紫色的消瘦男子说道，“原始秘境一共有五人，他们也会进行资格战，最后三名会和我们太初区最强的三人争夺唯一的原始秘境名额。”

周遭一片寂静。

罗峰等六人闻言，眼睛一亮。

“我们太初区的前三名和原始秘境的后三名进行厮杀，只能决出一个胜利者。”罗峰扫视其他五人，“他们五个，还有原始秘境的三人，我都要击败，只有这样，我才能成为原始秘境的成员。”

第581章

白矮星

格奔拉着眼皮，目光扫过其他五人："萨金·火龙、尼南、罗峰对我都没有多大威胁，我的对手是愚风、克罗夫。上次资格战，我那一招还没完善，懒得施展，这次我定要一鸣惊人，冲进原始秘境。"

格有着十足的信心，而且他的进步速度很是惊人。

……

"击败其他四人很容易，就是这狼人比较棘手。"愚风看着狼人克罗夫，"这次我专门为他炼制了药剂，只要药剂奏效，我就有把握冲进原始秘境。"

……

克罗夫默默悬空站立："我现在正在进行绝境级任务，部分意识用来警戒，部分意识用来进行资格战，这种情况下我只能发挥出七成实力，不过，七成实力就足够了。"

……

一群人心中都有各自的想法。

身穿紫色制服的消瘦男子继续说道："太初秘境38人中的后18名，将和天地秘境的前10名一同竞争太初秘境的8个名额，失败者进入天地秘境。"

罗峰听了，暗自惊讶。

淘汰比例太高了，不过，这也正常，原始秘境的正规配额是3人（宇宙级），太初秘境的正规配额是30人（宇宙级），多出来的人当然得淘汰。

“戎钧这次麻烦了。”罗峰看了看身旁的戎钧。

戎钧却微微一笑，似乎充满信心。

“资格战马上就要开始了。”身穿紫色制服的消瘦男子看着眼前的一群年轻人，“资格战在一些特殊的场景中进行，到时候虚拟宇宙系统会直接将你们传送过去，还有，你们可以通过屏幕观看其他人的战斗。”

“都准备一下吧！”身穿紫色制服的消瘦男子说完后，直接消失了。

太初秘境的一群天才都点开了面前的屏幕，就在这时，几乎所有人的耳边同时响起声音。

“嗖——”38人全部被传送离开雨相山。

资格战即将开始！

“罗峰，太初区宇宙级资格战就要开始了，你的第一场战斗马上就要拉开序幕，你的对手是摩维斯卡。”罗峰耳边响起的是这道声音。

同时，他的手腕上出现了一面护臂屏幕，屏幕上浮现出了对战的相关讯息。

“嗖！嗖！”很快，罗峰和太初区的老成员摩维斯卡被传送到了同一个场景中。

19场战斗同时进行！

雨相山，原始区。

每一个原始秘境成员的庄园的面积都有数千平方公里。

莫洛仅仅穿了一条长裤，在广阔的草原上练拳脚。

“殿下实在是太疯狂了。”

“他修炼起来，根本不停啊。”

“殿下每天几乎大部分时间都在练拳法，兽拳这套拳法很是精妙，丝毫不亚于一些不朽级强者所创的秘法。”那群界主级护卫在远处看着，低声议论起来。

仆人们也佩服得很，看向莫洛的目光中满是敬佩。

莫洛很得人心，至少他这庄园内的护卫军和上万名仆人都很崇拜他。

……

“嗷！”莫洛仿佛一头野兽，嘶吼着闪电般往前冲数十公里，双爪挥舞，可怕的爪劲爆发，将草原撕裂出了两条上百公里长的巨大深沟。

“嘀！”一道提示声响起。

“收到邮件，太初区那边的资格战已经开始了。”一道声音响起。

莫洛这才停下。

“不疯魔，不成活。”莫洛深吸一口气。

他从小就经历了乞丐的生活，还有集中营残酷的死士训练，之后被虚拟宇宙公司招募，不断和无数精英竞争，最终被招纳进核心层的末世秘境，而后仍旧不断拼搏。

从末世秘境到天地秘境，从天地秘境到太初秘境，从太初秘境到原始秘境，就这样，他从一个乞丐踏上巅峰，成为宇宙中的超级天才。

“连不朽级强者都只是我的护卫。”莫洛扫视远处的界主级护卫和为首的不朽级强者，笑着点点头，心中却在嘶吼，“正是因为我足够拼，不惜一切手段，只要成功，那就是好手段。强者生存的道理，不疯魔，不成活！”

莫洛伸出手指，轻轻一点。

他的面前浮现一面屏幕。

“观看罗峰的资格战战斗转播。”莫洛下令。

原始区、太初区、天地区、末世区这四大区的资格战进行时间是完全不一样的，因为人数多少决定了所需要的时间和战斗的繁琐程度。末世区的核心成员最多，单单宇宙级核心成员就有1万人，天地区仅仅300多人，太初区仅仅30多人，原始区仅仅5人。

决出排名，当然是末世区的最繁琐，其资格战也是最早举行的。而原始区仅仅5人，所以资格战最后才举行。

……

只要是核心成员，都可以观看资格战的转播视频。当然，那些不朽神灵的权限更高。

“我就不信罗峰还活着。”莫洛紧紧地盯着眼前的屏幕，“当时我亲自出手，一脚将他踹下无底深渊，根据我搜集的资料来看，凡是掉进无底深渊的天才，至今还没有能够活着的。”

莫洛是老成员，和其他人接触较多，自然对绝境级任务了解得更多。而且他是原始秘境的成员，权限更高，在网络上查找讯息也更方便。

罗峰知道的讯息当然远远不如莫洛。

“他必死无疑！太初区那边竟然有传言说罗峰还活着。”莫洛眼神冷厉。

罗峰曾经发送讯息给自己的朋友，还去见过乌卡等人，可是因为接受魔音神将传承，时间很紧张，他只露了个面，意识就回归传承宫殿了，也就乌卡、戎钧等人见过罗峰。

而其他老成员和去听课的天才们从未见过罗峰，所以罗峰活着的消息并没有得到确认。

资格战前的大集合，算是罗峰几年来第一次公开露面，可莫洛并没有亲眼看到。

“如果他真的还活着，那么我就能看到他的战斗转播；如果他死了，根本就不会有他的战斗，当然就看不到转播。”莫洛紧紧地盯着眼前的屏幕，“谣言毕竟是谣言，当初我一脚踹得他跌进无底深渊，我肯定他已经死了。”

屏幕上很快出现了提示框。

“罗峰对战摩维斯卡，战斗正在进行中，点击即可观看转播。”

提示框中的内容非常清晰。

莫洛顿时愣住了。

他愣愣地看着提示框中的内容，许久都没有点击观看，眉头紧蹙，轻声说道：“没死！他竟然没死！他明明掉进了无底深渊，怎么会没死呢？”

“轰！”罗峰感觉到周围空间变化，而后落在一处地方。

那是一颗荒凉的星球的表面，地表隐隐呈现暗红色，无比炽热的高温令其视野中的一切宛若有些扭曲，特别是可怕的引力，令他的身体忍不住微微一颤。

可怕的磁场令人很不舒服。

“这里是什么地方？”罗峰一惊，而后低头看向护臂屏幕。

屏幕上有详细的讯息，已经直接翻译成地球语言。

战斗类：太初秘境生死资格战（宇宙级）

战斗双方：罗峰（0胜0负0平）对战摩维斯卡（0胜0负0平）

战斗地点：白矮星（直径3200km，地表引力361000000N，温度21000℃。）

“白矮星？”罗峰露出一丝笑容，“难怪引力这么惊人。”

对于一些实力较弱的人而言，白矮星堪称禁区。

正常进化条件下，无数星球才诞生一个宇宙级九阶强者，一个宇宙级九阶强者一拳即可毁掉地球上的一个大陆板块，甚至能够引起海啸，让海浪席卷全球。

在宇宙太空中，宇宙级九阶强者的最快飞行速度能够达到1500公里每秒。

宇宙级九阶强者能够纵横一个星系，而一些宇宙初等文明国度的最强者恐怕也才达到宇宙级九阶。

3亿多倍的地球引力，2万多摄氏度的高温，白矮星超高的磁场对宇宙级九阶强者来说的确不算什么。

当然，如果是中子星的宇宙级九阶强者，恐怕身体会完全崩溃，不过白矮星的宇宙级九阶强者是能够轻易承受的。

“轰——”大地震颤。

罗峰一眼看去，只见远处有一道身影正在飞奔，每一步都令坚实的地面震颤。

片刻后，那人已经冲到了罗峰前方，停了下来，紧紧地盯着罗峰，双眸充满战意。

这人身高目测2.2米，精瘦，光头，全身没有一丝毛发。

他穿着贴身的银色战甲，腰间系着黑色腰带，脚踏黑色战靴，手臂上有着护臂屏幕，还背着一把造型奇异的战刀，一身标准的宇宙战士装扮。

他正一眨不眨地盯着罗峰，如临大敌，声音尖细且高亢：“你就是罗峰？”

第582章

那一爪

摩维斯卡有一双紫色的眼睛，高鼻梁，没有眉毛，嘴唇很薄，目光冷厉。

“摩维斯卡，”罗峰双手抱在胸前，除了脑袋，其他部位都被战甲保护得很好，“别浪费时间了。”

“真猖狂！”摩维斯卡被罗峰的话激怒了。

当即，他将背上的战刀拔出。

“新人，我这就让你知道，就算是一个普通的老成员，也不是你能小瞧的！”摩维斯卡咆哮一声。

随即，他猛地一踩地面，无比坚硬的地面猛地震颤，而后直接碎裂开来，而他体内微型星系的磁场猛地爆发，令其在白矮星3亿多倍于地球标准引力的情况下依旧飞速冲来。

罗峰的脚下出现了一件流线型的梭状念力兵器——暗云梭。

他脚踩暗云梭，悬浮在半空中，俯看朝自己疾速冲来的摩维斯卡。

摩维斯卡逼近罗峰的瞬间，蹬踏地面，借助反冲力道和自身的飞行力量，疾速逼向罗峰，右手则斜握着战刀。

“去死吧！”摩维斯卡的紫色眼眸中闪过一道厉芒。

他逼近罗峰的瞬间，猛地出刀。

“轰！”他挥出战刀的瞬间，战刀带着一股不可抵抗的毁灭之势，斩向罗峰。

并且，周围的气温瞬间上升到惊人的地步，刀光划过罗峰的身体，直接落在地面上。

“哧！”地面直接被劈出一条数公里长的深沟，千万吨重的白矮星地表物质朝四处飞溅，而后又因为超强的引力重重砸落在地表。深沟中还有暗红色液体喷射而出，炽热无比。

“嗯？”半空中悬浮着的摩维斯卡脸色大变。

“刀法不错，可惜你的速度太慢。”一道淡淡的声音传来。

摩维斯卡猛地转身。

远处的半空中，罗峰站在暗云梭上，静静地看着摩维斯卡。

操控飞行类念力兵器，跟念力强度是有很大关系的。同样的法则感悟，宇宙级强者和域主级强者操控念力兵器的速度当然相差极大，罗峰现在虽然只是九成意识进入虚拟宇宙，但是他的念力振幅强度毕竟超过1900，比接受传承前的振幅强度提高了20多倍。

在极限情况下，他操控暗云梭的能力比过去强得多。

“刀法不错，看了你施展出的这一刀，也算值了。”罗峰道。

同时，他背上的暗金色长棍瞬间射出万千金光，数道金光迅速组合，最终化为一把古朴的暗金色长剑，这把长剑悬于长空，令空间都隐隐震颤。

衍神兵第五重——空间切割！

“使用第六重！”落在远处地面上的摩维斯卡怒吼，“罗峰，你这是在羞辱我！”

老成员都知道罗峰能够施展出衍神兵第六重“剑之世界”。

“对付你，第五重已经足够了！”半空中的罗峰淡淡地说道。

“嗖！”

暗金色长剑瞬间穿过数百米距离，飞行过程中，甚至勾动了周围的宇宙空间，挟着整个宇宙空间的压迫力，甚至于肉眼都能看到宇宙空间震荡的波纹。它瞬间到了摩维斯卡的面前。

摩维斯卡在空间的压迫下，面目狰狞，咆哮道：“罗峰，使出第六重！”

同时，他奋力挥出有着火山喷发意境的一刀。

暗金色长剑实在是太快了，而且通过对空间的压迫，令摩维斯卡劈出的一刀的威力受到影响。

“哧！”暗金色长剑锋利无匹，硬是刺穿了摩维斯卡的战甲，而后刺入其体内。

“爆！”罗峰轻声念道。

顿时，刺入摩维斯卡体内的暗金色长剑自动分裂，化为一把把金色小剑。

“轰——”无数剑光从摩维斯卡的身体中迸射出来。

失去了摩维斯卡原力的战衣防御力明显大减。

万千金光从摩维斯卡的体内射出，鲜血喷出，随即被白矮星那可怕的引力疯狂吸入地面。经过一次次生命进化，宇宙级九阶强者的鲜血构成已经发生惊人的变化。即使是白矮星的超强引力，也无法令鲜血内的原子和分子结构崩溃。

摩维斯卡的尸身重重地倒在地上。

“同样的空间切割技能，不同的人施展的威力是不一样的。”罗峰降落，看着摩维斯卡千疮百孔的尸身，默默地道，“而现在的我比过去强得多，空间切割这一招施展起来，威力也强得多。”

他低头看了一眼护臂屏幕，屏幕上显示自己的成绩为1胜0平0负，积分1。

时间不断流逝。

一场场战斗正在进行。

其实，虚拟宇宙公司内部资格战也是对内部资源的一种分配，所有人都想冲进原始秘境，就是因为原始秘境成员获得的资源是非常惊人的。单单原始秘境的宇宙级成员，便能得到强大的不朽级强者的教导，还可以完全根据内心的想法，更换不朽级老师。当老师的，一般都是封侯级别的强者。而且原始秘境成员能够接的修炼任务也更多，罗峰心里非常清楚，每一个修炼任务背后都隐藏了一些秘密，比如血洛世界的兽神秘密，魔音山的传承秘密。

达到域主级时，原始秘境的成员获得的职位更高，超高的职位代表着可以动用虚拟宇宙公司的大量武力，好处极多。

达到界主级时，好处更是惊人。虚拟宇宙公司栽培每一个界主级强者消耗的资源，恐怕相当于封王的不朽级强者的全部身家。

越往后，虚拟宇宙公司投入的资源就越加惊人。

界主级强者的寿命非常长，甚至有千万年寿命。成千上万年内，能举行一千场恒星级天才战和宇宙级强者战。而且，很多界主级强者后期才变强，比如时光界主“洛”，还有一些强大的界主级强者，或许到了域主级和界主级，才真正展露天赋。

漫长的岁月里，虚拟宇宙公司在1008个宇宙国招纳天才，原始秘境却只有100个界主级强者得到栽培，为什么？因为资源有限。

虚拟宇宙公司不敢不计成本去栽培天才，所以除了为了荣耀，还为了将来走得更远，大家都想进入原始秘境。

太初区，罗峰庄园。

“原始秘境的好处是不断增加的。”书房中，罗峰面前悬浮着一面屏幕，屏幕上正在播放药剂师愚风的一场战斗，“宇宙级强者在原始秘境的各项资源够多了，域主级的原始秘境成员成了封疆大吏，拥有惊人的大权。权力就代表着财富、机遇、实力，而界主级原始秘境成员的好处更是惊人。”

得到的资源越多，难度也越大，界主级时进入原始秘境，比宇宙级时进入原始秘境要难百倍，乃至千倍。

“所以，一开始就得领先，一步领先，就步步领先。”

罗峰看着屏幕上播放的愚风的战斗，眉头微皱：“愚风竟然是精神念师，又是药剂师，那对手肯定毫无反抗之力。”

屏幕上，一名武者双手持着两柄斧头，想要挥舞斧头战斗，可是身体肌肉不受控制地抽搐。

武者施展某一绝招时，身体肌肉忍不住抽搐，自然无法施展绝招。

下一瞬，武者被击败。

“药剂师属于很偏门，也很难有所成就的一个很小的体系。”

罗峰搜索了药剂师的大量资料，仔细地观看愚风的每一场战斗。

……

“啊！”克罗夫嘶吼一声，面目变得狰狞。

他瞬间划过长空，右手高高举起，呈爪状，猛地一爪击出。

天地间出现了一只金色巨爪，纯粹由能量、法则之力构成，在巨爪的攻击之下，整个空间仿佛被撕裂开来，五大高手之一的萨金·火龙虽然奋力反击，但是仍旧没抵挡得住金色巨爪的攻击，身体崩溃，当场丧命。

“轰隆隆——”

那金色巨爪依旧落向下方那个繁华的大城市，整个城市瞬间被撕裂开来，大陆板块都被划出几条深沟。

……

看完这一场战斗，罗峰面色凝重。

这是六大高手（包括罗峰在内）在资格战中第一次交手，之前罗峰看过克罗夫的多场战斗，都是瞬间就解决对手，获得胜利，根本没法看出克罗夫真正的实力。而这次，克罗夫施展出了一记绝招，竟是那般彪悍。

他只是凌空击出一爪，就击杀了萨金·火龙，撕裂了一片大陆。

“这一爪蕴含的法则感悟已经超越了我对空间和金这两大本源法则的感悟。”罗峰面色凝重，“和我的金角巨兽的撕天一爪相比，或许威力差很多，可是法则感悟已经超越我了，而且运用得非常巧妙，力量也凝聚得非常强，撕裂了大陆，却没有引起大陆爆炸，着实厉害。”

第583章

三人

转眼，三天已过。

虚拟宇宙，黑龙山岛屿，九星湾。

一座幽静的木亭子中，洪和雷神正坐在椅子上，一边品着平海公司的茶，一边交谈着。

“大哥，我很久没看到你，也没看到老三了。”雷神感慨道。

“见与不见又有什么区别，心中若是挂念，即使相隔再远，又算得了什么？”洪轻轻地嗅了下茶香，“好茶！论享受，虚拟宇宙中的人远远超过现实世界的。”

雷神看着洪：“大哥……”

“哈哈！”洪放下茶杯，笑着看向雷神，“我这几年在老师的安排下一直潜修，所以也就不想分心去虚拟宇宙了。哦，对了，之前你发邮件给我，说老三那边正在举行太初秘境内部的资格战？”

“嗯！资格战都结束了，今天结束的。”雷神看着洪，“所以，今天老三有时间，我约了他，又让大哥你来这里，我们三兄弟好好聚一聚。”

三兄弟中，雷神虽然也经常在宇宙中闯荡，但是大多时间都留在银河系，待在地球。

洪却是随着他那位寿命不多的老师，也就是时光界主洛，一直在宇宙中流浪。

至于罗峰，则待在虚拟宇宙公司的核心秘境中修炼，以得到更好的栽培。

“结束了？”洪眼睛一亮，看向雷神，“我的老师说能够被虚拟宇宙公司吸纳进入太初秘境的，个个都是宇宙中巅峰的天才，而老三加入虚拟宇宙公司不久，实力没他们强，可能会比较吃亏，资格战最后的结果怎么样？”

“此次太初秘境内部资格战的参与者有38人，前三名有资格冲击原始秘境。”雷神露出一丝笑容，“老三冲进前三了。”

“哦！”洪满意地点点头。

“老三的成绩如何？”洪追问。

“刚才我和老三通话了，他的最后成绩是36胜1负0平，是太初区的第二名。”雷神说道。

“第二名！”洪露出一丝笑容，夸赞道，“老三非常厉害了。你应该知道，我现在算是巨斧斗武场的一分子。”

“嗯。”雷神点头。

洪的老师，也就是时光界主洛，获得过“域主级巨斧武者”称号，所以洛早就被巨斧斗武场给招纳了。当然，现如今的时光界主洛的寿命所剩不多，所以在巨斧斗武场中的地位并不高，不过，他推荐的弟子得到重点栽培还是没问题的。

洪就受到了巨斧斗武场的重点培养。当然，因为时间较短，洪还没有被招纳进核心层。

“虚拟宇宙公司和我所属的巨斧斗武场属于宇宙人类中五大超强势力。”洪微微一笑，“每次天才战，1008个宇宙国亿万天才中的前1000名才会被招纳进核心层，所以想进入核心层是非常难的，就算是我，到现在都没能进入巨斧斗武场的核心层。”

“大哥，你一定能够进的！”雷神连忙说道。

洪笑道：“核心层也分高低，老三所在的太初秘境算是虚拟宇宙公司极为核心的，能进入太初秘境的，都是宇宙人类中最厉害的天才。说实话，我们和老三的实力差距越来越大了。”

雷神撇撇嘴。

洪却淡淡一笑。

他们俩虽然算是天才，但是罗峰现在所处的舞台是宇宙人类族群最巅峰的天才舞台。

“撇什么嘴。”洪看了一眼雷神，“只要我们踏踏实实，一直在进步。即使现在落后，终有一天，我们也能走到巅峰。”

“大哥，你能追上老三，我对你有信心。至于我，那就得看运气了。”雷神无奈一笑。

“老三来了。”洪看向远处的院门。

那精致的拱形院门下，穿着简单的休闲衫、留着寸长短发的罗峰笑着走了进来，一闪身，便蹿过数百米距离，到了亭台下，直接坐在空位上，笑着说道：“大哥、二哥，有些日子没见了。我听说，大哥加入巨斧斗武场了？”

“嗯！我的老师引荐的！”洪点点头，“老师在巨斧斗武场有些人脉，我也能少走弯路。”

“巨斧斗武场很不错。”罗峰夸赞道。

按照罗峰得到的讯息来看，巨斧斗武场和虚拟宇宙公司是五大势力中较强的，宇宙佣兵联盟、宇宙第一银行、宇宙星河银行这三大势力要稍微弱一点。

“看样子，你的心情还不错。”洪笑着看向罗峰。

“可不是，他都冲进前三了。”雷神揶揄道。

罗峰不好意思地笑了。

是啊，冲进前三了，这次能够在魔音山接受魔音神将传承，实力大增，参加太初秘境内部资格战，他就有了十足的信心。

而战斗情况的确如他预料的一样。刚开始他连续胜了12场，都没有耗费太大力气就赢了。

然而，太初秘境那群老成员都在议论，他们认为罗峰早就闯过了通天桥第七层，赢他们是很正常的，只是若是碰到五大高手，恐怕就惨了。

第十三场战斗中，罗峰和老成员中的五大高手终于碰面了，首先对战的便是狼人克罗夫，实力最强的克罗夫。

“克罗夫！”罗峰心中默默念叨。

克罗夫是这次资格战中罗峰遇到的五大高手中的第一个，当时这一战引起了很多人的重视，而罗峰本人非常谨慎。

那一次战斗的场地是在一颗星球的海域上空，罗峰和克罗夫只说了两句话便动手了，而且是直接下了狠手。

罗峰先是直接凭借意识威压压迫过去，接着就是靠着衍神兵施展出最强的威力，以势压人。

遭到罗峰意识威压的镇压，克罗夫的确受到了影响，不过，这一意识威压反而激怒了克罗夫，让他发狂了。

发狂的克罗夫速度无比惊人，特别是瞬间迸发的速度，连罗峰操控暗云梭都比不上他，显得有些狼狈。

仅仅三招，他就解决了罗峰。

第一招，抵挡住罗峰的衍神兵剑之世界的攻击。

第二招，令罗峰受伤。

第三招，直接灭了罗峰。

这三招干脆利落，让罗峰毫无反抗之力。

这一战的失败，让罗峰完全蒙了。

因为击败过萨金·火龙，而后又得到了魔音神将传承，所以罗峰非常自信。不承想，五大高手中他碰到的第一个就是克罗夫，两人快速交手，战斗闪电般就结束了。

罗峰输得太惨了！

当他因为输了而心里很难受时，太初秘境的那群老成员却欢欣鼓舞，他们认为罗峰的实力不过如此。当年罗峰虽然击败过萨金·火龙，但是估计是萨金·火龙太过大意了，一遇到克罗夫，不就露馅了吗？

那群老成员认定，罗峰输给了克罗夫，接下来也会输给其他四大高手。

……

第十六场战斗，罗峰对战萨金·火龙。

以现如今罗峰操控衍神兵的能力，衍神兵一出，完全压制住了萨金·火龙。此一战，令罗峰的信心增强不少。

原来不是自己和五大高手的实力差距大，而是克罗夫的实力太强了。

而这一战也让太初秘境的那群老成员傻眼了。萨金·火龙输得很惨，完全被压制住了，处于下风。

……

第二十场，罗峰对战尼南。

尼南是个很阴险的家伙，可惜他的速度根本比不上罗峰。

当武者瞬间迸发速度，却追不上精神念师，那么武者注定会输。

……

第二十八场，罗峰对战愚风。

这是罗峰非常担心的一场战斗，因为他看过愚风的战斗视频，愚风的战斗能力实在是太强了，而且那些诡异的药剂防不胜防。谨慎起见，战斗一开始，罗峰就远远地拉开距离，直接施展出衍神兵第六重剑之世界。

他用世界之力压迫愚风，想瞬间击杀对方，可是，不知不觉中还是中了一种作用在灵魂上的特殊的药剂，幸好他的意志无比坚定，硬是抵抗住了药效，想办法拼命击杀了愚风。

这真是极其惊险的一场战斗，胜利来之不易。

赢了之后，他还收到了一封来自愚风的邮件，邮件内容是：新人，没想到你竟然能抵抗住我制造的卡司沃6号药剂。不过，下次你一定没这么幸运。这一战获胜，你完全震慑住了太初秘境的那群宇宙级老成员。

要知道，克罗夫和愚风这两人算是老成员中实力最强的。罗峰能够击败愚风，已经证明了自己的实力。

……

第三十五场，罗峰对战格。

格有绝招，罗峰通过观看格和克罗夫的战斗视频，早就见识到了，所以有所准备，根本不给格近身的机会，直接凭借衍神兵击杀了格。

……

此次每人有37场战斗，罗峰最后的成绩是36胜1负0平，克罗夫的成绩是37胜0负0平，愚风的成绩是35胜2负0平。

按照积分排名，罗峰等三人自然是最高的，这次太初秘境内部的资格战前三名最终人选就是他们，他们有资格竞争原始秘境的名额。

“克罗夫，”罗峰回忆之前三天经历的一场场战斗，自己和克罗夫的那一场战斗最让他感到震撼，“他的实力比其他四大高手要强多了，我的衍神兵已经发挥出了那般威力，竟然都被他一招就抵挡住了。”

“哈哈，你还在想之前的战斗呢？”雷神笑着问道。

“痴迷者才能获得大成就。”洪笑着说道。

罗峰这才从回忆中清醒过来。

第584章

原始秘境

“不好意思。”罗峰苦笑一声，“之前我和克罗夫一战，现在都还没法忘掉。”

“你输得很惨？”洪问道。

“那还用问？看老三的表情不就知道了？”雷神揶揄道。

罗峰端起旁边的茶杯，轻轻品了一口。杯中的茶叶是平海公司在虚拟宇宙的环境中专门种植出来的，醇香的茶味在唇齿间萦绕，堪称极品。

他感叹一声：“我的确输得很惨，这让我冲击原始秘境一点把握都没有。”

此次资格战之前，罗峰雄心勃勃，想要冲进原始秘境。他得了部分魔音神将传承，念力振幅飙升，对冲击原始秘境有绝对的信心。然而，和克罗夫的一战，他以惨败收场，仿佛被当头浇了一盆冷水。

他和克罗夫的实力差距很大。

“输了不怕……”顿了顿，洪又笑道，“就怕没信心。”

“大哥！”罗峰看向洪。

“我小时候是在杀手训练营中度过的。论体质，我们和其他族群的人本来就有差距。我的体质虽然落后，但是实力一直在提升，直至成为最可怕的杀手，而那些原本天赋比我强的，一个个都被我超越了。”

罗峰静静聆听。

“所以……”洪笑着看向罗峰，“老三，其实天赋虽然重要，但并非绝对，你的天赋很高，修炼很快，没问题，修炼万年就能成为不朽级强者，那我就修炼十万年，乃至百万年，成为不朽级强者，不就成了？说不定，天赋高的还会提前殒命呢！”

罗峰愕然。

是啊，老师提过的在界主级时就击杀了封侯不朽级强者的天才不就殒命了？他都没能成为不朽级强者。

“所以，一时的进步不算什么，重要的是细水长流。”洪看着罗峰，“修炼最重要的不是和别人比，而是和自己比。只要你一直在进步，一直在超越自己，那么终会越来越强。有一天，你会发现，你已经找不到对手，你已经是天下第一。”

罗峰静静聆听。

对于洪，罗峰是很尊敬、钦佩的。单纯论武力，当然是自己最强，可是论心境，洪比他要强得多，可以媲美历史上的一些圣人了。

“哈哈，老大，你当初就是这么成为天下第一的？”雷神调侃道。

“对！”洪点点头，微微一笑，“当年我就是以手中的一杆长枪阐述天地至理，一步步超越自我。我自己都没想到，大涅槃时期，我竟然成了地球上的第一人。老三，你明白我的意思吧？”

“明白，不可急功近利，必须静心，追求自己的极限。”罗峰回道。

洪满意地点点头。

……

聚会持续了三个多小时，三兄弟才分开。洪继续去潜心修炼，雷神去忙自己的事了，罗峰则是意识回归，全身心接受魔音神将的传承。

罗峰发现，每次和洪、雷神在一起，都会有所领悟，对将来的修炼之路也看得更加透彻。

“这就是心境！在修心方面，二哥比我要强，大哥更是达到了前所未有的地步。”罗峰暗道。

洪现在虽然还没展露锋芒，但是终有一天，在这浩瀚宇宙中一定会展露属于他的耀眼光芒。这种感觉纯粹是一种直觉。洪说话时很冷静，可那种自信是完全融在骨子里的。

太初秘境内部资格战结束后的第二天，原始秘境的内部资格战开始了。因为宇宙级的原始秘境成员一共才五个人，所以此次资格战在一天内便会结束。

而原始秘境资格战显然引起了核心层其他秘境的天才们的关注，一时间，很多人都在关注那些场次的战斗。

……

太初区，蛮卡星王子殿下乌卡的庄园。

罗峰、戎钧、乌卡三人正聚集在客厅中，一边喝着酒，一边看着眼前的屏幕，观看原始秘境的天才进行的一场又一场战斗。

“啊！我的庄园啊！要不了多久，我恐怕就要搬出太初区，去天地区了。”乌卡大声感叹，而后瞥了罗峰和戎钧一眼，“你们两个家伙，我们太初三雄应该一起的嘛，你们都冲进前二十了，能继续留在太初秘境。”

罗峰和戎钧都笑了。

太初秘境内部资格战，罗峰排名第二，戎钧排名第十九。戎钧算是勉强维持在前二十名中，这样就不用和天地区的前十名厮杀了，可以说，他继续留在太初秘境是板上钉钉的事情，而乌卡不出所料排名倒数第六。

其实，除了罗峰和戎钧，乌卡、奥帕特拉、兰斯洛、艾辰、将莫、千水这六名新人刚好排倒数六名，乌卡能排倒数第六，已经算不错了。不过，他们即将和天地区的前十名进行厮杀，可除了他们六个之外，其他人都闯过了通天桥第六层。

看来，他们注定要去天地秘境了。

“哼！每一届新人都是这样吃亏，会被淘汰到下一级秘境。我就是这样的新人。”乌卡盯着罗峰和戎钧，“你们两个等着，很快，我会再回到太初秘境的。”

“好，我们等着。”戎钧笑道。

“努力哦，乌卡王子。”罗峰揶揄道。

话刚说完，屏幕上播放的原始秘境的菲托对战隆云的战斗已经结束。

“隆云好可怜啊！”乌卡感叹道。

“没错。”戎钧微微点头，“他和原始秘境的其他天才根本不是一个层次的。”

罗峰也点点头。

原始秘境一共五名天才，三名老成员和两名新成员。

那两名新成员就是天才战被选进去的伯兰和隆云，伯兰在被罗峰刺激后终于醒悟，清醒地认识到自己并非无敌的天才，糟蹋天赋是很愚蠢的行为，所以改变了想法，确定以感悟空间法则为主。两年前，他成功地闯过了通天桥第七层。

三名老成员则是菲托、司马炎、莫洛，其中菲托是虚拟宇宙公司核心层宇宙级成员中唯一一个闯过通天桥第八层的，司马炎和莫洛则都闯过了通天桥第七层。当然，他们闯过通天桥第七层很久了。

“隆云真可怜，不管他对上谁，最后都是输，若是我，早就弃权了，还打什么。”乌卡摇摇头，“双方的实力根本就不是一个层次的。”

参与资格战的五个人中，一个闯过了通天桥第八层，三个闯过了通天桥第七层，只有隆云仅仅闯过通天桥第五层。

“别小瞧他。”罗峰看着屏幕中倒下的隆云，“明知道必输无疑，还一场场去战斗，他绝对不是一般人。”

“嗯。”戎钧轻轻点头。

“快看！莫洛对战伯兰了！”乌卡大声喊道。

罗峰和戎钧立即集中注意力，盯着眼前的屏幕，原始秘境中的两名新成员中也就伯兰有一点反抗能力，尽管之前伯兰对战三名老成员中最强的菲托时，也输得很惨。

“他和莫洛都闯过了通天桥第七层。”戎钧沉声说道，“而且，他们都是擅长近身战的武者，这一战，或许伯兰有一丝赢的希望。”

“嗯。”罗峰点头。

很快，战斗开始了。

伯兰的剑法无比犀利，而且身法诡异莫测。

莫洛却是站在原地，以不变应万变，以那套兽拳抵挡住了伯兰的一次次攻击。

两人厮杀得十分激烈，引得大山崩塌，森林毁灭，伯兰击出的每一剑都能令星球地表出现惊人的无底深渊，而莫洛的每一拳和每一脚都能令苍茫大地出现巨大的裂缝。

短短一瞬间，两人已经交手数十次。

忽然，莫洛抓住一次机会，拼着一条腿断裂的代价，贴身击向伯兰。

他的双眸迸发出精光，右手仿佛一条蟒蛇猛地蹿出，一把掐住了伯兰的脖子。

“咔嚓！”伯兰的脖子瞬间被扭断。

伯兰当场没了气息。

……

死一般的寂静！

屏幕前，罗峰、戎钧、乌卡三人沉默许久。

伯兰的实力很强，可是，在对战原始秘境的老成员时，几乎毫无抵抗之力，瞬间就被击杀了。

“好可怕的近身战斗能力。”乌卡轻声说道。

乌卡走的也是近身战之路，可是，和莫洛一比，他明显要弱很多。

“的确很可怕。”戎钧眉头微皱。

罗峰却屏息观看，同时脑海中不断浮现刚才莫洛瞬间抓住机会击杀伯兰的场景，越想表情就越凝重。

莫洛的兽拳果然名不虚传，拳法或是犹如狐狸，或是犹如蟒蛇，或是犹如野狼，或是犹如猛虎……拳法中的那种凶悍、狡猾、阴险，完全是自然产生的。

“兽拳是他自创的，而其他人都是学习的别人的秘法。自创的拳法使用起来，当然更加容易发挥出最强的攻击力，莫洛的确很强！可是，为什么我总觉得他的实力没有克罗夫强呢？”罗峰暗自思忖，“然而，克罗夫只是太初秘境的成员，此事真是奇怪。”

莫洛的实力很强，但也只是令罗峰觉得要谨慎对待而已，克罗夫的强大却令罗峰感到绝望。

“没希望了。”坐在沙发上的乌卡大声哀叹，“伯兰输给了莫洛，接下来对战武者的克星‘幻术师’司马炎，十有八九也会输，也就是说，这一次原始秘境的末三位中肯定有伯兰和隆云。”

虚拟宇宙公司的规则是：原始秘境的末三位和太初秘境的前三位争夺唯一的原始秘境名额。

现在看来，隆云和伯兰恐怕都是倒数后三位中的两个，而菲托作为唯一一个闯过通天桥第八层的人，优势明显，拿下第一不成问题。

“原始秘境的末三位，一个是伯兰，一个是隆云，还有一个是谁？”乌卡皱眉。

“肯定是莫洛和司马炎中的一个。”戎钧回道，“罗峰，你认为会是哪一个？”

罗峰皱眉。

他也不知道会是哪一个，但是，他希望是莫洛，只有莫洛排在末三位，他才有机会和莫洛交手。

“我一定要亲手击败他，将他踩在脚下！”罗峰心中的恶气难消。

此次资格战，他一定要好好对付莫洛，当然，也只是发泄而已，并不能对莫洛造成什么实质的伤害。如果在现实世界中，有机会对战的话，罗峰绝对不会手下留情。

……

罗峰、戎钧、乌卡都坐在沙发上，目不转睛地看着屏幕，屏幕上正在播放原始秘境新一场的资格战。

“原始秘境资格战已经进行了大半，估计很快就是莫洛对战司马炎了。”

乌卡端着酒杯，翘着二郎腿，“这两人中，谁败了，谁就得参加下一轮争夺战。”

“嗯。”罗峰紧紧地盯着屏幕，“一定要是莫洛输啊！”

第585章

尘埃落定

原始区，莫洛的巨大庄园。

浩瀚的草原上，莫洛盘膝静坐，他喜欢通过静坐的方式反思一场场战斗。

“没想到，那个伯兰竟然那么强，明明闯过通天桥第七层才不久，竟然逼得我身受重伤才能击杀他。”

莫洛从来没有想过，两名新成员会给自己造成麻烦。太初区的萨金·火龙、尼南等人都早早闯过了通天桥第七层，莫洛要是想击杀他们是轻而易举的，可是击杀伯兰，却拼着断一条腿的代价才成功。

这说明什么？这说明两人的实力很接近。

“他的实力很强，就算是放在太初秘境，恐怕也就比克罗夫弱一点。”莫洛长叹一声，“仅仅闯过通天桥第七层两年的新成员，实力就这么强……”

他并不知道，伯兰在感悟空间法则方面的天赋是很惊人的，只是，之前太骄傲，一心想要研究宇宙混沌碑，同时兼修空间法则，才浪费了很长的时间。后来他专注感悟空间法则，实力有了惊人的提升。

“伯兰已经被击败了，不再是威胁，接下来我必须击败司马炎。”莫洛眉头微皱。

原始秘境的三名老成员中，菲托绝对是第一，早就闯过了通天桥第八层，优势明显。

他和司马炎则是不相上下。

“上一次资格战，我击败了司马炎，而后在进行争夺战时，司马炎击败了克罗夫。”莫洛心中思量，“司马炎是幻术师，刚好克制克罗夫。可是，我是武者，克罗夫也是武者，而且克罗夫近一两百年来进步极其惊人。”

“上一次资格战就很危险，可是，上一次，他的实力应该和我差不多，看了他和罗峰的战斗视频，他的实力已经超越我了。”莫洛眉头紧蹙，很是烦恼。

克罗夫实力飙升最主要是在近一两百年，过去虽然实力也很强，但是也就和愚风不相上下，现在却已经遥遥领先了，和其他老成员都不是一个层次了，连罗峰都被克罗夫轻易击败了。

莫洛看了克罗夫和罗峰的战斗视频就知道，克罗夫已经超越他了。

“一旦我被司马炎击败，只能去参加争夺战，六个人争夺一个名额，其中还有克罗夫，我根本没什么希望。”莫洛摇头，“不管怎么样，我必须留在原始秘境。”

“怎么办？”莫洛表情凝重。

他虽然震惊于罗峰的实力很强，但是此刻他更担心的是对上克罗夫。

“只有一个办法，那就是击败司马炎，这样一来，我就排名前二……”莫洛深吸一口气，“排名前二的话，就没必要去参加争夺战，让司马炎去和克罗夫厮杀吧……”

“此次对战司马炎，我必须赢！”莫洛暗道。

片刻——

虚拟宇宙系统的声音在莫洛的耳边响起：“莫洛，此次原始区宇宙级资格战，你的第三场战斗即将开始，对手是司马炎。”

与此同时，莫洛手腕上的护臂屏幕浮现出了一些详细资料，同时他直接被传送进了战场。

寒风呼啸，大雪纷飞，冰层无比厚实。

两道人影出现在冰层上。

“莫洛！”一声怒喝响起。

“司马炎！”莫洛循声看去。

远处站着一个穿着华丽黑色袍子，脚踏飞翼念力兵器的紫发青年，那紫发青年的头发冲天而起，额头上有着复杂的紫色秘纹，一双紫色眼眸仿佛有着诡异的魔力。

这紫发青年便是司马炎，是一名幻术师。

上一次天才战中，司马炎的对手加莱西也是幻术师，可是和司马炎相比，实力显然弱得多。

“莫洛，”司马炎俯瞰莫洛，“这次资格战有多重要，想必你也很清楚，我们谁输，谁就得参加争夺战。而克罗夫的实力比一两百年前明显强了很多，我虽然克制他，但是也没有太大把握，至于你，若是对上他，恐怕必输无疑。”

莫洛闻言，顿时脸一沉。

原始秘境的这些绝世天才同样有压力，因为一不小心，就会被人给淘汰。这次克罗夫的实力大增，给司马炎和莫洛两人造成了威胁。

“我若是对战克罗夫，恐怕会输，可是我根本没必要和他一战，因为此战你一定会输，对战克罗夫的人是你！”莫洛咆哮一声，猛地一蹬地面。

轰的一声，冰层直接碎裂开来，无数碎冰块直接沉入深海中，还有更多碎冰块朝四面八方飞去。

莫洛闪电般冲到了司马炎身前，他的拳头瞬间化作火焰流星。

“轰！”拳头仿佛流星砸向司马炎。

一时间，天地大变。

“哈哈，你的速度太慢了。”数十公里外，脚踏念力兵器的司马炎大笑，“难道你没看出来之前站在那里的是我的幻影？”

“嗯？”莫洛猛地收拳，落在冰层上，遥看远处的司马炎。

“刚才我让了你一招，现在我可不会再让你了。”司马炎冷笑一声。

同时，无形的念力直接渗透莫洛的灵魂世界，在说话时，司马炎就已经施展了幻术。

虚拟宇宙公司核心层的成千上万名天才都在关注这一战，其中当然包括罗峰、戎钧、乌卡三人。

屏幕前，罗峰等三人认真地看着。

“这两人真够厉害的！疯子、野人，你们说他们俩谁会赢？”乌卡问道。

戎钧微微一笑，没有说话。

罗峰则仔细地看着每一个战斗场景，意识仿佛智能光脑一般，闪电般地思考着，假设是自己，应该怎么应对这一场对决。

毫无疑问，他是希望莫洛输的。可是，看现场的战斗情况，虽然司马炎的精神幻术精妙绝伦，但是莫洛战斗的时候，仿佛充满野性的野兽，偶尔受到幻术的影响，却能够很快从幻术中逃脱，再次去追逐司马炎。

司马炎则尽量拉开距离，而后施展幻术，一旦成功，立即使出弯刀似的念力兵器，攻击莫洛。

“轰！”天地瞬间化为一片无尽的火海。

一眼看去，数个司马炎站在火海各处。

“莫洛——”数个司马炎同时开口了。

而被围在中央的莫洛眉头微皱，环顾四周，冷静以待，似乎想要判断到底哪一个司马炎才是真的。

“这是我最新创出的幻术，名为‘火焰世界的倒影’。莫洛，受死吧！”

而莫洛竟然闭上了眼睛，根本不看四周，凝神以待。

“在那里！”莫洛猛地前冲，双脚好似两把战刀，疾速绞杀。

而后，他睁开了眼睛，一眼便看到前方全身有着骇人伤口的司马炎，鲜血哗哗地从伤口中流出。

“哼！”莫洛冷哼一声，脸上露出一丝笑容。

紧接着，他脸上的笑容僵住了。

他的身体直接跌落下去。

莫洛，死！

“真是幻，幻是真！”远处受了重伤的司马炎脸色苍白，似笑非笑地看着莫洛的尸身，“你以为闭上眼睛就有用了？可笑！”

原始区，莫洛的庄园内。

“输了，我竟然输了。”

莫洛坐在静室中，双拳紧握，指甲掐入掌心的肉中，眼中满是不甘心。

“我最后还是中招了。我以为已经破除了幻境，攻击到了他的真身，却没想到，他以身体受伤为代价，布置了另外一重幻境，真中有幻，幻中有真。”莫洛长叹一声。

的确，司马炎的精神幻术结合火之法则、空间法则，已经达到不可思议的地步。

“这下麻烦了。”莫洛皱眉，“我必须参加争夺战了。我、伯兰、隆云、克罗夫、愚风、罗峰六个人争夺唯一一个原始秘境的成员名额，失败者则全部进入太初秘境。”

“对战克罗夫，我没有丝毫取胜的把握。没想到的是，罗峰也冲进了太初秘境前三，算了，懒得管他，我最大的对手还是克罗夫。”莫洛当即不再多想，迅速找出之前罗峰和克罗夫的战斗视频，边看边认真分析。

太初区，乌卡的庄园。

罗峰等三人依旧坐在沙发上，看着屏幕上播放的莫洛和司马炎的一战。

“精神幻术和现实幻术完全混合，真中有幻，幻中有真。”戎钧夸赞道，“听说，幻术师的最高境界就是让人将幻境当成真实的，一辈子都活在幻境中。”

罗峰点头，脸上却露出一丝喜色。

很好，一切尘埃落定，这次争夺战的名额基本确定了，原始秘境除了伯兰、隆云外，第三个人就是莫洛。

“老天给了我机会，莫洛，这次先给你点颜色看看，下次再在现实世界中解决你。”罗峰眼眸微眯。

第586章

争夺战

雨相山，公共区。

一条宽阔、古朴的街道由一块块黑色石板铺就，穿着休闲装的罗峰独自走着。

片刻——

“榕庄！”罗峰抬头看着眼前的一座豪奢酒店，酒店大堂外站着一群貌美的侍女和英俊的男接待。

“就是这里了！”罗峰走进酒店。

“罗峰殿下，请随我来！”一个有着毛茸茸尾巴的界主级女子笑着在前面带路。

罗峰跟随女子，踏上了酒店内部的云梯，迅速上升至酒店的顶层，云梯这才停下。

酒店在顶层建造了一个人工湖泊，人工湖泊周围还有一棵棵古老的树。湖泊前方，摆着一张通体呈暗金色的餐桌，餐桌旁放着七把椅子。

坐在椅子上，能够俯瞰周围其他的建筑，在超高空的地带钓鱼、游泳、就餐，而且是在虚拟宇宙公司无数天才聚集的雨相山中，的确是很享受的事。

所以，一般能预订榕庄顶层的，最起码是原始秘境的成员，或者是一些不朽级强者，抑或是各个势力的高层。

“罗峰殿下，我先退下了。”女子微微躬身，随即离开。

罗峰一眼看到餐桌旁虽然有七把椅子，但是只有一把椅子上坐了人，那是一个穿着休闲服，脸上有着黄色鬃毛，嘴角隐隐露出獠牙的彪悍男子。

正是狼人克罗夫！

“克罗夫！”罗峰笑着走过去。

克罗夫抬头看了一眼罗峰，难得地露出一丝笑容，举杯示意了一下，没说话。

罗峰当即入座，拿着旁边酒架上的饮料，给自己倒一杯后，默默等待着。

仅仅片刻，门再度开启，那有着毛茸茸尾巴的界主级女子带着一个青年走了进来。

青年高大、壮硕，戴着牛角头盔，眼神深沉。

他一进来，目光就落在了罗峰的身上。

“隆云。”罗峰坐在椅子上，举杯示意。

“罗峰！”隆云的瞳孔微微一缩。

当年同是天才战中的超级天才，隆云更是进入了原始秘境。可是，加入虚拟宇宙公司才两百年的时间，他已经被罗峰远远甩开了。他很清楚，这次的争夺战，他是最没有希望的。

隆云到了，很快，愚风也来了，紧接着伯兰也到了，最后来的是莫洛。

“大家来得都比我早。”莫洛穿着一套简单的金色战甲，笑着走进来，同时还打招呼，“克罗夫，好久不见！愚风，你也来了！”

克罗夫、愚风都点头示意。

“伯兰，隆云。”莫洛又笑着打招呼，同时坐到椅子上，最后目光落在罗峰的身上，“罗峰，这批新人中，我最佩服的就是你，你的进步速度真是惊人。能见到你，真是太开心了。”

“哦，是吗？”罗峰坐在那里，淡淡地应道。

顿时，克罗夫、伯兰等人都下意识地看了罗峰一眼。

莫洛热情地打招呼，罗峰却冷面以对，他们觉得罗峰过于冷漠了。

“哗！”顶层另外一处的门猛地被拉开。

一个穿着银白色华丽长袍的光头男子走了过来，这光头男子面带笑容，一边走，一边说道："人都到齐了啊！"

罗峰等六人同时起身，恭敬行礼："大人！"

"既然人已经到齐了，我就把该说的一次性说清楚。"光头男子站在桌旁，也不入座，就那么看着克罗夫等六人，"太初秘境宇宙级资格战的前三名分别是克罗夫、罗峰、愚风，原始秘境资格战的后三名则是莫洛、伯兰、隆云，你们六人将会进行一场争夺战。争夺战的规则非常简单，每个人都要和其他五人进行一场战斗，赢的人即可得到1分，否则为0分，最后按照总积分排名。"

"排名第一的强者，即可夺得唯一的名额，成为原始秘境的一员。至于其他五个人，一律进入太初秘境。"光头男子笑着看向六人，"大家是否明白？"

"明白！"罗峰等六人恭敬地应道。

"很好！"光头男子点点头，"现在我将你们的战斗顺序安排一下。"

话落，他直接指向半空，一面屏幕自动浮现，屏幕上浮现出了罗峰等六人的名字，随即名字开始变化。

片刻后，屏幕上浮现出了他们的战斗顺序。

"这就是你们的战斗顺序……"顿了顿，光头男子继续说道，"每个人需要战斗五场，战斗一共是十五场，你们记住自己的顺序吧！"

罗峰连忙看向屏幕。

屏幕显示同时举行三场战斗，显然是为效率最大化，他的战斗顺序如下：

罗峰对战伯兰（第一场）；

罗峰对战莫洛（第二场）；

罗峰对战隆云（第三场）；

罗峰对战愚风（第四场）；

罗峰对战克罗夫（第五场）。

"你们都看清了吧？"光头男子看向罗峰等六人。

六人纷纷点头。

“正事办完，大家可以共进午餐，相互熟悉一下。”光头男子笑笑，然后坐下，“明天就开始进行争夺战了，争夺战将会在一天内结束。”

六人相继入座。

很快，酒店的服务人员将早就准备好的美食迅速送上来，酒水、饮料等都是稀罕之物，大家一边吃喝，一边聊天。

莫洛算是最热情的，隆云偶尔搭句话，至于伯兰、克罗夫、愚风、罗峰，都很少说话。

按理说，罗峰不是冷漠的人，可是，他看着莫洛，就一点心情都没有了。

不过，莫洛丝毫不介意，他是一个很会活跃气氛的人，基本是他在说话，令现场的气氛明显活跃起来，就连虚拟宇宙公司高层派来的光头男子也偶尔笑着说上几句。

“来，罗峰，我敬你一杯。”莫洛站起来，举起手中的酒杯，期待地看着罗峰。

周围一片寂静！

在座的人早就察觉到罗峰今天很冷漠，个个都很关注罗峰。这桌餐宴毕竟是高层派来的不朽神灵请的，大家都得给点面子，不能把场面搞得太僵。

“抱歉，不想喝。”罗峰端着酒杯，淡淡地说道。

莫洛眉头一皱，有些下不来台。

“你和我有共患难的交情，我敬你一杯酒，总得给点面子吧！”莫洛皱眉道，“你连这点面子都不给？这杯酒喝了，我们过去的恩怨就一笔勾销，怎么样？”

一笔勾销？

罗峰抬头看了一眼莫洛，随即低头，继续吃菜，理都不理莫洛。

虽然他和莫洛之间的仇怨很深，但是在虚拟宇宙中根本杀不了人，而且今天旁边还坐着虚拟宇宙公司高层派来的不朽神灵，他懒得和莫洛纠缠。

“你真的一杯酒都不肯和我喝？”莫洛沉声说道。

其他人都觉得不对劲了。

罗峰却仍然理都不理。

“啪！”莫洛猛地将酒杯重重地放在桌上，脸色很是难看。

他指着罗峰，怒喝道：“罗峰，我看到你就一肚子气。在魔音山时，你暗算我，让我差点丧命，我早就恨你入骨了，不过念在大家都是虚拟宇宙公司成员的分上，我不想和你计较，给你一点面子，给你敬一杯酒，过去的恩怨就算了。没想到，你……”

“暗算?!”在座的克罗夫等人闻言，都大吃一惊。

罗峰猛地抬头，死死地盯着莫洛，脸色铁青。

莫洛仍旧怒视罗峰，心中却暗自得意：“看了之前罗峰的战斗视频，他的实力的确很强，比愚风都要强，对我也有一定的威胁，我趁机将他气得欲发疯，到时候他和我厮杀，我只需再挑衅一两句，就能将他压在心底的怒气引出，一旦他头脑发热，恐怕只能发挥七八成实力，我赢起来就轻松多了。只要战胜罗峰，那么我就无须顾虑其他，一心想办法对付克罗夫就行了。”

莫洛完全算准了罗峰的心理。在虚拟宇宙中，罗峰根本没法对他实施报复，其次罗峰没有丝毫证据。或许当时罗峰有拍摄下来，可是，科技发达到如今这个地步，都可以制造虚拟程度百分之百的游戏了，什么样的录像捏造不出来？那些根本算不得证据。

“生气吧！愤怒吧！我就是让你气得要死，现在是在虚拟宇宙中，你拿我一点办法都没有。等明天到了战场上，心态失衡，你必输无疑。”莫洛自信满满。

气得根本说不出话来的罗峰毫无征兆地狠狠挥出一拳。

在超近的距离下，莫洛根本来不及反应，脸被罗峰一记重拳直接击中，他的鼻梁骨瞬间断裂，牙齿被砸落，面部瞬间凹陷下去。

“啪——”下一瞬，他的四肢瞬间被弄断。

罗峰出手速度极快，就像当初莫洛暗算他一样，又是在超近的距离下出手，自然打了莫洛一个措手不及。

“轰！”莫洛整个人砸在后面的一棵粗壮大树上。

咔嚓一声，大树当即断裂，莫洛则跌落在地上。

此时，身受重伤的莫洛已经没有反抗之力了。

罗峰猛地骑在莫洛的身上，双拳快得化为幻影，疯狂地朝莫洛的脸砸去。

“嘭——”

罗峰一边挥拳，一边咒骂：“你这个无耻小人，这么多年了，我还没见过比你还恶心的小人。我就揍你，怎么了？不揍死你，难消我心头的恶气。”

第587章

罗峰对战伯兰

当初在魔音山，罗峰遭到莫洛暗算，此时莫洛竟然反而蹬鼻子上脸，反咬罗峰一口。可是罗峰没有遭到其暗算的证据，一肚子火憋在心底，不发泄出来，的确不痛快。

此时，他连续击出一记记重拳，心中畅快多了。

“这个家伙竟然……”莫洛哀嚎着。

此时，他已经身受重伤，倒在地上，脸还被一拳拳砸着，四肢废掉了，根本没法反抗。

他挣扎了一番，发现根本没有让罗峰停手的机会，继续留在这里，只会被罗峰揍得更惨。

“罗峰！”莫洛大吼一声。

同时，他的意识迅速离开虚拟宇宙网络，他的身体倏地消失了。

“砰！”罗峰一拳落空，砸在地面上，令砖石都碎裂开来，这才站了起来。

餐桌旁的克罗夫、愚风、伯兰、隆云四人都惊愕地看着这一幕。

光头男子则微微皱眉。

“不好意思！”罗峰转头，笑着看向一群人，“刚才我粗鲁了。”

“你这小子……”光头男子摇摇头。

罗峰刚才的确对莫洛动手了，可虚拟宇宙公司对这群天才的管理本来就很宽松，一旦确定了修炼之路，一切任凭天才们自己选择。同时，因为在虚拟宇宙中私斗死不了人，所以虚拟宇宙公司根本不会管这种事情。

只是，这群天才都是极其厉害的人物，平常还是很要脸面的。更何况，今天这次集会还是虚拟宇宙公司高层派来的不朽神灵组织的，代表的是虚拟宇宙公司高层，大家一般是不会做这种事的，然而，罗峰就做了。

“我打了莫洛又怎么样，我就是粗鲁，又怎么了？”罗峰心中暗道。

……

光头男子起身，看着罗峰，笑道：“不愧是真衍王的徒弟！你跟你的老师一样，性子火爆，不过有时候还是得控制自己的脾气，嗯，我就先走了。”

说完，他就消失了。

餐桌旁，只剩下克罗夫、愚风、伯兰、隆云、罗峰五人。

“你真狠！”伯兰开口了。

“你竟然动手了。”隆云一边说着，一边看着罗峰。

从刚刚一幕可以看出，罗峰的骨子里有一股血性。

“不打他，我心里难受，打了他，痛快多了。”罗峰朗声大笑，然后走到自己的座位边坐下，拿起酒杯，一口喝光，“现在真的痛快多了。莫洛实在太无耻了，真是把我气得不行，不发泄一下不行。”

“无耻？”隆云很是疑惑。

伯兰和愚风两人也露出疑惑的神情，据他们搜集的资料，以及和莫洛的短暂接触看来，莫洛算是一个很不错的人。

“嗯！你说得对，莫洛的确心机很深。”旁边坐着的克罗夫突然说道。

其他人当即都看向他。

“我在莫洛那里吃过一点亏。”克罗夫看向罗峰，“现在看来，罗峰吃的亏更大。”

“何止，我差点丢掉小命。”罗峰冷笑一声。

莫洛很快回到虚拟宇宙原始区自己的庄园中。

“罗峰竟然对我动手，他竟然敢动手！在高层派来的不朽神灵面前，他胆敢对我动手。”莫洛气得牙痒痒。

在虚拟宇宙中动手，的确是出不了人命的，可是罗峰这次下手实在是太狠了，瞬间废了他的四肢，让他无法反抗，然后骑在他的身上，狠狠挥拳砸他的脸。

他很生气，虽然身体没有一点伤，但是受到屈辱比受伤更让他难受。

这次他太丢脸了！

“罗峰……”莫洛咬牙切齿。

他一心想要报复，却一点办法都没有，这次他被罗峰打了，完全是白挨打了。

……

这次集会结束，伯兰、克罗夫、愚风、隆云算是看了一场好戏。莫洛憋了一肚子火，而罗峰却畅快得很。

第二天。

争夺战正式开始，罗峰第一战的对手是伯兰。

“隆云对我没有一点威胁，瞬间就可以解决他。”

莫洛坐在幽暗的静室内，点开面前的屏幕，迅速调出罗峰和伯兰的战斗视频观看起来。上次交手，莫洛是在自损八百的情况下才击杀伯兰的，所以他不敢小觑伯兰。

对于罗峰，他自然更重视。因为罗峰击败了四个闯过通天桥第七层的高手，才有参加争夺战的机会，实力绝对很强。

此次罗峰和伯兰一战，莫洛很是重视。

“谁的实力更强一些呢？”莫洛紧紧地盯着屏幕，“希望伯兰能够狠狠地揍罗峰一顿。”

屏幕上显示的战斗场地是海域上空。罗峰和伯兰的战斗的确很精彩，一方施展的是剑之世界，另一方则是以空间法则为主，时间法则为辅，攻击力无比可怕。

时间流速隐隐发生变化，两人的实力竟然不相上下。

“嗯？罗峰竟然能和伯兰不相上下？”莫洛眉头一皱，“不好，罗峰要赢了。”

苍茫的海域上空完全形成了剑之世界，天地变幻，无数剑气环绕。

罗峰脚踏暗云梭，悬浮在半空中，其身前凝结出了两道剑尖形状的淡金色剑气，而远处穿着一身白衣，手持血色长剑的伯兰略显狼狈，他的身上有一道狰狞的伤口，伤口很大，从其腹部直接延伸到大腿，鲜血染红了半边白衣。

“罗峰，你比当年要强多了。”伯兰紧紧地盯着罗峰。

“你也很强！”罗峰看着伯兰，“不过，我们不要再僵持了，这一战到此结束吧！”

“来吧！”伯兰点点头。

其实在之前罗峰重伤伯兰的时候，就注定了这一战的结局。

“嗖！嗖！”两道淡金色剑气瞬间破空而去。

蕴含了金之法则、空间法则，又凝结了剑之世界威力的两道剑气，从两侧迅速袭向伯兰。

而身体受到重创，连瞬间闪躲都受到影响的伯兰，勉强抵挡住了一道剑气，被另外一道剑气贯穿了眉心。

“轰隆隆——”剑之世界消失，无数金光迅速飞回罗峰背上的暗金色长棍中。

伯兰的尸身从高空坠落，落向无尽的海域。

半空中的罗峰看着伯兰的尸身坠落，心中暗惊。

出于对伯兰的尊重，罗峰并没有瞬间爆发出最强的实力灭掉伯兰，而是拿出部分实力，和伯兰厮杀一番。即使如此，罗峰对伯兰的进步速度仍感到十分震惊。

刚才他施展出的念力振幅达到300左右，配合衍神兵，剑之世界才能施展出两道剑气，击败伯兰。

“我比伯兰更早闯过通天桥第七层，可是，假使我没接受魔音神将传承，也没有灵魂威压的优势，那我根本就不是他的对手。”罗峰心中大惊，“他的实力竟然比萨金·火龙、格、尼南都要强得多，估计和愚风不相上下。”

伯兰的进步速度的确惊人，他才闯过通天桥第七层两年时间，实力就接近莫洛，令罗峰的念力振幅要达到300左右才能获胜。

当然，假使罗峰施展出灵魂威压，念力振幅超过1800，恐怕战斗瞬间就结束了。

“老师说得没错，伯兰的空间天赋的确很高，一旦他专精于空间，进步速度就会非常惊人，而且配合他对时间法则的部分感悟，时间与空间结合，的确非常难对付。”

“嗖！”罗峰被传送出去。

第一战，罗峰对战伯兰，罗峰胜，战绩为1胜0平0负。

……

静室中，莫洛看完罗峰和伯兰的战斗视频，不由得轻轻点头。

“罗峰的实力的确很强，和伯兰相差无几。”莫洛露出一丝笑容，“不过，我有战胜伯兰的把握，虽然和罗峰的战斗会麻烦一些，但是获胜是没问题的。”

“嗯！马上就要开始第二战了，对手就是罗峰。”莫洛的眼眸中迸发出一道精光，“罗峰，这一战我会让你尝到绝望的滋味。”

太初区，罗峰的庄园。

书桌前，罗峰正在观看之前与他那场同步进行的另外两场战斗。

莫洛对战隆云，瞬间获胜。

克罗夫对战愚风，麻烦一些，可也获胜了。

“克罗夫的实力太强了。”罗峰瞬间就将之前获胜的喜悦抛之脑后。

自己的实力如何，罗峰很清楚。因为接受了魔音神将传承的关系，他的念力振幅强度提高了20多倍，所以瞬间就将萨金·火龙、格、尼南等人远远地甩开了。

愚风是药剂师，使用的药剂太过诡异，罗峰对付愚风，要麻烦一些，可也获胜了。

唯有克罗夫，罗峰倾尽全力，都没能战胜。

“我的念力振幅虽然很强，但是对本源法则的感悟不够，依旧没能达到衍神兵剑之世界第二层‘无处不在’的境界。”罗峰心中暗道，“现在我只能算是达到第一层境界的巅峰。”

衍神兵第六重剑之世界可以分为三层：

第一层，在身前凝聚一道剑气。随着修炼加深，凝聚的剑气逐渐增多，两道剑气、三道剑气……而后，距离可以逐渐变远，在更远处凝聚剑气。

第二层，可以在任何一处迅速凝聚剑气。比如突然在敌人脑后凝聚一道剑气，出其不意，瞬间克敌。

第三层，就很夸张了，可以将整个剑之世界化为剑尖，直接杀敌。

罗峰现在仅仅达到第一层的巅峰。这是念力振幅极高的缘故，单单论对法则的感悟，短短几年时间，提升的幅度的确有限。

“罗峰，原始秘境成员资格争夺战，你的第二战即将开始，对手是莫洛。”虚拟宇宙系统的声音在罗峰的耳边响起。

“唰！”罗峰当即被传送走了。

罗峰的第二战，开始！

第588章

罗峰对战莫洛

罗峰感觉周围天地变幻，而后才脚踩实地。

“嗯？”他环顾四周。

眼前是一个荒凉的世界，一眼看去，不是一个个大坑，就是一座座或高或低的暗红色小山。

他抬头看向远处，看到无垠的星空，甚至能够看到另外一颗距离极近的星球。

“这颗星球的环境一般，空气无比稀薄，估计没有生命能够在此繁衍，星球的引力也只有地球引力的三分之二。”罗峰瞬间做出了判断。

荒凉的星球上，穿着暗红色战衣，背着暗金色长棍的罗峰，脚踏暗云梭，瞬间冲天而起。

“他就在那个方向。”罗峰能够清楚地感应到远处有一股强大的气息。

当即，他脚踏暗云梭，迅速掠过一座座荒山，逼近目标。

片刻后，罗峰看到一道金色人影站在一座荒山的山顶。

“是他！”罗峰速度骤降，随即悬浮在空中。

“罗峰，”全身笼罩在金色战铠中的莫洛，眼眸中仿佛有火焰在燃烧，“今天我就让你知道，原始秘境的成员比太初秘境的要强，而且强很多，任何胆敢挑衅原始秘境成员的，都没有好下场！”

进入战斗状态的莫洛，再无平时的谦和，仿佛野兽般疯狂。

“哦，是吗？”罗峰看着远处的莫洛，冷笑一声，“你这个无耻小人还挺傲慢！”

“是你无耻！”莫洛咆哮起来。

罗峰脸一沉。

到了这个地步，莫洛竟然还继续维持着无耻的面目。

“出手吧，否则你将一点机会都没有。”罗峰冷冷地看着远处的莫洛。

“狂妄！”莫洛抬头看着天空中脚踏暗云梭的罗峰，怒吼一声。

而后，他猛地一蹬山顶，冲天而起。

顿时，他脚下的荒山一震，随即完全粉碎，无数碎石朝四面八方滚落。

莫洛则瞬间到了罗峰的面前。

“轰！”莫洛挥出一拳，直接袭向罗峰。他击出的一拳仿佛燃烧着的陨石，令周围的空间都产生了波纹。

而罗峰淡淡地看着。

当莫洛竭力挥出一拳，朝他袭来时，他的双眸中瞬间闪过一道厉芒，一股可怕的意识威压直接压迫过去。

这可是媲美界主级初期的意识威压，当初就令萨金·火龙直接蒙了。

莫洛脸色瞬间变得苍白，连蕴含法则玄妙的拳法都受到了影响。

“怎么会这样？他的意识威压怎么这么可怕？他到底有什么特殊的际遇，竟然拥有这么可怕的意识？意识强，就代表他的灵魂很强，灵魂才是一个生命的根本。他的灵魂这么强，修炼精神念师一脉，岂不是会越来越强？”莫洛越想越怕。

“不可能！”他猛地怒吼一声，面目狰狞，双眸赤红。

“罗峰，去死吧！”他仰头恨恨地盯着罗峰。

而后，他猛地冲天而起，双手呈爪状，一爪微微靠前，一爪微微靠后，一瞬间，周围的空间都受到了影响。

随着双爪缓缓移动，周围的本源法则之力都受到了影响。

“轰隆——”莫洛的体表出现了一道三十多米长，有着四蹄的凶兽幻影。

凶兽非常精瘦，乍一看，有点类似豺，只是其额头还有两根黑角。

莫洛一飞冲天，杀向罗峰。

高空中，罗峰俯视下方朝自己疾速冲来的莫洛，冷笑一声。

“剑之世界！”罗峰低喝一声。

他背上的暗金色长棍顿时发出万千金光，无数金色小剑射出千万根金色丝线，每一根金色丝线都很纤细。

天地骤变，变成了充斥着无数剑气的世界。

剑之世界！

“啊——”莫洛气势汹汹地冲向罗峰。

“给我去死吧！”罗峰冷冷地道。

顿时，他的身前凝聚了一道又一道淡金色剑气，当第一道淡金色剑气凝聚成功时，就迅速袭向莫洛。

紧接着，第二道凝聚而成的淡金色剑气袭向莫洛。

与此同时，第三道淡金色剑气正在凝聚。

莫洛咆哮着，右爪横移，使得凶兽好似猛地张开了血盆大口。

“轰！”莫洛的右爪直接抓在那一道淡金色剑气上，凶兽幻影微微一颤，淡金色剑气却直接崩溃了。

“哈哈！我必赢！”莫洛的脸上浮现癫狂的神情。

平时，他都很谦和、冷静，可是真正战斗的时候，他就是一头活生生的野兽，丝毫没有人性。

“嗯？”莫洛脸色一变。

“轰！”第二道淡金色剑气袭来，莫洛再度抵挡住了。

“轰！”第三道淡金色剑气袭来。

第四道淡金色剑气袭来！

第五道淡金色剑气……

……

淡金色剑气仿佛无穷的子弹，一发接着一发。

莫洛施展绝招的情况下，拼命抵挡住四道淡金色剑气后，他那一招勾动木之本源法则、火之本源法则、空间法则所形成的凶兽幻影完全溃散了。

当凶兽幻影溃散，他再也抵挡不住淡金色剑气了。

“噗！”第五道淡金色剑气直接射穿莫洛的手掌，而后射穿他的胸膛。

淡金色剑气蕴含的冲击力极大，令莫洛整个人猛地下坠。

“噗——”后面的一道道淡金色剑气连续轰击在莫洛的身上，加快莫洛下坠的速度。

“不！”莫洛双眸赤红，嘴角渗出鲜血。

“噗！”一道淡金色剑气直接射穿他的面门，毁掉其识海。

“轰！”

莫洛那千疮百孔的尸身直接砸落在那矿物星球的荒凉地面上，只听得一阵轰隆声，出现了一个直径数十公里的环形大坑，莫洛的尸身落入其中。

剑之世界自动消散，无数金光飞回罗峰背上的暗金色长棍中。

罗峰缓缓降落，俯视躺在环形大坑深处的莫洛尸身，淡淡地道：“你的实力也就比伯兰强一点，如果我同时操控三道或者四道淡金色剑气，就能直接将你击杀。可我没有这么做，一道道淡金色剑气接连袭向你，你依旧必死无疑！”

第二战，罗峰对战莫洛，罗峰胜，战绩为2胜0平0负。

“嗖！”罗峰直接被传送离开了。

在进行太初秘境资格战时，罗峰就发现自己比萨金·火龙、格、尼南要强得多。在接受传承前就不比他们弱，如今念力振幅提高了20多倍，对付那几人简直是易如反掌。

药剂师愚风之所以难缠，是因为其炼制出了一些神秘的药剂，药剂很特殊，甚至能对付一些实力强的人。

除了难缠的药剂师愚风，他也就没有把握对付克罗夫。

对付伯兰，罗峰只需展露出部分实力，即可解决。为了表示尊重，他没有展露出太多实力，否则会被别人说太欺负人了。

至于莫洛，此人实在无耻，对付的就是他。

幽静的密室。

莫洛蜷缩在那里，埋着头，低声喃喃："怎么会这样？我竟然毫无反抗之力，直接被那一道又一道淡金色剑气击杀了。罗峰已经能够同时凝聚出四五道淡金色剑气了，他的进步怎么会这么大？之前他和萨金·火龙一战，仅仅能凝聚出一道淡金色剑气，而且他闯过通天桥第七层的时间还很短，也就六年而已。"

"仅仅六年啊！"莫洛紧闭双眼，低声念叨，"六年，他的进步怎么会这么大？伯兰闯过通天桥第七层虽然只有两年，但是我搜集过他的资料，看过他在参加天才战时的一些战斗视频，很显然那时候他的身法很强，能够制造上万个幻身，单单在空间法则方面，那时候的他就很可怕了。"

"他只是一直想要兼修时间法则和空间法则，被时间法则拖了后腿，所以进步一直很慢。他现在主修空间法则，近两百年来，积蓄的潜力爆发，很快就闯过了通天桥第七层，有所领悟，将近两百年的积累完全化为实力。他的实力进步惊人，我很理解，可是罗峰是怎么回事？"

"浩瀚宇宙中，一切都有原因，罗峰不可能莫名其妙地变强。"莫洛痛苦地蜷缩在那里，不断低声念叨，"罗峰在参加天才战时，实力很弱，他一直在进步。每一刻的积累早就化为实力，根本不应该有这么突飞猛进的进步。到底是为什么？"

蜷缩在静室中的莫洛猛地睁开眼睛，双手和双脚撑地，双眸布满血丝，面部表情狰狞。

"输了！输了！我输了这一战，也输了整场争夺战。我被淘汰了，只能进入太初秘境了。"莫洛无力地瘫倒在地，一边说着，一边流泪。

参加此次争夺战的一共有六人，却只有一个名额，只有最强的那个才能得到那个名额，所以，只要输掉一场战斗，那就没希望了。

许久——

莫洛站了起来，眼中充满了不甘心，低声吼道："我只是暂时被淘汰了，进入太初秘境，还有下次资格战呢，即便不能参加宇宙级资格战，还有域主级资格战呢。我一定会成为最强者！没有谁能阻挡我，没有！”

此时的莫洛根本不知道，罗峰之所以实力飙升，就是因为他此前的偷袭之举。当初，他一脚将罗峰踹下无底深渊，本想除掉对自己威胁极大的对手，没想到却造就了罗峰，令罗峰成为他的阻碍。

第589章

威胁

虚拟宇宙公司核心层举办的宇宙级资格战每一百年一次，每次资格战中最引人瞩目的无疑是原始秘境名额的争夺战。

每一届资格战中，只有一个原始秘境名额供天才们争夺；其次，单单“原始秘境”这四个字就足以让所有核心层的天才痴狂。

“干得漂亮！”

“乾巫宇宙国的罗峰又获胜了！”

“他的战绩已经是3胜0平0负了！”

……

雨相山公共区的一家餐厅内，不少天才面前都悬浮着一面屏幕，屏幕上正播放着罗峰和隆云的对决。

对于这群面临资格战的天才而言，原始秘境名额的争夺战绝对属于巅峰对决，一个个都很期待，想要看看到底谁能够跃进龙门。

对决开始前，几乎全部的核心层成员都认定罗峰必胜无疑，而结果也正如大家所料，罗峰轻易就获胜了。

“罗峰击败隆云，根本没必要施展出剑之世界，单单一记‘图腾金柱’就行了，隆云的实力比他要弱得多。”

“这一届资格战中，争夺原始秘境名额的六人中，实力最弱的就是隆云，罗峰刚才的确太瞧得起隆云了。”

“你们懂什么！罗峰和隆云是同一届天才战中出来的天才，有同届之谊，或许平常还是好友。既然罗峰百分百能够获胜，自然要给隆云一点面子，不能让他输得很惨，这也是一种风度。”一个扎着许多小辫子的银皮肤青年说道。

顿时，其他人都附和起来。

“这轮资格战的争夺战，到现在，这六人中也就两个人还没有败绩。”

“罗峰和克罗夫都没有输过。”

“这次进入原始秘境的应该是他们中的一个，大家说，最后谁会进入原始秘境？”

天才们议论纷纷。

餐厅的气氛顿时更加热闹，来自宇宙人类族群各个宇宙国的天才都议论起来。

绝大部分人更看好克罗夫。

坐在餐厅中央的位置，有着血盆大口的赤瞳男子嗤笑一声，道：“罗峰输给克罗夫是毋庸置疑的，恐怕他连愚风这关都过不去。”

罗峰的第四战，对手正是愚风。

“药剂师愚风？”

餐厅内的人瞬间安静下来。

这并非因为愚风的威慑力有多大，而是药剂师这个职业让这群天才不由得有些心悸。

如今伯兰、隆云、愚风、莫洛都有过败绩，只有罗峰和克罗夫没有败绩。

“我必须战胜愚风！击败愚风后，我就是连续四胜了。”罗峰心中暗道，“到时候，我就是和克罗夫一决雌雄，输了，就留在太初秘境，赢了，即可冲入原始秘境。”

罗峰坐在书桌前，看着眼前的笔记本电脑的屏幕，屏幕上有大量有关药剂师的资料。

其实，在浩瀚宇宙中，人类是有很多进化路线的，武者和精神念师只是基本的分类。还有一些专精于控制一个个傀儡的傀儡师，以强大凶兽来战斗的驯兽师，研究宇宙中各种奇异物质的药剂师……这些都是能够以弱胜强的职业，比如，假设能驯服一头超强的凶兽，自然实力超强。可是，宇宙中偏门的发展路线注定其强者的路更加狭窄，也更加坎坷，很多法则感悟方面不够强的人，宁可走这些偏门路线。

可是，偏门并非王道，失败者超过99.99999%，可以说，能在偏门路线中崛起的，实在是太难得了。

药剂师堪称“宇宙研究人员”，他们会研究宇宙中各种各样的奇特物质，研究各种物质的不同特性，而后按照自己的想法进行各种繁琐的操作，最终制造出适合自己的药剂。

这些药剂形状千奇百怪，或许是粉状，或许是颗粒状，或许是一朵花，或许是一棵树，甚至是一把刀。

总之，药剂师的药剂诡异莫测，威力也是大小不一。

生命进化的缘故，宇宙级强者即可在白矮星上战斗，无视宇宙射线、超强磁场、超高温、超引力的影响，可以说生命力极其顽强，所以想要通过药剂伤害强者是非常难的事。

可是，终究有成功者。或许某一位宇宙级药剂师侥幸制造出了能够威胁不朽神灵的药剂，这在宇宙的历史中都是有记载的，当然这种情况是很少的。

即使知道制作方法，单单按照步骤去做，都很难成功。药剂的制作过程太过复杂，牵涉太多东西，甚至有些药剂连药剂师本人都无法再次制作出来。

一句话归纳，药剂师就是研究宇宙、制造药剂的研究性战士。

比如宇宙秘境中衍变生成的雾气，甚至可以使不朽神灵昏厥、沉睡。这种雾气就是天然药剂，只要研究出储存、释放的方法，就能用来战斗了。可是，越是危险的药剂，操控的难度也就越大。

“药剂师的厉害之处在于药剂……”罗峰皱眉，“上次我赢了他，不代表这次也能赢他，必须时刻保持警惕。”

“罗峰，原始秘境资格争夺战，你的第四战开始，对手是愚风。”虚拟宇宙系统的声音在罗峰的耳边响起，下一瞬，一股力量席卷了罗峰。

“嗖！”罗峰当即被传送去了战场。

一座占地超过3万平方米的超大实验室中有机械实验区、生物实验区、能量区、培育区等诸多区域，单单各种运用到的仪器和设备就超过百万种。

愚风眸中满是期待，其念力正在操控药剂配对。

“罗峰的意识威压惊人，所以正常适合对付精神念师的，具有灵魂渗透效果的药剂，反而效果很差，那么，只有通过肉身来影响他的灵魂。我已经失败上千次了，这一次必须成功。”

愚风提取药剂的基本主料是鱼晶母液，而后迅速进行配制。其实，自从资格战输给罗峰，他就明白了上一次是战略失误。按照他的推测，用鱼晶母液应该能够配制出更强效果的药剂。

前一战，他用鱼晶母液18号成功击败了伯兰，现在他需要研制的是鱼晶母液19号。

“只有0.0001秒的时间，错过诺斯因子，就会挥发。”

愚风没有丝毫犹豫，继续或快如闪电，或慢如微风地调配，药剂的配制有些是需要注入原力或者念力的，这也是药剂师的药剂很诡异，一般人根本不敢乱来的缘故。因为不懂这一行，胡乱用药剂的话，一不小心，自己就会中招。

“哧！”忽然，前方的空气中出现粉红色光芒，而后粉红色光芒逐渐变淡，直至无色，好似什么都没有。

与此同时，摆放在试验台上的一个黑色圆球瞬间变成粉红色了。

“终于成功了！”愚风伸手，直接抓住粉红色圆球。

“现实世界中，我早就成功制造出了鱼晶母液19号，虚拟宇宙系统的规矩真是麻烦。”愚风摇头。

武者、精神念师们需要各种兵器、战甲，可以直接获取，药剂师却没办法直接要求获得各种药剂，只能要求获得制造药剂的各种原材料，而且原材料价格还限制在1混元单位以下。

想要使用药剂，必须是在虚拟宇宙中制造出来的才能使用，否则禁止使用，这也是为了防止作弊。

“愚风，此次原始秘境资格争夺战，你的第四战开始，对手是罗峰。”虚拟宇宙系统的声音在愚风的耳边响起。

愚风听了，暗松一口气。

他刚制造出鱼晶母液19号，战斗就要开始了，运气够好的。

“嗖！”愚风也被传送走了。

狂风呼啸，沙粒漫天飞舞，天地间一片茫茫。

穿着暗红色战衣的罗峰悬浮在半空中，任凭风沙漫天，头发却丝毫未动。

“新人！”一道黑影出现在远处的空中，而后其脚下出现飞翼。

正是愚风!

罗峰脚踏暗云梭，看着那笼罩在黑袍中的愚风，只能看到愚风无比冷静的眼神。任何一个药剂师，都极度冷静，又极度狂热，否则根本熬不过研究药剂时的一次次失败。

“上次资格战你赢了，我当时就发邮件给你，告诉你，下次你没这么幸运。”愚风的声音中蕴含着一丝激动，“我在这一战前的最后时刻终于配好了鱼晶母液19号，这是我的幸运，却是你的不幸。”

“少废话！”罗峰冷冷地道。

罗峰和药剂师交手的经验真的很少。对于药剂师，他是很尊敬的，能够在药剂师中出头，个个都是了不起的人物。

“战斗吧！”罗峰咆哮一声。

“轰——”万千金光射向四方。

顿时，周围的漫天风沙变幻，化为白茫茫的剑气世界，而罗峰就是剑气世界的神，也就是唯一的主宰。

“凝！”罗峰面前瞬间同时凝结出五道淡金色剑气，每一道淡金色剑气都呈剑尖状。

“哈哈哈……”愚风仰头大笑。

同时，无数黑色丝线从他的身上四射开去，其念力操控无数丝线形成天罗地网，直接袭向罗峰。

“去！”罗峰刚要操控淡金色剑气抵挡，全身却忽然感觉到无尽的刺痛。

第590章

震惊

刺痛感虽然很强烈，但是在罗峰的承受范围内。

可是，下一刻，这种刺痛感迅速蔓延至罗峰的头部，连脑部神经都被渗透了，一阵阵放射性的刺痛，仿佛无数只蚂蚁在其大脑深处不断地撕咬，就算是宇宙级天才，若是意志不够坚定，也根本抵挡不住。

这些还是其次，最重要的是识海。识海在大脑深处，宇宙级强者的灵魂就在识海中。在虚拟宇宙中模拟出的肉身，自然是正常的肉身，所以在虚拟宇宙中，罗峰的要害也是识海。

疼痛感充满脑部，而后波及识海，令识海都震颤起来。

“19号药剂增强了疼痛感对脑部神经的影响，达到一定程度，当然能够影响识海。一旦识海受到影响，即使是精神念师，实力也会大大减弱。”远处脚踏飞翼的愚风眼睛一亮，遥指罗峰。

“去死吧！”

顿时，无数丝线犹如一把把利刃袭向罗峰。

罗峰再怎么厉害，他的肉身现在也只是虚拟宇宙公司模拟出来的宇宙级九阶强者的身体，绝对会瞬间被击杀。

面对朝自己疾速袭来的丝线，罗峰眼神冷厉。

“镇！”

强大的意志令其灵魂稳如磐石，即使识海动荡，可意志和意识强行控制住了念力。同时，他操控原力和念力驱逐渗进体内的毒素。

“任天地毁灭，也休想撼动我！”

“轰！”罗峰脚踏暗云梭，化作一道幻影，迅速闪躲，同时操控剑之世界去压制黑色丝线。

同时，他双眸怒睁，大喝一声：“愚风，受死吧！”

“轰！轰！轰！轰！轰！”五道半透明的淡金色剑尖状的剑气仿佛五道金色光芒，划破长空，袭向远处的愚风。

剑气射出的同时，五道金色光芒勾动了宇宙空间本源法则，一时间，周围的空间都产生了肉眼可见的波纹，空间结合剑之世界本身，形成了无比强大的压制效果。

世界剑气就是这么惊人！

“怎么会这么容易就扛过去？这得多么可怕的意识？”愚风眼睛瞪得滚圆，眼眸中满是难以置信。

淡金色剑气仿佛激光，一次次射穿愚风的身体，鲜血浸透了其身上的黑袍。

他的尸身直接从半空中坠落，眼眸中依旧满是难以置信。作为一名药剂师，他自然很清楚药剂的特性，他在虚拟宇宙中进行过试验，亲自感受过了，连他自身都无法压制18号药剂对身体的影响，更别说压制19号药剂了。

可是，罗峰压制住了。

愚风的尸身跌落在沙漠中，罗峰降落在一旁。

“除非你的药剂能够直接通过刺激脑神经令我的识海崩溃，否则，影响不了我。”

“嗖！”虚拟宇宙系统将罗峰传送离开了。

第四战，罗峰对战愚风，罗峰获胜，战绩是4胜0平0负。

……

在宇宙中，的确有能够通过刺激脑神经令识海崩溃的药剂，能达到摧毁宇宙级九阶强者识海这一程度的药剂，制作起来很难，而且是禁药。

如果能够大批量制作，那么在域外战场上的宇宙级战士就没有存在的意义了。

宇宙终究是公平的，赋予药剂师制作出无比厉害的药剂的权利，也令药剂师的路艰辛、坎坷。

而无比厉害的药剂注定难以批量制作，甚至非制作者本人无法安全使用。

……

“我输了。”实验室中，穿着白袍的愚风正思索着这次战斗失败的原因，“他是精神念师，攻击手段是念力，那么我就算再怎么伤害他的肉身，以他的意志，照样可以通过念力施展衍神兵和我战斗，所以我的基本作战路线是对的，必须得影响他施展衍神兵。要做到这一点，一是直接靠灵魂类药剂，可是，上次我用卡司沃6号药剂却失败了；二是通过刺激其脑神经，从而影响识海，从生理层面影响他控制衍神兵。我的思路都没错，最后却还是失败了，那么只有一个原因，就是我的药剂还不够强。”

愚风不再多想，手指在空中轻轻点了点，半空中浮现出一面超大的屏幕，屏幕上有着密密麻麻的字符。

而后，他又沉浸在对药剂的研究中。

药剂师是孤独的，却必须得承受这份孤独。宇宙浩瀚，单单生命种群就不计其数，更别说各种各样的物质了。就拿植物来说，单单宇宙中的植物的种类就数不胜数，此外，还有各种固体、液体、气体……

宇宙中能发现的，不管是恒星、行星、黑洞，还是各种微生物，一切都是药剂师所能分析的。假设一名药剂师能够通过他的方法培育出一个黑洞，那么，黑洞也算是一种药剂。当然，这只是夸张的描述。

在黑洞面前，连宇宙空间都得粉碎，连不朽神灵都得遭到引力的碾压。

制造黑洞？至少至今还没有药剂师能够做到。

宇宙浩瀚，一代代药剂师前赴后继，可是，药剂师们依旧觉得，有无数领域可以分析、研究，或许某一天，某位药剂师就有惊人的发现呢！

罗峰赢了！

他击败了愚风，获得了四连胜。

而克罗夫也完成了他的第四战，击败了隆云。

也就是说，罗峰、克罗夫都是四连胜。

虚拟宇宙公司雨相山的成千上万的核心成员都很关注即将到来的一战，连域主级、界主级的核心成员都很关注这一战。

因为很多时候争夺战进行到一半，就差不多能够确定谁获得名额了。可是，这次有些例外，竟然一直到最后一战才能揭晓。

“来自乾巫宇宙国的这个小子，加入虚拟宇宙公司才两百年，竟然就能冲击原始秘境。可是，我看了战斗视频，克罗夫的实力的确很强。”

……

罗峰击败愚风后，静坐在书桌前，四战四胜，令他拥有进入原始秘境的机会。

“接下来，我就要和狼人克罗夫一决胜负了。”罗峰的眼眸中涌现战意。

“罗峰！”一道声音突然从外面传来。

罗峰一怔，连忙迅速地朝楼下跑去。

楼下的客厅中，穿着简单金色长袍的真衍王已经站在那里了。

“老师！”罗峰连忙恭敬行礼。

真衍王仔细审视了罗峰一番，脸上浮现笑容，点点头：“不错，这次你做得非常好。”

“徒儿还没能进入原始秘境，还差最后一战。”罗峰的脸上露出一丝无奈，“而且，对于最后一战，徒儿并没有多大的把握。”

“你已经做得够好了。”真衍王直接坐到沙发上，目视罗峰，“你这次能够连胜四场，真的很不错。一胜伯兰，证明你是那届天才战中最优秀的；二胜原始秘境成员莫洛，更证明了你的实力已经是原始秘境级了；三胜隆云，隆云本身实力相对较弱，自然不是你的对手；四胜愚风，说明连愚风这么优秀的药剂师都无法找到你的弱点。”

罗峰站在一旁，完全没有骄傲。

真衍王见状，不由得暗叹一口气。

一般而言，老师教导弟子，是担心弟子骄狂。可是，他这个弟子一直很谦逊，即使得到他的夸奖，依旧谦虚有礼。

“可徒儿没把握击败克罗夫。”罗峰此刻的心思完全在即将到来的第五战上。

“击败？”真衍王朗声大笑起来。

“老师，怎么了？”罗峰疑惑地问道。

“罗峰，我很关注这次争夺战，所以克罗夫的战斗视频我也看过。”真衍王的脸上满是笑容，“我敢肯定，他现在绝对拥有能闯过通天桥第八层的实力。”

“什么?!”罗峰瞪大眼睛，“他拥有能够闯过通天桥第八层的实力？”

要知道，通天桥每往上一层都难如登天，在虚拟宇宙公司宇宙级的核心成员中，只有原始秘境中的最强者菲托闯过了通天桥第八层。

真衍王竟然说克罗夫也能闯过通天桥第八层！

如果是别人说这话，罗峰会认为是在开玩笑，可这话是真衍王说出来的，真衍王可是实力最接近宇宙国主的不朽级强者。

“我又翻看了克罗夫上一次资格战的视频，当时他的实力还没有这么强，最近一百年，他的实力突飞猛进。”真衍王坐在那里，端起茶杯，轻轻啜了一口，“他拥有能够闯过通天桥第八层的实力，除了菲托，宇宙级核心成员中再无人是他的对手。”

罗峰沉默了。

老师带来的这个消息令他震惊。

“不过，你也别泄气。”真衍王微微一笑，“你们这一战引起了虚拟宇宙公司高层中的一些超级强者的关注。克罗夫的确很优秀，但是你的进步很惊人，所以你们都受到了重视。这一战，即便你输了也没关系，相信下一次资格战，你就能冲进原始秘境了。”

“这一次我真的不能冲进原始秘境吗？”罗峰喃喃自语。

也对。罗峰的实力已经算是达到第七层巅峰，克罗夫却能完全力压罗峰，克罗夫的确是拥有闯过通天桥第八层的实力。

“争夺战的最后一战极其关键，看来得施展那一招了。”罗峰心中暗想，“或许，施展那一招后，我有三成获胜的希望。”

他从来没有施展过那一招，那是涉嫌作弊的一招。

第591章

最后的战斗

因为仅仅是意识进入虚拟宇宙网络，虚拟宇宙中的天才们彼此厮杀，身体是虚拟宇宙网络模拟出的宇宙级九阶强者的肉身，大家的身体素质都是一模一样的。

如此一来，想要增强实力，那就只能从意识入手了。

那罗峰到底该怎么变强呢?

其魔杀族分身是空间法则的宠儿，金角巨兽的右蹄爪更是最强的底牌，就连地球人本尊都是血武者，可是，这些现在根本没什么用，因为在虚拟宇宙中罗峰用的身体只是普通身体，并没有魔杀族分身，也没有血洛之力，那么罗峰真正堪称作弊的一招就是——天赋秘法“强化”。

当年，金角巨兽在地球被轰掉头颅，暴怒之下，它施展出了“强化”这门天赋秘法，不但攻击力大增，连飞行速度也飙升。后来，罗峰夺舍后，让金角巨兽分身施展“强化”这门天赋秘法，操控赤混铜母残片，横扫诺岚山家族的那群精英。

一旦施展“强化”这门天赋秘法，那就是全方位强化。身体和灵魂都得到强化，实力直接翻倍。强化状态下，速度、力量、意识等都会飙升，翻上整整一倍。

意识强度翻倍，那么罗峰进入虚拟宇宙网络中的意识强度自然也会整整翻一倍。

“在战斗的关键时刻，现实世界中，藏于我体内世界的金角巨兽施展出强化这门天赋秘法，我原核内的灵魂会得到强化，意识瞬间增强一倍。强大的意识首先令我的意识威压的威力更强，其次操控衍神兵能够发挥出更强的实力。”罗峰心中暗道。

更强的意识威压，更强的衍神兵，的确可以令罗峰的实力大增。

“不过，这一招算是涉嫌作弊了。在虚拟宇宙中战斗，双方都是一模一样的身体素质，主要是为了考验各自对本源法则的感悟、秘法的攻击威力、战斗经验等，而我通过金角巨兽施展强化这门天赋秘法，意识变强，从而增强实力，的确是有点胜之不武。可是，得到强化这门天赋秘法，也算是我的特殊际遇，应该也能算是实力的一部分吧？”罗峰心中暗道。

看起来，罗峰这一招涉嫌作弊，可是，因为能够在虚拟宇宙中施展，而虚拟宇宙系统没有禁止，自然不算作弊，只能算是涉嫌作弊。

……

客厅中，真衍王见罗峰似乎在想什么，便笑了起来：“罗峰，别给自己太大压力，即便输了，也没什么大不了的，谁没有遇到挫折的时候？更何况，你这次的表现很好，我已经很满意了。而克罗夫的确比你强得多，你若是输了，也没人会说什么。”

罗峰微微点头。

“你静心休息，保持巅峰状态。”真衍王忽然起身，缓缓说道，“虽然你没有多大获胜的希望，但是这一战的确引起了很多人的关注，连高层中的一些超级强者都很关注这一战，所以，即便是输，也得拼尽全力，那样才算没有遗憾。”

“是，老师。”罗峰点点头。

“嗯，你安心休息吧！”

真衍王点点头，随即离开了虚拟宇宙。

见老师离去，罗峰这才坐了下来，盯着眼前的桌子，喃喃自语：“克罗夫，不管怎么样，我至少是拿出了最强的实力来对付你，我做不到隐藏真正的实力，将原始秘境的名额拱手让你。谁将最终获胜，就看最后一战吧！”

罗峰随即闭上眼睛，默默调整心态。

心态的确对实力的发挥有影响，所以保持巅峰状态也是很重要的准备工作。

太初区。

“愚风给我制造了一点小麻烦。”克罗夫坐在自己的酒窖内，里面储藏着各种酒，此刻他拿着一个大玻璃杯，大口大口喝着酒，眼中却满是期待，“不过，其他人对我倒是一点威胁都没有。”

“罗峰那小子的确潜力惊人。如果不是一百多年前，我在参加危险级修炼任务时发现了那个任务世界蕴含的大秘密，得到了大机遇，实力有了很大的提升，恐怕我还真的击败不了他。”克罗夫心中默默地道。

回想起一百多年前的那次大机遇，他依旧很兴奋。

那次大机遇给了他真正崛起的机会，现如今，他的确拥有闯过通天桥第八层的实力，可是，他并没有急匆匆去闯通天桥第八层，因为他准备等资格战结束后再去做这件事情。

“至于现在，我要击败他，没有一点难度。”克罗夫眼眸中闪烁着精光，“这次如果能成功进入原始秘境，那么我就多了一次接受绝境级任务的机会，还能接更多危险级任务，据我估计，有些任务中也潜藏着大秘密。”

……

资格战中，最引人注目的是原始秘境名额争夺战，而此次最关键的对决是罗峰对战克罗夫这一场，这场对决即将开始。

这一战吸引了很多人的注意，大家都想亲眼看看，到底谁将获得原始秘境的名额。

观战的人群中，有一个很特别的人。

“峰！”

徐欣坐在一家喧闹的酒吧中，酒吧内悬浮着四面超大的屏幕，屏幕上直播着一场场战斗，只要罗峰和克罗夫的对决开始，他们就可以看到。

酒吧内的人议论纷纷，或是夸赞克罗夫，或是惊叹罗峰的实力强大。

坐在角落中的徐欣，默默地听着。

这一群来自各个宇宙国的天才议论着她的丈夫，她的心中很是自豪。

“峰，我相信你，你一定会赢的。”徐欣心中默默地道。

罗峰默默地坐在沙发上，耳边忽然响起一道熟悉的声音：“罗峰，原始秘境成员资格争夺战，你的第五战开始，对手是克罗夫。”

他当即睁开眼睛，眼眸中有着不可动摇的坚定。

“嗖！”罗峰被传送进了战场。

……

现实世界中，太初秘境的那座魔音山深处，传承宫殿的传承阶梯上。

罗峰盘膝静坐，其体内世界中宛如庞大山脉的金角巨兽站起身来，那巨大的暗金色双眸中有着一丝期待。

它已经做好准备，随时施展强化这门天赋秘法。

一旦战斗正式开始，它就会立即施展。

……

虚拟宇宙，罗峰对战克罗夫的战场。

罗峰感觉到天地之间发生变化，随后脚才踏到地面上。

他环顾四周，映入眼帘的是无尽的原始森林，空气略显潮湿。

“引力约为地球引力的12倍，温度在82摄氏度左右。”罗峰心中瞬间浮现出一连串数据。

他体表的暗红色战衣早就形成了完美的战铠，连头都戴了头盔，身上背着暗金色长棍，手臂上则有着护臂，护臂屏幕上浮现出一些讯息。

他再次环顾四周，发现原始森林密不透风。

“嗖！”他迅速冲天而起，直接飞到上千米的高空。

“咦，人呢？”罗峰眉头一皱，当即仔细探察。

虚拟宇宙系统传送决战双方时，会将双方的距离弄得比较近，即使距离远一点，战斗双方一般也能凭借气息清晰地感应到对手。可是，这次罗峰发现周围一定范围内没有丝毫生命气息。

罗峰悬浮在原始森林的上空，怒吼一声：“克罗夫，出来！”

吼声不断在天地间回荡，强烈的声波冲击令周围数公里范围内的原始森林倒塌一片。

雨相山，公共区。

餐厅、酒吧以及一些核心成员的住处都很热闹，很多人点开屏幕，等着观看战斗。

“愚风对战莫洛，战斗正在进行中，点击即可观看转播！”

“伯兰对战隆云，战斗正在进行中，点击即可观看转播！”

“罗峰对战克罗夫，战斗还未开始，请稍等！”

这是屏幕上显示的讯息，另外两场都能够轻易看到，而且都已经开始了，可是，最精彩，也是最重要的一战——罗峰对战克罗夫，依旧没有开始。

“搞什么？”

“就是！每轮的三场战斗不都是同时开始吗？罗峰和克罗夫的战斗怎么现在还没开始？”

“怎么回事？”

酒吧中响起一阵喧闹声。

坐在角落中的徐欣皱起眉头，疑惑地看着大屏幕，大屏幕上显示的文字非常清楚——罗峰对战克罗夫，战斗还未开始，请稍等！

“愚风输了，莫洛赢了。”

“隆云输了，伯兰赢了。”

很快，另外两场战斗结束了。

可是，那一面连接罗峰那一战的屏幕上始终只有一个提示——罗峰对战克罗夫，战斗还未开始，请稍等！

“是不是屏幕出问题了？”

“我看看我的屏幕，看有没有问题。”

酒吧内，那群等得着急的核心成员纷纷点开屏幕，欲连接罗峰和克罗夫一战的视频转播，然而，他们的屏幕中也只有一行同样的文字——罗峰对战克罗夫，战斗还未开始，请稍等！

“还等什么啊！”

“这可是最关键的一战啊！”

“怎么回事？”

这群人很是焦急。

徐欣也有些焦急。

乌卡、戎钧等人也都焦急地关注着。

就连罗峰的老师真衍王，还有虚拟宇宙公司的一些高层都有些疑惑了。

战场位面，原始森林上空。

罗峰环顾四周。

“怎么回事，克罗夫怎么还不出现？”罗峰眉头紧蹙。

“罗峰，”虚拟宇宙系统的声音在他的耳边再度响起，“鉴于第五场战斗开始到如今，克罗夫的意识一直未进入虚拟宇宙网络，无法将其传送过来，所以此次判定为克罗夫弃权。”

罗峰瞪大眼睛。

弃权？

（本册完）

更多精彩，尽在《吞噬星空 典藏版13》！
